Um *de* nós *foi* feliz

Copyright © 2022 por
Paulo Stucchi

Todos os direitos desta publicação reservados à Maquinaria Sankto Editora e Distribuidora LTDA. Este livro segue o Novo Acordo Ortográfico de 1990.

É vedada a reprodução total ou parcial desta obra sem a prévia autorização, salvo como referência de pesquisa ou citação acompanhada da respectiva indicação. A violação dos direitos autorais é crime estabelecido na Lei n.9.610/98 e punido pelo artigo 194 do Código Penal.

Este texto é de responsabilidade do autor e não reflete necessariamente a opinião da Maquinaria Sankto Editora e Distribuidora LTDA.

Diretor Executivo
Guther Faggion

Diretor de Operações
Jardel Nascimento

Diretor Financeiro
Nilson Roberto da Silva

Editora Executiva
Renata Sturm

Editora
Gabriela Castro

Direção de Arte
Rafael Bersi, Matheus Costa

Revisão
Clara Kok
Carol Amaral (Caduá Editorial)
Vanessa Nagayoshi

DADOS INTERNACIONAIS DE CATALOGAÇÃO NA PUBLICAÇÃO (CIP)
ANGÉLICA ILACQUA – CRB-8/7057

STUCCHI, Paulo
 Um de nós foi feliz / Paulo Stuchi.
 São Paulo : Maquinaria Sankto Editora e Distribuidora LTDA, 2022.
 352p.

 ISBN 978-65-88370-35-3

 1. Ficção brasileira 1. Título
 21-5614   CDD-B869

ÍNDICE PARA CATÁLOGO SISTEMÁTICO:
 1.   Ficção brasileira

R. Leonardo Nunes, 194 – Vila Clementino
São Paulo – SP – CEP: 04039-010
www.mqnr.com.br

PAULO STUCCHI

Um *de* nós *foi* feliz

maquinaria
EDITORIAL

A todos aqueles que colaboraram com a pesquisa para a criação do fundo histórico e dados pessoais para que *Um de nós foi feliz* se tornasse realidade.

A Tania Girke Volkart e Vitor Volkart, que com tanto carinho me receberam, dispostos a compartilhar uma história tão linda.

A Renata Sturm, da Maquinaria Editorial, por confiar-me este projeto.

A meu filho, eterna fonte de inspiração.

A meus pais, com saudade eterna.

"Cada qual sabe amar a seu modo; o modo, pouco importa; o essencial é que saiba amar."

MACHADO DE ASSIS

CAPÍTULO 1

Seguir vivendo nunca fora seu maior problema; a principal questão, que lhe pesava sobre os ombros e lhe consumia o espírito, havia sido *como* continuar.

Ser forte não era uma opção para muita gente — tampouco havia sido para ela. Manter os pés no chão e os olhos presos em um futuro possível foi o maior legado que sua mãe, Katrina, deixara. Demorara anos para que compreendesse a dureza com que a mãe conduzira a sua educação e a de seus irmãos. Contudo, finalmente entendera que as cruezas da vida não forjam pessoas fracas — pelo contrário, a fraqueza leva sempre à morte ou a destinos até piores. Um espírito forte e mãos firmes são talhados pelas agruras, e a vida da mãe fora repleta delas.

Pensar sobre isso tornava o *Kaffeemit Milch* na xícara à sua frente mais amargo e indigesto. O selo estampado nas peças de porcelana brancas com detalhes em laranja indicava que haviam sido produzidas em Meissen. Sem dúvida, uma grife quando se tratava de peças como aquelas.

Nunca tiveram dinheiro para ter peças assim em casa, mas não faltavam histórias contadas pela mãe acerca da cidade próxima a Dresden que se tornara a Meca da porcelana no Ocidente. Segundo a mãe, o pai dela, então comerciante em Hamburgo, havia se dedicado por um tempo ao comércio de porcelanas e outras peças menos nobres feitas em vidro e cerâmica. Daí, o conhecimento herdado sobre a dinastia germânica nesse ramo.

Graças aos alemães de Meissen, a mãe dizia, a técnica chinesa de fabricação do ouro branco[1] havia sido decifrada e, desde então, a cidade cultivara fama.

Ergueu os ombros e se viu rindo sozinha.

Nada daquilo importava, afinal. A mãe nunca tocara os lábios em uma porcelana de Meissen — algo que há muito tempo tinha deixado de ser um luxo.

Levou a xícara à boca e bebericou um gole. Olhou para o folhado recheado com geleia de amora, mas estava sem apetite. Todo o espaço livre em seu estômago estava consumido pela ansiedade.

Ainda que grande parte das histórias sobre a Alemanha e seus antepassados lhe tivesse sido transmitida pela mãe, não foi por ela que cruzara o Atlântico. Sentada na pequena e aconchegante cozinha da pousada e observando os transeuntes através da janela (escolhera propositadamente uma mesa que lhe permitisse observar a rua), foi dominada por uma sensação familiar e dolorosa, à qual se habituara há mais de trinta anos.

Manter os pés no chão e os olhos presos em um futuro possível.

Como havia sido difícil seguir aquele ensinamento. Mesmo porque, sabia, a própria mãe acabara vítima do rigor de ferro que forjara sua família.

Ela não seguiu em frente. Nem eu.

Todavia, estava na hora de dar o passo determinante. Aquele que conduz adiante; que, ainda que pequeno, faz uma grande diferença.

Terminou o café. Um senhor, parado junto ao ponto de ônibus, ocupava-se lendo o jornal.

Abriu a bolsa, deixada na cadeira vaga ao seu lado, e dela tirou a carta dobrada de dentro de um envelope. Abriu o conteúdo e leu; em seguida, releu. Perdera a conta de quantas vezes seus olhos deslizaram por aquelas palavras, escritas em papel timbrado.

---

1. Modo como a porcelana era conhecida na Europa no século XVIII.

Dobrou e voltou a guardar. Antes, certificou-se do endereço escrito à mão, em esferográfica azul. O endereço que a conduziria ao seu passado e abriria os caminhos para seu futuro.

Não viajara à Alemanha pela mãe, apesar de as lembranças ainda morarem em seu peito. O fizera por outra razão; pelo homem que nunca conhecera de fato.

Uma sombra. Uma sombra que me acompanha desde a meninice.

Empurrou a cadeira e se levantou. Estava pronta. Conferiu o relógio de pulso e jogou a alça da bolsa sobre os ombros.

Pela primeira vez, preciso olhar essa sombra nos olhos.

Cruzou a cozinha e desejou um discreto *ausgezeichneter Tag*[2] à simpática mocinha encarregada de servir o desjejum. A garota loira com os cabeços presos em um pequeno rabo de cavalo lhe retribuiu com um sorriso.

Com passos firmes, chegou à rua. Não havia mais retorno. Ainda que a *sombra* ainda estivesse com ela (estava tão certa disso quanto do ar que entrava em seus pulmões e a mantinha viva), não era possível voltar.

A cada passo dado, aproximava-se mais e mais do homem que sempre lhe fora um mistério.

Dein Vater. Seu pai.

---

2. Excelente dia.

CAPÍTULO 2

Não havia completado nem vinte e quatro horas desde que Susana chegara a Marburg — após um trajeto exaustivo que incluiu um voo de quase doze horas até Frankfurt e o percurso de oitenta quilômetros no trem da DB,[3] que partiu da estação central até Marburg, no vale do rio Lahn.

Quando comunicou ao marido, Artur, e aos filhos que pretendia realizar a viagem, foi taxada como louca. Nunca havia saído do Rio Grande do Sul — suas principais aventuras em termos de viagens incluíam percursos menos ousados a cidades ao redor de Três Coroas, onde se estabelecera e constituíra família. Por isso, comunicar que viajaria para a Alemanha no auge dos seus sessenta anos foi motivo de espanto — como esperado — para todos.

Ela se lembrava da expressão do marido quando lhe deu a notícia. Artur deteve o movimento, sustentando a xícara de café com leite no ar, e arregalou os olhos em sua direção.

— Tu está de brincadeira, não está? Alemanha? Tu nunca saiu do estado!

— Isso será um desafio a mais — disse, olhando para o café de sua própria xícara.

Não sabia por que, mas não conseguia olhar diretamente para Artur. De algum modo, depois de todo aquele tempo matutando a ideia de cruzar

---

3. Companhia ferroviária alemã Deutsche Bahn.

o Atlântico em busca de seu passado, sentia como se estivesse cometendo algum tipo de traição.

Pensara, planejara, se preparara. Tudo sem dizer nada ao marido, que sempre fora bom com ela, que se dedicara à esposa e aos filhos como poucos homens que conhecia.

De fato, viajar para a Alemanha fora uma decisão que nascera em seu íntimo assim que Katrina morrera, há nove anos. Agora, em 2013, era o momento de realizar a empreitada — tivera quase uma década para amadurecer e colher a semente que sua mãe lhe plantara nos últimos anos de vida.

— Mas acho que dou conta. *Preciso* ir — prosseguiu, ainda sem encará-lo.

Artur abandonou a xícara e cortou um pedaço de pão. Estava pensativo. Conhecendo o marido, aquele assunto o encheria de preocupação e, certamente, consumiria seu pensamento ao longo do dia de trabalho.

— Estou pensando em pedir para Juliana me ajudar a pesquisar um pouco sobre Marburg na internet. Ela sabe bem mexer com essas coisas.

— E o que acha que Juliana vai te dizer? Que concorda? Acho que ela vai te achar doida.

Susana deu de ombros.

— Quando explicar o porquê da viagem, acho que ela vai entender; assim como eu gostaria que tu entendesse.

Artur suspirou. Depois de passar a mão pelos cabelos grisalhos e levemente encaracolados, segurou a mão da esposa.

Após uma dura relutância, prontificou-se a ir com ela.

— Não. Desculpe. Não é que não queria tua companhia, não é isso, mas é algo que tenho que encarar sozinha — respondeu-lhe.

Sabendo que não ganharia aquela queda de braço, mas ainda assustado com a notícia, Artur sorriu timidamente e, rendido, disse:

— Sabe que me preocupo e te apoio. Também sei o quanto essa história representa para ti e o quanto tua infância foi difícil, mas ainda acho doideira.

Artur não deixava de estar certo. Era maluquice. Ainda assim, seguir os passos de seu pai até a Alemanha e, finalmente, descobrir quem fora aquele homem cujo rosto, aos poucos, tornara-se apenas uma dolorida lembrança era algo que precisava fazer sozinha. Dar um fim a uma história que havia começado muito antes de Artur e os filhos existirem em sua vida, e que, portanto, significava seguir em um caminho solitário, íntimo.

Ao final, Artur não pôde detê-la. Nunca pôde. Tampouco os filhos. Ele era um marido e companheiro admirável, que lhe dera a família que ela nunca tivera. Mais do que isso: dera-lhe três filhos dos quais se orgulhava e a quem criara em moldes bem diferentes de que ela própria o fora.

Sempre pensou na família como uma espécie de redenção. Redenção à crueza da mãe, à infância difícil, às dores que se acumularam. No entanto, havia mais do que isso. Nem mesmo a família que criara com Artur, a empresa do ramo de janelas e esquadrias em madeira que ergueram juntos e a felicidade simples que compartilhavam lhe bastavam para aplacar a dor e fazer a *sombra* sumir em definitivo.

Assim, aquela era uma viagem mais do que necessária. Era vital.

Saltou do ônibus a alguns quarteirões do endereço escrito no papel. Observou ao seu redor; era fácil se apaixonar por Marburg, uma cidade medieval, um dos orgulhos do luteranismo na Alemanha. Teria tempo de explorar os meandros da cidade, pensou. Naquele momento, o mais importante era seguir dando passos firmes e decididos, que a conduziriam àquilo que, de fato, viera fazer.

Wiesenberg 4A, 35037. A cidade antiga de ruas tortuosas traçadas em aclive a abraçou, enquanto seguia pela rua em direção ao *Friedhof Ockershausen* — o cemitério de Marburg. O outono já se despedia e o frio ameaçava castigar a Alemanha com mais um inverno rigoroso. Cruzou os braços, fechando a blusa preta de lã grossa ao redor de si.

Era manhã, o dia já começara, mas as ruas estavam tranquilas.

Ela viria mesmo?, pensou consigo.

Por poucos segundos, julgou ser tudo aquilo uma loucura. Entretanto, qual parte de sua vida não o fora? Sim, talvez a parte em que conhecera Artur enquanto cursava Contabilidade no Colégio Nacional de Estudos da Comunidade e se apaixonara pelo colega de sorriso fácil e jeito simpático que sempre lhe pedia ajuda com o português. Em pouco tempo, deixara de ser Susana Schunk para se tornar Susana Huber. Então, vieram família e filhos. E, claro, muito trabalho.

A dúvida sonsa se dissipou no mesmo instante em que seu olhar cruzou com o de uma mulher que a observava. Usava gorro de lã e sobretudo escuro, e tinha um físico mais robusto do que ela. Também era mais baixa e mantinha os olhos cobertos por óculos escuros de lentes grossas.

Teve certeza. *É ela.*

A mulher de óculos escuros lhe escancarou um sorriso convidativo. Parecia tê-la reconhecido, talvez pelo fato de se comportar como um corpo estranho naquele lugar que pertencera a seus antepassados, mas nunca a ela.

— Mia? — arriscou, dirigindo-se à mulher.

O sorriso se tornou ainda mais largo. Retirou os óculos escuros e dirigiu-se a ela em alemão:

— Susana?

O abraço que se esboçara acabou por se limitar a um aperto de mãos contido. Finalmente, lá estava ela. A pessoa por quem procurara por anos. Parte de sua história, ainda que ambas desconhecessem por completo qual *parte* seria.

Lá estava ela. Mia Richter, filha de Patrizia Richter — ou Patrizia Finkler, seu nome de solteira. A mulher de seus pesadelos e de seus sonhos.

Passaram pelo portão que dava acesso ao interior do cemitério ladeado de grades baixas, margeadas pela vegetação seca, combalida pelo frio que se avolumava. Mia parecia ainda mais receptiva do que fora ao telefone — a simpatia com que a filha de Patrizia a tratara desde a primeira ligação que fizera dois anos antes surpreendera Susana, mas, naquele momento, era como se ambas tivessem algum tipo de cumplicidade silenciosa.

A forma desenvolta com que Mia a recebera e se dirigira a ela parecia indicar que, de algum modo, o contato e o encontro de ambas já eram esperados.

As primeiras frases foram de uma cordialidade contida.

— Fez boa viagem? O que está achando da cidade? — perguntara.

Susana respondera de modo conciso, enquanto sua mente sondava o que realmente poderia ser encontrado sob aquela camada de receptividade.

Ao telefone, nas vezes em que se falaram, Mia Richter havia se mostrado preocupada em saber mais sobre Susana e sua vida no Brasil. Obviamente, perguntara por sua mãe, Katrina, e mostrara-se honestamente sensibilizada quando Susana lhe informara que ela havia morrido.

— Ela tinha noventa e seis anos. É o curso natural da vida — Susana completara, na tentativa de minimizar a partida da mãe. Contudo, na realidade, a morte nunca era algo tão simples. Pelo contrário, era uma dor impossível de ser minimizada; sempre faltava alguma palavra a ser dita, um perdão que viera tarde demais, uma palavra de afeto tardio que ficara travada na garganta.

Era inegável que seu peito acumulava mágoas da mãe. E, naquele instante, frente a frente com Mia, questionava-se que tipo de mãe Patrizia havia sido para ela. Tinham quase a mesma idade — Mia era seis anos mais velha —, mas eram diferentes em tudo: na aparência, nas origens e, principalmente, na forma como pareciam encarar a vida.

Após as cordialidades iniciais, finalmente Mia induzira Susana a entrar no cemitério. Então, cruzaram juntas o portão e caminharam alguns minutos em silêncio. O local era lindo — tão lindo quanto fosse possível um lugar cujo objetivo era armazenar dores e saudades.

— No verão, fica mais agradável — observou Mia, percorrendo os olhos pela vegetação. — Mas estamos quase no inverno, tudo fica mais cinza.

Cinza é uma cor para a morte, pensou Susana, limitando-se apenas a assentir.

— Você fez uma grande viagem do Brasil para cá. Deve estar ansiosa para ver como as coisas são por aqui — seguiu Mia, conduzindo Susana pelo caminho de pedra que cortava o gramado no qual as lápides se erguiam.

Algumas pareciam bem cuidadas; outras, no entanto, mostravam-se mergulhadas no esquecimento.

— Venho aqui sempre que posso — disse Mia, tomando o caminho à direita. Ali, algumas árvores uniam-se ao gramado, fazendo com que a sombra se deitasse sobre ambas.

— Obrigada por cuidar do túmulo *dele* também — disse Susana.

— Deles — corrigiu Mia. — Estão juntos.

— Eu sei.

Mia Richter apontou o dedo indicador alguns metros adiante.

— É ali.

Como deveria se sentir? Feliz? Angustiada? Triste?

Susana não conseguia descrever o turbilhão de sentimentos que eclodiam em seu peito. De repente, desejou que Artur estivesse ali; ele, com seu humor e seu jeito desleixado de cuidar dela, certamente lhe ofereceria conforto. Talvez até a fizesse rir.

Mas é uma empreitada minha. Só minha.

Novamente, o silêncio reinou entre as duas mulheres até que, por fim, pararam diante de uma lápide de pedra. Sem dizer nada, Mia afastou-se de modo discreto, mantendo os olhos fixos em Susana.

— Fique à vontade. Acho que precisa de privacidade — disse.

Todavia, num gesto impensado, Susana segurou-a pelo braço.

— Fique — falou.

Mia meneou a cabeça, assentindo. Ainda assim, manteve-se alguns passos para trás, ao mesmo tempo que Susana se aproximava da sepultura.

O primeiro nome, escrito em letras góticas, indicava Jonas Elias Schunk. Seu pai. Logo abaixo, seguia outro nome: Patrizia Finkler Richter. Ele, falecido em 1971; ela, em 2006.

Imediatamente, Susana sentiu os olhos marejarem. Sabia que choraria quando, finalmente, estivesse diante do túmulo do pai. O que não sabia era o tamanho da dor que sentiria. Algo que lhe rasgava o peito e lhe subia pela garganta. Tinha vontade de gritar. Sobretudo, tinha vontade de perguntar *por quê?*

Havia tanto que gostaria de perguntar a Mia; tanta coisa que precisava saber sobre o homem ali enterrado — o *verdadeiro* homem, cujo real caráter jamais conhecera. Esse privilégio, o de ter um pai de verdade, fora-lhe tomado. Tomado e levado para bem longe; para a Alemanha, para Patrizia e para Mia. A ela, couberam apenas a dor e as perguntas.

Enxugou as lágrimas com a manga do casaco, mas, apesar dos esforços, elas continuavam a cair.

Seus lábios se moveram, dando espaço para as perguntas que, há anos, haviam se formado em sua alma. Contudo, nenhum som saiu. Somente um doloroso silêncio pairou naquele lugar de saudades e solidão.

Fazendo uso de toda a discrição germânica, Mia observava tudo, calada. Nenhum questionamento, nenhuma intervenção.

Quanto tempo ficaram ali? Susana nunca soube dizer ao certo. Apenas fechou os olhos e virou-se para Mia quando, finalmente, sentiu que era o momento de partir.

— Podemos ir — disse.

— Tem certeza? Digo, você fez esta viagem somente para estar aqui, conhecer onde Jonas estava enterrado. Não quer aproveitar o momento um pouco mais?

Susana negou, balançando a cabeça.

— Não, obrigada.

Mia assentiu, resignada.

— Você cuidou do túmulo dele mesmo antes de sua mãe morrer? — perguntou Susana.

— No início, era minha mãe quem vinha. Depois, quando ela ficou mais velha e as dificuldades de locomoção começaram, eu passei a vir com ela.

Susana murmurou novamente um agradecimento.

— Não precisa me agradecer. Fiz o que qualquer filha faria.

— Mas ele não era seu pai — disse Susana, limpando novamente as lágrimas que marejavam seus olhos.

— De fato, não era. Não conheci meu pai, mas Jonas era importante para minha mãe, e isso era *importante* para mim também.

Sim, Susana era capaz de compreender aquilo. Só não sabia por que o pai lhe privara a oportunidade de lhe dar esse carinho.

— Vamos — disse Susana. Não era uma afirmação, mas uma súplica. Por tantos anos desejara estar ali, naquele exato local, e, agora, tudo o que queria era fugir. Sair dali e pensar.

— Há um café aqui perto — disse Mia. — Podemos nos sentar lá. Acho que você vai querer conversar, deve ter muito que perguntar.

Ela tinha? Sim, de fato havia um punhado de perguntas sem respostas. No entanto, junto a cada pergunta, havia também o medo quase infantil de saber as respostas — respostas para as quais talvez não estivesse preparada.

— Não sei se realmente quero saber — ela falou, caminhando ao lado de Mia para fora do cemitério.

— Então, podemos apenas conversar — disse Mia, escancarando novamente o sorriso.

Como ela conseguia ser tão afável? Sobretudo com uma desconhecida?

Antes de passar pelo portão, Susana parou e virou-se para trás, tomada por uma sensação estranha e, ao mesmo tempo, familiar.

A *sombra*. Sim, ela estava ali, perseguindo-a, espreitando entre as lápides e folhagens secas do *Friedhof Ockershausen*.

— Está tudo bem? — perguntou Mia. — Quer ficar mais um pouco?

— Não — respondeu Susana, fechando o casaco. — Está tudo bem, podemos ir.

CAPÍTULO 3

NEUMARKT, ALEMANHA, 1933

— *Es isteine Schande!*[4] — vociferou o pai, sob o olhar atento do jovem Jonas.

As explosões de contrariedade haviam se tornado constantes nos últimos meses, sobretudo nas primeiras horas do dia, quando Otto Schunk dedicava-se a ler a edição do *Berliner Tageblatt* enquanto aguardava o café da manhã.

Tipicamente, Otto era um homem de gestos educados, lapidados por bons estudos e uma formação sólida. Homem de espírito liberal acostumado a frequentar a alta sociedade de Neumarkt devido à posição que ocupava como diretor de banco, era fluente em oito idiomas e apaixonado por literatura e arte.

Seu pai, Joachim, avô de Jonas, havia sido o homem mais importante da região, responsável pela administração da cidade e fazendo jus a uma função que, até 1918, era praticamente hereditária — e, no caso, pertencia à família Schunk. Contudo, após a Grande Guerra e as reformas subsequentes, os Schunk haviam perdido prestígio político, mas nunca social. A Alemanha e o Império Austro-Húngaro haviam sofrido um duro golpe, e anos consecutivos de fortíssimas sanções econômicas mergulharam o país no caos. A partir daí, a nova realidade dos Schunk era conviver com

---

4. "É uma vergonha!"

uma posição econômica relativamente privilegiada, embora bastante distante do poder temporal que detiveram no passado.

Tampouco a Alemanha era a mesma; por todo o país, o desemprego causado pela crise econômica e pela inflação se alastrava como pólvora.

Otto era o oitavo filho e crescera em um mundo dividido em duas realidades distintas: o prestígio antes da guerra e o amargor de assistir aos tempos áureos da família e do país se dissolverem como manteiga ao fogo.

Todavia, Jonas nunca enxergara o pai como um homem apegado ao prestígio. Otto notoriamente era um burguês que cuidara bem de sua família e proporcionara estudo aos três filhos. Ainda que não usufruíssem de luxo, tinham uma boa vida. Ou seja, não era necessariamente o *status* que causava os acessos de frustração matutinos no pai, mas, sim, a iminente fragmentação do país, a qual Otto projetava em alto e bom tom entre um gole e outro de café.

— Este país está um caos! É uma desgraça completa! — repetiu, balançando a cabeça e pousando a xícara sobre o pires.

Como Otto aparentemente havia desistido da leitura do *Berliner Tageblatt*, fora a vez de Dieter, o filho mais velho, puxar o jornal para si e fixar-se nas páginas de política.

— Leia, leia o que está aí! — bradou Otto ao filho mais velho. — Você já tem idade para entender o caos em que este país vai mergulhar em breve, Dieter. Você também, Jonas — dirigia-se ao filho do meio. — Estou ficando velho, mas o futuro pertence a vocês. Contudo, a política suja jogará a Alemanha na lama e não haverá futuro! Escrevam!

Ana aproximou-se da mesa, trazendo a assadeira com mais uma fornada de pãezinhos. Serviu Otto, Dieter, Jonas e o pequeno Michael (o caçula da família e primeiro filho da sua relação com Otto), depois sentou-se ao lado do marido.

Jonas sempre admirava o carinho com que Ana tratava não apenas o pai, mas ele e seus irmãos. Era a segunda esposa de Otto, com quem se casara aos dezenove anos. A mãe de Jonas, Hilda, tinha abandonado a família e retornado para o Norte. Filha de um rico dono de pedreira, ela nunca perdoara Otto por ter orientado o pai a vender o negócio e aplicar o dinheiro no banco. Com a guerra e a instabilidade econômica, confiscos e turbulência política, a família de Hilda perdera tudo, e Otto tornara-se o bode expiatório ideal para assumir a culpa pela decadência de seu pai.

Ao final, o casamento foi à bancarrota, assim como boa parte das fortunas das famílias tradicionais alemãs. Quando tudo se tornou insustentável, Hilda deixou para trás o marido e os filhos e sumiu.

Mas, ao contrário do humor instável de Hilda, Ana era afável. Aquele tipo de mulher que, julgava Jonas, nunca sairia do lado do seu pai. Era fácil gostar dela.

— Você não deveria se exaltar assim — Ana advertiu, entornando um pouco mais de café na xícara do marido. — Por isso não gosto de política. Sempre acaba inflamando os humores das pessoas.

Otto fez um muxoxo e bebericou o café.

— Pois eu digo — prosseguiu, olhando para os filhos —, se os alemães que pensam um pouco não assumirem as rédeas deste país, estaremos condenados. Seja nas mãos dos comunistas, seja nas desse grupo de lunáticos que se auto intitulam nacionalistas. Dieter, Jonas... e você também, Michael. Ouçam: a Alemanha que vocês desejam deve ser construída com isto — Otto bateu na lateral da cabeça com o dedo indicador —, e não com isto — concluiu, brandindo os punhos cerrados.

Os filhos o encaravam com atenção. Particularmente para Jonas, os rompantes de crítica política do pai eram ao mesmo tempo divertidos e deliciosos. O jovem parecia ser o que melhor herdara o espírito liberal de Otto; lia muito, não fugia de debates com os amigos. No entanto, ao contrário do pai, não acreditava que somente massa cinzenta resolveria uma situação em que as vias de diálogo haviam se fechado. Às vezes, era necessária força bruta.

Não se envergonhava da fama de briguento que cultivara na escola após vários entreveros nos intervalos das aulas. Orgulhava-se de seu punho ter levado ao chão vários colegas, inclusive maiores e mais velhos.

Definitivamente, desaforo não era algo que se levava para casa.

— Brüning[5] era um fraco e foi vencido pelo Parlamento. Acho que tudo piorou a partir daí. Com ele, a socialdemocracia e o PSDA[6] degringolaram neste país — Otto seguia falando, naquele instante, em tom quase professoral. Ora se dirigia a Ana, que parecia entediada, ora aos filhos. — Onde estavam com a cabeça para colocar no poder um moderado cristão sem tino algum para gestão política?! Foi como jogar carniça aos abutres. O silêncio do PSDA em prol da governabilidade também não ajudou!

Otto deu um longo suspiro e, em seguida, terminou o café.

— Tempos difíceis precisam de homens fortes. Caso contrário, as feras saem das jaulas. Estou me referindo a idiotas como Hitler e os comunistas; idiotas extremistas que arrastam suas hordas de frustrados para as ruas! E pior: tudo deu errado e hoje temos que aceitar uma raposa como Hindenburg[7] e seu asseclа von Papen[8] para não entregar o poder a Hitler. E o que aconteceu? Hitler é chanceler! Chanceler!

— Não gosto de Hitler — Ana manifestou-se.

---

5. Heinrich Brüning, deputado e chanceler alemão pertencente ao Partido Socialdemocrata.

6. Sigla de Partido Socialdemocrata Alemão.

7. Paul von Hindenburg, militar e presidente alemão até a tomada definitiva do poder pelo Partido Nazista.

8. Barão Franz von Papen, chanceler escolhido por Hindenburg até ser substituído por Adolf Hitler. A história afirma que fora von Papen quem indicara Hitler a Hindenburg, sendo, posteriormente, afastado do poder com seus apoiadores da socialdemocracia. Deixou o governo após a Noite das Facas Longas (1934), episódio durante o qual os nazistas mataram algumas pessoas de sua confiança. Posteriormente, von Papen foi embaixador do *Reich* alemão em Viena e Ancara (Turquia).

— Ninguém *pode* gostar de Adolf Hitler, Ana! Ninguém em sã consciência! Mas lá está ele. Ano passado concorreu à presidência. Quem sabe o que irá conseguir no futuro?!

Ana suspirou. Nada parecia conter a verborragia política do marido. Exasperada, levantou-se, segurando Michael pela mão e dirigindo-se a Jonas e Dieter:

— Meninos, hora da escola — disse.

Em silêncio e arrastando as cadeiras, os irmãos se levantaram e se despediram.

Com as bicicletas, desceram os degraus da casa assobradada e chegaram até a rua. Como a maioria das cidades alemãs, Neumarkt guardava os resquícios da época em que era apenas um burgo (quando as primeiras edificações começaram a ser erguidas, no século XII) e, posteriormente, um vilarejo cravado no planalto de *Frankenjura*, região estrategicamente localizada entre os rios Danúbio e Main. Contudo, a presença das indústrias na porção sul da cidade começava a mudar gradativamente sua feição, trazendo ares da modernidade típica das cidades proletárias do país.

— O pai parece tão ingênuo quando fala de política pra gente — disse Jonas ao irmão, usando seu típico tom altivo.

— E você por um acaso entende mais do que ele? — Dieter ergueu o cenho e saltou sobre o selim.

— Não digo isso, mas gosto mais da ação — os pés de Jonas fizeram a catraca da bicicleta estrilar, levando-o rua abaixo.

— Você adora confusão — retrucou Dieter.

— Não sou um covarde como você — disse Jonas em tom jocoso.

— Ano que vem começo medicina e entro para o Exército. Não há um gesto de bravura maior do que esse, seu merdinha.

Conversas em tom áspero eram comuns entre os dois irmãos, mas isso não significava que não se gostassem. Jonas e Dieter, com a diferença de dois anos — o primeiro com quinze e o segundo com dezessete —, foram a fortaleza um do outro quando a mãe abandonou a família e deixou o pai dilacerado. Todavia, notoriamente eram diferentes em tudo; o circunspecto e analítico Dieter, rapaz alto de pernas finas, era o oposto do baixo e atarracado Jonas.

Jonas também era, de longe, o mais bonito e acumulava paixões no colégio. Geralmente, o interesse das garotas não o estimulava além do simples prazer da conquista. Contudo, havia uma menina em particular a quem dedicava uma atenção especial.

Assim que chegaram ao portão da *Pfalzgraf Friedrich II Berufsschule*, desceram das bicicletas, empurrando-as até o local em que deveriam ser deixadas.

— Boa aula, merdinha — disse Dieter.

— Para você também, *Spätzle*.[9]

O apelido devia-se ao prato favorito de Dieter, que Ana preparava com esmero.

Após cumprimentar alguns colegas, Jonas uniu-se a Rolf e Casper, finalizando a gangue de briguentos, famosa por assegurar momentos de entretenimento e socos nos intervalos. Mais do que isso, eram amigos que compartilhavam a mesma pulsão pelo risco e pela ação.

A sala de aula dos três amigos ficava no terceiro e último andar do prédio secular que abrigava a *Pfalzgraf Friedrich II Berufsschule*. O piso e as carteiras de madeira conferiam ao ambiente um aspecto austero tipicamente germânico.

— Já volto — disse Jonas, afastando-se do grupo.

— Lá vai ele se engraçar com a Finkler — disse Casper, empurrando o ombro de Jonas.

---

9. *Spätzle* é o nome de um tipo de macarrão caseiro típico do sul da Alemanha.

— Cuide do seu nariz, Casper — respondeu Jonas. — E vê se não borra as calças na reunião de hoje à noite.

— Está confirmada mesmo? — perguntou Rolf, o mais alto dos três amigos.

— Está sim. Fiquei sabendo que marcarão a data para sairmos às ruas — disse Jonas, visivelmente excitado — Quero ver Casper se cagando quando estivermos nas ruas e a polícia chegar.

— Vá à merda, Jonas — murmurou Casper, levando a brincadeira a sério.

Dando de ombros, Jonas afastou-se dos amigos e aproximou-se da garota de cabelos loiros escuros, presos em dois rabos de cavalo nas laterais da cabeça.

Ao contrário de boa tarde das colegas de classe, Patrizia Finkler não tinha um corpo de mulher adulta; nada de largos quadris, pernas torneadas ou seios que insistiam em se mostrar salientes debaixo das camisas brancas do uniforme. Era magra, esguia; um corpo de menina, mas com uma mente madura e astuta.

Seus olhos eram enigmáticos, e Jonas achava que isso se devia à cor — ora pareciam verdes, ora uma mescla de um tom esverdeado e castanho. Contudo, o que mais lhe chamava a atenção era a expressão do olhar de Patrizia.

A garota era capaz de dizer muito sem emitir uma única palavra. Bastava que lhe cravasse as pupilas grandes, emolduradas por cílios abundantes. Normalmente, era com o olhar que ela o advertia ao corrigir as tarefas desde que aceitara lhe dar aulas particulares.

Assim que o viu, Patrizia ergueu os olhos em sua direção e sorriu.

— Jonas — disse. — Estudou a matéria que passei anteontem?

— Posso dizer que sim — Jonas encolheu os ombros. — Ou que não. Dei uma olhadela, mas gramática ainda me parece um aborrecimento sem fim.

— É estranho ouvir isso de alguém que lê tanto — ela disse, tirando um caderno da mochila e colocando sobre a mesa.

— Gosto da prática, não da teoria — respondeu Jonas. — De todo modo, obrigado pelas aulas. Meu pai não cabe em si de ver o filho dele se esforçando para melhorar as notas.

— Amanhã estudaremos matemática — falou Patrizia.

— Então, devo me preparar para um inferno ainda maior — Jonas assobiou e sorriu. Tinha um charme natural que fazia com que Patrizia, a melhor aluna da sala, se sentisse misteriosamente atraída por aquele garoto truculento.

Os Finkler e os Schunk eram famílias que cultivavam boas relações, de modo que, quando as notas de Jonas despencaram, Otto não hesitou em pedir ao pai de Patrizia para que a menina ajudasse com aulas particulares.

Isso fora há quase um ano e meio. As notas de Jonas não haviam melhorado, mas uma relação especial entre ele e Patrizia havia, definitivamente, nascido.

— Mas o inferno de sexta-feira vale a pena se for para ver você — Jonas tocou de leve as costas da mão de Patrizia, que corou.

— Não caio na sua lábia, Jonas Schunk — ela disse, sorrindo.

— Não tive essa intenção — respondeu, dando de ombros.

Claro, ele tinha consciência de que estava mentindo. Em seu íntimo, suas intenções e sentimentos pela garota eram claros como água.

CAPÍTULO 4

O café parecia amargo. Amargo como seu humor. Um gole pequeno fora o suficiente para fazer seu estômago embrulhar. À sua frente, Mia terminava um bolinho de chocolate.

Deixara-se convencer por ela a entrar num café a algumas ruas do cemitério, mas já concluía que aquilo fora uma péssima ideia.

— Me fale — a voz de Mia a retirou dos pensamentos. — Me fale mais do Brasil.

— Bem diferente daqui. É um choque para uma mulher que nunca deixou o interior do estado viajar para a Alemanha.

— E é bom visitar as origens afinal? — Mia limpou os lábios com o guardanapo de papel.

— Não sei. Me sinto estranha — respondeu Susana, afastando a xícara de si. — Sonhei anos a fio em encontrar o túmulo do meu pai, e, agora que estou aqui, não sei se serviu para muita coisa.

A sombra continua a me perseguir, empoleirada sobre meus ombros como um abutre.

— Deve ter sido muito difícil para você — Mia disse, recostando-se na cadeira. — Digo, crescer longe do seu pai, sem saber o que houve.

Mia Richter definitivamente não sabia o que era dificuldade. Crescera ao lado de uma aparentemente amorosa mãe e, apesar de não ter tido pai, pôde usufruir da companhia de *seu* pai — um privilégio arrancado dela. O humor oscilante da mãe Katrina tampouco ajudava; na verdade, prejudicava bastante.

Era impossível para aquela mulher compreender o que passara. Sucessivas rejeições, lutos, dias infindáveis de sacrifício e privação.

— Foi — respondeu Susana por fim.

— Eu sinto muito pela sua história. Muito mesmo.

— Não sinta. O que houve me fortaleceu, de todo modo. Hoje tenho um marido excelente e três filhos maravilhosos. Muito mais do que sonhei quando menina.

Mia pegou um guardanapo e pediu uma caneta ao garçom. Assim que o jovem atendente de origem croata lhe entregou a esferográfica, Mia escreveu um endereço no pedaço de papel.

— O que é? — perguntou Susana, olhando para a letra cursiva de caligrafia perfeita de Mia.

— Meu endereço. Moro no mesmo lugar, no mesmo apartamento em que vivi com minha mãe. Há muitas lembranças lá. Podem ajudar. Não sei. A decisão é sua, mas, se quiser conversar, será um prazer receber você.

Susana conferiu o endereço novamente: *Berliner Strasse, 4. Nº 6.*

— Agradeço.

— É sério! Você ficará quanto tempo em Marburg?

— Me planejei para três dias. Depois, combinei de visitar alguns parentes do meu pai na região de Dortmund. São filhos do segundo casamento do meu avô.

Em suas investigações sobre o passado da família, descobrira os parentes do pai no norte da Alemanha. Assim como fizera com Mia, arriscara um contato e fora bem recebida. Os tios e primos nunca haviam tido notícias do ramo da família que nascera e crescera no Brasil.

Após algumas conversas por telefone, fora oficialmente convidada a visitá-los. No início, não enxergou como prioridade. Mas, agora, conhecer os tios do segundo casamento do avô lhe parecia mais caloroso do que remexer no passado de seu pai.

— Então, terá tempo, se quiser!

— Vou pensar.

Mia sorriu.

— Estou aposentada. Não tenho muito que fazer senão regar as plantas e dar aulas particulares de piano a dois adolescentes que moram no mesmo conjunto de apartamentos.

— Muito obrigada — Susana guardou o endereço na bolsa.

Após Mia lhe dar as coordenadas para pegar o ônibus de volta à pensão, despediram-se com um abraço cordial.

Tão logo se viu em seu quarto, Susana sentou-se na beirada da cama e, então, rendeu-se às lágrimas. Quando o choro compulsivo cessou, caminhou até o guarda-roupa de madeira e, abrindo uma das portas, puxou para fora sua mala de viagem. Jogou-a sobre a cama, e tirou de dentro uma lata que, outrora, armazenara biscoitos. Naquele momento, contudo, guardava algo mais significativo.

Com a lata sobre o colo, retirou a tampa e remexeu o conteúdo. Cartas, telegramas, papéis, memórias.

Sentiu o choro recomeçar.

Quando tudo aquilo acabaria?

Seria uma boa ideia encontrar-se de novo com Mia?

Não sabia. Fechou a lata e deixou-a de lado, sobre o travesseiro.

Estava cansada. Precisava pensar. Mais do que isso, via-se diante de uma estrada bifurcada em que ambos os caminhos levariam à dor; manter-se na ignorância ou mergulhar na verdade.

Pouco depois das lágrimas começarem a rolar, adormeceu.

CAPÍTULO 5

Mariazinha — conhecida apenas pelo diminutivo, algo que lhe fazia jus aos 1,49m e compleição miúda — correu em sua direção, exasperada. Não porque a pequena cidade de Taquara nos idos de 1960 oferecesse os perigos de uma cidade grande, como Porto Alegre ou Caxias do Sul, mas porque temia a repreensão que, certamente, recairia sobre a menina franzina que arregalou os olhos assim que ouviu o chamado.

— Susana, guria! Volta pra casa, que senão vai ter confusão!

Era comum que se perdesse nas horas enquanto circulava pelas ruas de terra batida de Taquara — na época, cidade referência na região que abrangia Três Coroas e Igrejinha. Fora habituada a correr livre em uma cidade pequena, em uma época em que os perigos se limitavam às broncas dos pais.

As horas de brincadeira eram sempre ao ar livre. Correndo pela rua ou embrenhando-se no atalho que ligava a rua Arnaldo da Costa Bard, em cuja esquina ficava sua casa, aos fundos do complexo do Hospital de Caridade. Gostava especialmente de se deter no terreno onde havia arbustos de zabumba. Adorava perambular por ali no verão, quando as flores que lembravam saias brancas penduradas nos caules verdes atraíam uma imensidão de borboletas. Infelizmente, era outono, de modo que teria que esperar pelas borboletas.

— Vem! — falou Mariazinha, pegando-a pela mão. — Tua mãe já chamou três vezes.

— Eu não ouvi — Susana explicou-se.

— Sabe como tua mãe é, Susana. Vai cantar a sandália! E logo teu pai chega também.

Caminharam até a casa em silêncio, mas a passos rápidos. Havia passado sua infância e juventude no local — ainda que a cidade tivesse mudado, sua pequena realidade em quase nada se alterara.

— Não sei por que a mãe sempre está brava — resmungou Susana, prestes a entrar em casa, ainda segurando a mão de Mariazinha.

— Já sabe que ela *é* brava. Simples. Então, não abusa — explicou.

Ambas entraram na casa, encontrando Katrina ocupada na cozinha.

— Onde tu estava? — perguntou, erguendo o olhar furioso em direção à filha.

— Estava comigo — interveio Mariazinha. — Quis dar canjica para a guria, está magra demais, Katrina.

A mãe balançou a cabeça, em desaprovação.

— Banho. Vai! — disse, em tom enfático.

Susana sumiu para o interior da casa, em direção ao banheiro.

— Tu precisa parar de proteger a guria — resmungou Katrina, ainda ocupada com a galinhada na panela.

— Tu pega muito no pé da menina — disse Mariazinha, junto à porta de entrada.

— Diz isso porque não tem filhos. Se tivesse, ia ver.

Mariazinha calou-se. Era verdade, não tivera filhos. Tampouco tivera uma vida feliz. Aos quarenta e um anos, morava sozinha. Aos dezoito, fora obrigada a casar-se com um homem quase trinta anos mais velho. Eram tempos em que vivia em Porto Alegre. Juntou coragem e, aos vinte e dois anos, fugiu dele; embrenhou-se no mundo até vir parar em Taquara, após andanças sem fim.

Nunca contara a alguém o que fizera até se estabelecer na cidade, há quase dez anos. As pessoas comentavam que havia feito de tudo — e esse tudo variava de acordo com o veneno destilado pelas línguas mais vorazes.

Desde que o casal Schunk chegara a Taquara, era sua vizinha mais próxima. Vira os filhos nascerem e crescerem: primeiro, Elias Jonas, depois Carlos e, por fim, em cinco de dezembro de 1951, Susana, quatro anos mais nova do que Carlos.

— Jonas está para chegar — bufou Katrina, esfregando as mãos no avental.

— E eu vou embora — disse Mariazinha, saindo para a rua. — Os meninos estão bem na fábrica dos Wensel?

— Estão sim. Só Elias que não melhora daquela asma maldita! — Katrina desligou o fogo e tirou o avental. — Tem dias em que as crises são terríveis.

— Tem que cuidar — disse Mariazinha, pensativa.

Elias era, sem dúvida, um garoto esperto, que assim que agarrara sua primeira chance de trabalho na fábrica de sapatos dos Wensel, conquistara a simpatia de colegas e empregadores. Todavia, ao mesmo tempo que lhe sobrava esperteza, faltava-lhe saúde.

Fora ele quem, depois de três meses empregado, convencera o patrão a contratar o irmão Carlos.

— Espero que cheguem antes do pai — disse Katrina, servindo-se de um copo de água. — Senão, vai ter briga de novo.

Mariazinha assentiu. Ela convivia com aquela família desde sempre e, ainda que não soubesse detalhes, era nítido que o casamento ia mal; muito mal. De certo modo, as coisas pioraram quando Susana nasceu. A menina se tornara o bode expiatório de Katrina, e, em contrapartida, Mariazinha se convertera em sua guardiã.

A noite caiu rapidamente sobre Taquara. Elias e Carlos chegaram pouco após a partida de Mariazinha, e lançaram-se sobre o fogão como se voltassem de uma guerra.

— Tirem a mão! Esperem teu pai! — esbravejou Katrina, saindo dos fundos da casa e afastando os filhos das panelas.

— Estou com fome — arguiu Carlos.

— Tu vive com fome — retrucou Elias.

Katrina balançou a cabeça.

— E a asma?

— Estou bem, mãe.

— Então, vão para o banho. Logo teu pai chega.

Mas ele não chegou. Assim como em tantas outras noites, ele não voltara.

Susana fora a última a deixar a mesa. Seus irmãos devoraram a comida e foram para os fundos. Somente sua mãe e ela estavam ali; a menina, sozinha na mesa, e a mulher acabrunhada na cadeira, olhando para o vazio da sala escura.

Sua mãe era uma mulher triste. Triste e brava. Talvez sentisse saudade do pai também. Ele trabalhava muito no escritório, onde cuidava dos negócios de outras pessoas. Era contador ou algo assim.

Susana saltou da cadeira e caminhou até a mãe. Muitas vezes tinha medo dela, mas, naquela noite, sentia algo diferente. Pena, assim como das borboletas que vivem tão pouco e morrem.

— Mãe, o pai não vem?

Katrina moveu a cabeça lentamente em direção da pequena. Com os olhos injetados, disse vagarosamente, pronunciando cada palavra com prazer:

— Não vem por causa de ti. Por causa de ti, entendeu? De ti!

Não, Susana não entendia. Tomada pelo pavor, correu para os fundos, em direção aos quartos. Ali, no escuro, chorou.

ॐ

Sim, ela havia chorado. Mas só se dera conta quando, acordada por completo, sentou-se na cama. Demorou alguns minutos para se localizar. Estava no quarto da pensão, em Marburg.

Observou a lata ao seu lado, sobre o travesseiro.

A dúvida tinha se dissipado. Agora, restava apenas uma certeza.

CAPÍTULO 6

— Dia 19 de fevereiro, domingo. Iremos para rua — anunciou Randolph Scherer, sentado à mesa de madeira parcialmente devorada por traças.

Havia vários meses que o velho sobrado em que outrora funcionara uma tapeçaria servia de local para as reuniões do grupo, cujo número de participantes crescia lentamente. Envolto em seu casaco azul e com a calvície precoce e acentuada, escondida pela boina, Scherer era um líder carismático, capaz de encantar seus ouvintes com brados sobre igualdade, combate ao capitalismo representado pelas potências que destruíram a Alemanha e promessas de novos e melhores tempos.

Jonas adorava ouvi-lo. Achava-o tão inteligente quanto seu pai, mas mais enérgico, isto é, disposto a colocar ideias em prática, e não apenas vociferar diante das notícias de jornal. Mais do que isso, sentia-se honrado em fazer parte de um grande projeto, do grupo que orgulhosamente chamavam de *Neumarkt Sozialistische Jugend*.[10]

— Ideais sem ação são como pólvora molhada — dizia Scherer. — Não servem para nada! Mas vamos mostrar à Alemanha que o povo acordou e que irá para as ruas. Em todo o país, em Neumarkt e nas cidades vizinhas também. Em toda a Baviera, Prússia e Renânia. Ninguém pode contra o poder do povo.

---

10. Juventude Socialista de Neumarkt.

Seus discursos inflamados normalmente eram seguidos de brados de vitória. Porém, naquela noite, havia silêncio. Não que todos os presentes estivessem dispostos a recuar; mas também havia um medo silencioso pairando sobre o grupo.

Uma coisa era dizer, outra bem diferente era partir para a ação. Ao longo dos meses, os movimentos grevistas e as passeatas haviam se alastrado pelas grandes cidades do país. Todavia, a repressão contra as mobilizações vinha se tornando cada vez mais intensa. Muitos simpatizantes do comunismo, como todos naquela sala, assistiam inconformados ao crescimento da massa que apoiava o discurso totalitário e nacionalista do chanceler Adolf Hitler. Sua chegada ao poder tornara o clima ainda mais tenso e a repressão mais severa.

— Vamos cortar a cabeça da cobra enquanto ela ainda é filhote — disse Scherer, acendendo um cigarro.

Jonas trocou olhares com Casper e Rolf. Os três estavam no fundo da grande sala, encostados na parede, invisíveis. Havia muitos jovens como eles ali, possivelmente, agindo sem o conhecimento dos pais. Mesmo assim, era para os ainda mais jovens que Scherer falava.

— Corações velhos têm vícios. O futuro pertence a vocês — dizia.

Jonas assentiu, meneando a cabeça de modo autômato. Seus colegas pareciam mais reticentes.

Porém, todos ali concordavam que a primeira manifestação dos jovens socialistas de Neumarkt deveria ocorrer. E seria no dia dezenove, conforme Scherer afirmara.

Próximo das oito horas da noite, alguém abriu um barril de cerveja. Alguns começaram a beber, mas os três rapazes se despediram e deixaram o velho sobrado em silêncio.

— Vamos mostrar do que somos capazes — disse Jonas. — Não vamos? E então? O que vocês têm?

Rolf foi o primeiro a falar.

— Receio. Sim, eu sei, é necessário. Mas, e se algo ruim acontecer?

Casper assentiu. Era o mais amedrontado dos três.

— Se acontecer, vocês correm para a mamãe — disse Jonas, enterrando as mãos nos bolsos do casaco. — Dois covardes, é o que vocês são. Se comprometeram com Scherer que estariam na passeata também. Muita gente estará. Basta alguém começar para que o resto se una. Não é isso que Scherer fala? Acho que ele tem razão.

— Meu pai fala horrores de Stálin — disse Rolf. — Diz que ele é mais perigoso do que Hitler e que talvez Hitler seja o que a Alemanha precise para... como é mesmo que ele fala?... para que Stálin não coloque as garras em nosso país.

— Pra merda com Stálin! Temos dois caminhos a escolher, e vocês sabem, não são burros — Jonas tinha um tom impaciente. Os três rapazes entraram em uma rua escura. — Não temos opção, e lutarmos ao lado de quem fala pelo povo é o único meio de combater aqueles idiotas nazistas!

Os dois assentiram, calados. Eram três jovens que se arriscavam a enveredar no discurso político, dando-se ao direito de sonhar e pensar livremente.

Casper foi o primeiro a deixar o grupo, seguindo para sua casa. Rolf foi o segundo, despedindo-se de Jonas com um aperto de mão. O jovem Schunk seguiu sozinho até o sobrado da família onde encontrou todos à mesa, jantando.

— Onde se meteu? — perguntou Otto, em tom austero. Encarava o filho por trás dos óculos de aros redondos e lentes grossas.

— Estava estudando com Casper e Rolf — respondeu, sentindo o aroma do ensopado penetrar em suas narinas. — Desculpe.

— Se estava estudando, pelo menos estava fazendo algo de útil — disse o pai, estendendo o prato para que Ana lhe servisse. — Vá se lavar e sente.

Jonas assentiu. Amava o pai; tinha sorte de ele ser um liberal, defensor ferrenho do livre pensamento. No entanto, o que acharia do filho quando, no dia dezenove, o visse nas fileiras da passeata, bradando contra o governo?

Talvez se orgulhasse, pensasse ser um ato de coragem. Ou o repreendesse. Fosse como fosse, sabia que o pai não apoiava o atual cenário político. Tampouco podia culpá-lo por se envolver em movimentos sociais; fora ele, o pai, que sempre estimulara os filhos a falar sobre política e sobre liberdade.

Não tinha culpa se Dieter era um bundão. *Ele* não era. E mostraria.

Sentou-se à mesa após lavar o rosto e as mãos. Seu prato com ensopado já estava sobre a mesa.

— Você perdeu a oração — disse Ana. — Ore sozinho, pelo menos.

Jonas fechou os olhos e fingiu rezar. Sua família era tradicionalmente luterana, e, apesar do pai não ser um religioso ferrenho, cedera às exigências de Ana quanto a alguns preceitos — orar à mesa e frequentar os cultos aos finais de semana eram alguns deles.

— Quer dizer que está tentando ficar menos burro? — perguntou Dieter, com a boca cheia de ensopado.

— Não enche! — retrucou Jonas, com olhos fixos no prato.

— Estudar é um traço de boa inteligência — disse Otto. — A situação já está difícil o bastante para quem tem estudo; veja a turba de desempregados e famintos pelo país. Portanto, não dificulte as coisas para você mesmo, Jonas, mesmo que você já se ache esperto o suficiente.

Jonas seguiu em silêncio. Demorou um pouco para que finalmente falasse:

— Amanhã Patrizia virá estudar matemática comigo — disse.

— Ah, a filha dos Finkler! Sabia que ela ajudaria de algum modo — Otto parecia feliz. — Ela é um tesouro de garota. Já faz tempo que estudam juntos, mas suas notas ainda não melhoraram o suficiente. E tenho certeza de que não é por falta de esforço da menina, Jonas.

Jonas sentiu um calor subir pelo seu corpo. De fato, Patrizia era mais inteligente do que ele; mais estudiosa também. Mas, para agradá-la, tentava se esforçar. Sentiu-se, então, corar. Pensar nela lhe causava isso, um rubor que era difícil disfarçar.

Nunca se sentira particularmente interessado por garota alguma, apesar de elas não hesitarem em lhe dar atenção. Patrizia, no entanto, mexia com ele de um modo que não sabia explicar. Às vezes, pensava que era porque ela era inteligente e ele a admirava por isso; às vezes, achava que estava conhecendo o amor.

Novamente, a conversa à mesa seguiu para a política. O pai estava particularmente inspirado em desferir críticas ao novo chanceler, mas, naquela feita, Jonas não estava atento. Sua cabeça estava em outro lugar, de modo que o assunto ficou limitado ao pai e a Dieter, que concordava com tudo que Otto falava meneando com a cabeça.

Findada a janta, Jonas retirou-se para o quarto e estirou-se na cama.

Ficou observando o forro de madeira sobre sua cabeça, o ambiente envolto pela luz amarelada.

No dia seguinte teria aula de matemática com Patrizia; e, no dia dezenove, participaria do evento mais importante de sua vida até então. Era nisso que pensava.

CAPÍTULO 7

O inverno era a pior estação do ano para Susana. O frio úmido do interior do Rio Grande do Sul tornava a vida mais dura, sobretudo, em suas caminhadas pela manhã até o "Santa", o Colégio Santa Teresinha, onde estudava.

A escola, administrada por freiras, ocupava o quarteirão inteiro de um prédio bonito de fachada rebuscada e imponente. Susana sempre achara o Santa o prédio mais bonito de Taquara.

Então, pensou no clima de novo. O clima frio da manhã de outono não era nada comparado ao inverno; seus únicos recursos para vencer o frio eram polainas de lã que a mãe lhe fizera e que usava sobre as meias, e a blusa grossa feita por Mariazinha. Mas a saia, item inegociável no uniforme feminino, fazia com o que o frio lhe subisse pelas pernas finas, de modo que, muitas vezes, caminhar até a escola era um martírio.

O retorno para casa era melhor; o sol e o céu azul espantavam a umidade e a caminhada tornava-se mais gostosa.

Naquele dia, chegou à casa e almoçou com a mãe e os irmãos. Ainda não havia sinal do pai — possivelmente, estava trabalhando demais de novo.

O humor irritadiço da mãe parecia ainda pior. Não lhe dirigira a palavra, apenas lhe servira o prato de comida em silêncio e voltara para junto da pia. Elias e Carlos conversavam sobre o trabalho na fábrica de sapatos e comiam rapidamente para chegarem a tempo de bater o relógio de ponto.

Depois de fazer sua tarefa, saiu para brincar na rua. Obviamente pedira permissão à mãe, que, indiferente, respondera com um aceno de cabeça.

Novamente, tinha toda a rua à sua disposição. Era a única criança de sete anos nas redondezas. Na casa ao lado, morava um casal que viera de Porto Alegre e não tinha filhos; alguns terrenos adiante, um homem solitário que cultivava uma barba longa. Do outro lado da rua, um funcionário da prefeitura, casado e cujos filhos já haviam saído de casa.

Então, era apenas ela.

Após perambular por uma série de terrenos baldios, bateu na casa de Mariazinha. Não entendia por que, mas, naquele dia, estava se sentindo sozinha.

A mulher a recebeu com carinho e a convidou para entrar. Após as perguntas de sempre — Sua mãe sabe que veio aqui? Fez a tarefa? — Mariazinha serviu-lhe canjica, seu doce preferido.

Susana comeu com avidez; terminou a tigela de canjica e encarou Mariazinha.

— Olha esses bracinhos finos! Dois caniços! — disse a vizinha, tocando com carinho o braço de Susana.

— Obrigada pela canjica — a menina agradeceu, com sorriso inocente.

— Bah, não tem de que — disse Mariazinha. — Agora, vai pra tua casa. Pelo menos tua mãe não poderá reclamar que está chegando tarde.

Antes de caminhar para a porta, Susana se deteve. Estava matutando em perguntar, mas não tinha coragem. Possivelmente fora por isso — e não apenas pela sensação de solidão — que viera até a casa de Mariazinha.

Ela não podia perguntar à mãe, mas sabia que a vizinha não ficaria brava.

— Mariazinha — disse, ainda hesitante —, por que minha mãe não gosta de mim?

Ela não entendeu por que, mas a vizinha a encarou com espanto. Depois, ainda sem entender, viu seus olhos se encherem de lágrimas, assim como acontecia com sua mãe quando o pai não voltava para casa.

— Deixe de besteira, guria. Claro que ela gosta! — disse Mariazinha, caminhando até a menina.

— Ela está sempre brava — Susana insistiu, sentindo-se mais corajosa para continuar. — Com meus irmãos não é assim.

Mariazinha suspirou. Susana notou seus ombros estreitos subirem e descerem.

— É que tu é nova, e criança dá mais trabalho. Teus irmãos são mais velhos e se viram. Tua mãe está sempre cuidando da casa sozinha e fica nervosa. É só isso.

— Só mesmo?

Mariazinha assentiu.

— Só — aproximando-se, beijou o topo da cabeça de Susana. — Agora, para casa. Vai!

Susana sorriu e saiu, acenando de longe.

Junto ao batente, com os braços cruzados, Mariazinha sentiu a lágrima cair. Uma, depois outra.

Amava aquela menina como se fosse sua filha; a filha que nunca tivera. Estaria sempre ali para ela.

Sim, ela sabia a resposta o porquê Katrina era tão dura com a pobrezinha.

— Às vezes, guria, os adultos são complicados. Eles sentem raiva e não sabem em quem descontar. Não aceitam sua própria culpa e jogam tudo em cima dos outros. Então, descontam nos mais fracos — ela disse, em tom quase inaudível.

Estava só, ninguém havia escutado. Ainda assim, do fundo do seu coração, era o que gostaria de ter respondido à menina.

☙

Naquela noite, o pai voltara para a casa. Carregava uma pasta forrada de papéis e tinha um semblante cansado.

Susana observou o homem de cabelos loiros e olhos claros sentar-se na cadeira da sala, exaurido. Ansiava por um convite para se aproximar, mas nenhuma palavra fora dirigia a ela, nem a ninguém.

A mãe perguntou se ele queria jantar, e a resposta foi afirmativa. A família reuniu-se em torno da mesa em silêncio. A presença do pai parecia tornar tudo mais austero; nem mesmo Elias e Carlos falavam muito.

Nos breves momentos em que o silêncio era quebrado, o pai perguntava aos dois rapazes como as coisas andavam na fábrica. Elias era sempre quem mais falava; contava sobre os elogios que recebia, e o pai assentia, meneando a cabeça a cada palavra.

Depois, o silêncio retornava, pesado. Quando terminaram de comer, se retiraram da mesa em fila. A cozinha e a mesa passavam a ser unicamente propriedade do pai, que esparramava os papéis sobre o tampo e debruçava-se sobre eles. Nem mesmo a mãe dizia uma palavra sequer. Ia para a sala e dedicava-se à costura.

Quando a noite avançava, a mãe ia dormir, mas o pai não. Com uma garrafa de conhaque como companhia e um cigarro sempre preso entre os dedos, seus olhos não saíam dos papéis e dos números neles escritos.

Susana odiava aquele silêncio. Mas era nele, na falta de palavras, que encontrava o ninar para seu sono.

Pelo menos meu pai não me trata mal como minha mãe, pensava, às vezes, antes de fechar os olhos.

CAPÍTULO 8

Berliner Strasse, 4. Nº 6.

Não foi fácil chegar até o endereço fornecido por Mia. Antes de deixar a pousada, informou-se sobre as coordenadas com a jovem funcionária loira de rabo de cavalo curto, que tentou lhe explicar as linhas de ônibus que poderiam ser usadas para chegar ao endereço.

Ainda assim, sentia-se perdida. Com a bolsa a tiracolo e a lata recheada de recordações, perambulou à procura de informações. Interpelou transeuntes, e, rapidamente, notou que recebia mais atenção dos mais velhos do que dos jovens — estes, impacientes para seguirem seus caminhos.

Já os mais velhos não escondiam a curiosidade e perguntavam por que ela tinha um sotaque tão diferente. Um deles, um senhor que trabalhava em uma banca de jornal, disse que o alemão que falava era antigo. Não usou um tom depreciativo, nada disso, apenas achou engraçado.

Susana não havia refletido sobre aquele ponto de vista até o momento. O alemão que aprendera com seus pais era obviamente arcaico; sua mãe era filha de um imigrante que chegara ao Brasil no início do século XX. Seu pai viera para o país em 1935, assim, muitos anos haviam se passado. Era como se alguém saído do início do século XX viajasse numa máquina do tempo até 2013.

Por fim, tomou a rota certeira até o endereço e desceu do ônibus a duas quadras do local. Era um conjunto habitacional formado por quatro prédios de sete andares, enfileirados ao longo da rua. Susana não pôde deixar de notar que pareciam colmeias, com janelas que pareciam pequenos pontos distantes e simétricos.

A construção era simples, mas nova, e destoava do aspecto antigo de uma cidade medieval como Marburg.

Ao redor de todo o conjunto, havia um jardim bem cuidado, com grama aparada e algumas flores já castigadas pelo frio. Um senhor de boina e casaco xadrez puxava as folhas secas com um rastelo, repetindo o movimento de modo preciso. Não tirava os olhos do chão, estendendo o rastelo até um punhado de folhas mortas, juntando-as em montes e, depois, colocando em um saco plástico preto. Em seguida, caminhava mais alguns passos, arrastando o saco pelo piso de cimento, e voltava a agir da mesma maneira.

Susana aproximou-se dele e, após um rápido bom-dia, perguntou-lhe sobre o prédio quatro do conjunto habitacional. Só então notou que o senhor tinha os dedos tortos e as juntas grossas. Muito provavelmente, sofria de artrite.

— É aquele ali — disse, enfiando a mão no bolso e tirando um lenço cinza, com o qual limpou o nariz que escorria. — O que tem o portão pintado de vermelho.

— Obrigada — Susana agradeceu. Assim que se afastou, o senhor voltou à sua tarefa, puxando as folhas secas e colocando-as no saco plástico.

Parou diante do portão vermelho e tocou o interfone, pressionando o número seis. Aguardou alguns segundos e tentou novamente. Ninguém atendeu.

Perda de tempo, pensou, caminhando até um banco instalado no jardim. Sentou-se, deixando a bolsa e a lata de memórias ao seu lado. O sol iluminava o dia azul, mas estava frio.

Duas crianças, um menino e uma menina, de cabelos loiros quase brancos, passaram pela rua em cima de patinetes. Tinham mochilas às costas, indicando que iam para a escola.

De repente, viu-se nas ruas de Taquara nos anos 1950; ela própria, guria, correndo pelo piso de terra batida atrás das borboletas. Ou voltando da escola a pé, abraçando o próprio corpo na tentativa de se proteger do frio.

Seus pensamentos viajaram no tempo, indo para bem longe de Marburg e da amargura em que sua vida se transformara.

❧

Quando pulou da cama naquela manhã, saltitou rapidamente até a cozinha. Seu pai havia retornado para a casa na noite passada novamente, e era a quarta vez seguida no mês que isso acontecia.

Decerto, era um bom sinal. Ouvia a voz de sua mãe, falando algo em alemão. Sem dúvida, ela falava com seu pai; ele ainda estava em casa, deveria estar tomando café da manhã. Gostava de café forte, e o cheiro de café coado já se espalhava pela casa.

Era cedo, o sol mal nascera.

Quando se aproximou da cozinha, deteve-se. Algo estava errado. Era apenas uma sensação, mas de todo modo parou de saltitar e passou a caminhar devagar até o ambiente em que os pais estavam.

Espichou o pescoço pela porta que dava acesso à cozinha. Sua mãe estava em pé, perto da mesa em que costumavam se reunir para comer. Seu pai estava debruçado sobre ela. Havia vários papéis espalhados, sinal de que estivera trabalhando. Também havia uma garrafa de conhaque vazia, um copo e várias bitucas que lotavam o cinzeiro de metal.

Sua mãe parecia irritada. Com as mãos nos ombros do marido, tentava erguê-lo. Será que ele tinha morrido? Estava passando mal?

Aflita, não hesitou mais. Entrou na cozinha e estacionou perto da mãe.

Quando a viu, Katrina lhe lançou um olhar furioso.

— Saia daqui! Agora! — gritou.

A menina correu pela porta, não contendo o choro. Contudo, não voltou para o quarto. Não podia. Sentou-se no chão e encostou-se na parede. Estava preocupada; havia algo errado, algo *ruim*.

Então foi possível ouvir a voz de seu pai. Ele falava em alemão. Sua mãe retrucava. O tom era áspero, eles estavam infelizes.

Ela entendia alemão, era o idioma que sempre usavam em casa quando seu pai estava. Crescera ouvindo aquilo. Quase todos os seus colegas em Taquara também sabiam alemão, então, entender o que diziam não era problema. O que causava dor era entender *por quê*.

— Por que fez isso? — sua mãe repetia.

Seu pai resmungava. Susana não conseguiu entender o que dizia. De repente, algo caiu no chão. Um estrondo. A cadeira havia tombado.

Passos pra lá e pra cá ecoaram. Seu pai estava andando, sua mãe também.

— Estamos sem nada, Jonas! Sem nada! E com três filhos!

— Acha que não sei? Acha que queria...?

Ele não murmurava mais. Estava bravo. Bravo com sua mãe.

— Eu trabalho sem parar. Não sou vagabundo. Não me acuse!

— Não estou te acusando de não trabalhar. Estou dizendo que tu nos meteu em um problema enorme! Perdemos tudo, Jonas! Tudo! E tu não me disse nada! Não me falou.

— Não tinha por que te dizer algo — ele respondeu furioso.

— Sou tua mulher!

— Eu sei disso... e me arrependo disso também.

Naquele instante, algo se quebrou no peito da menina. Por que seu pai estava falando aquilo? De que se arrependia?

— Jonas, tem que haver um jeito — a voz da mãe tornara-se mais amena diante do tom desafiador do pai. — Um jeito de reverter isso.

— Todos perderam dinheiro. Eu perdi, Bauer perdeu, Christian também. Todos. Deu errado, a ideia deu errado.

— E por que tu quis entrar nesse negócio de montar um frigorífico? Por que não me falou?

Outro estrondo. Seu pai esmurrara a mesa.

— Porque quero algo para mim! Para mim! Não ficar trabalhando como escravo teu e dos meninos. Era para dar certo, todos perdemos dinheiro.

— E tu encheu a cara e ficou calado todo esse tempo sem dizer nada por isso... Sou tua mulher... Eu merecia...

— Não merece nada! — seu pai suspirou. Barulho de cadeira novamente, algo sendo arrastado. A menina deduziu que o pai voltara a se sentar.

— Está fumando demais — disse a mãe.

— Eu vou resolver — ele respondeu. — Só não me amole.

Riscou um fósforo. Cheiro de cigarro. Ele estava fumando de novo.

— Resolver como? — a mãe chorava.

— Resolver — repetiu o pai. Ele não gritava mais, falava quase que em murmúrio.

Jonas se levantou. Caminhou. Em seguida, houve o barulho da porta da frente se fechando.

Tudo ficou em silêncio por alguns segundos. Então, tudo que se podia ouvir eram os soluços da mãe.

Elias e Carlos saíram do quarto e encontraram a menina sentada no chão, chorando. Os irmãos trocaram olhares confidentes e foram para a cozinha.

— Mãe — chamou Carlos.

— Vão se arrumar. Vou preparar o café. Vocês têm escola — a mãe disse.

Por que não os expulsara como fizera com ela? Por que amava mais os irmãos do que ela?

Mariazinha havia dito que aquilo não era verdade, mas era. A mãe não a amava.

Os irmãos voltaram para o quarto. Mas ela não; não podia.

Com o rosto coberto por lágrimas, caminhou devagarzinho até a cozinha. Ficou observando a mãe sentada, chorando também. Por que todo mundo estava chorando?

Demorou até que a mãe a notasse. Passaram-se vários minutos. Ela não tinha fome, não queria ir para escola. Queria correr para a casa de Mariazinha e pedir colo. Ajuda.

Quando finalmente a mãe a notou, não a encarava mais com raiva. O olhar estava diferente. Era triste, dolorido. Igualzinho ao de uma colega de escola quando contou que o pai tinha morrido.

Na ocasião, ela ficou imaginando o quão doloroso seria perder o pai ou a mãe. A simples ideia a deixara apavorada.

Sem que ela perguntasse algo, sua mãe disse, em meio a soluços:

— Se tu não tivesse nascido, teríamos ido embora para a Alemanha. Se não fosse tu, estaríamos bem. Teu pai não me odiaria.

A mãe não disse aquilo com ódio. Nem brava. Simplesmente disse.

Katrina parecia não estar mais brava com a filha, o que era bom. No entanto, por que dizia que era culpada? Isso, sem dúvida, era ruim. Ter culpa era muito ruim.

— Vai pôr o uniforme — disse a mãe, levantando-se. — Vou preparar teu café e de teus irmãos.

CAPÍTULO 9

Todos sabiam que o escritório do pai era um lugar sagrado na casa. Ninguém tinha direito de usar o espaço, repleto de livros sobre política, filosofia, história e arte, e decorado com mesas, cadeiras e estantes de madeira de tom escuro e austero. Ainda assim, Jonas sabia que o pai cedera aquele espaço para que fizesse suas aulas de reforço com Patrizia unicamente porque tinha a absoluta certeza de que a promissora filha dos Finkler o ajudaria a melhorar as notas.

Após a aula, seguiram juntos de bicicleta para o sobrado. Tão logo chegaram, foram para o escritório e abriram os livros e cadernos de matemática.

Ana apressou-se a oferecer algo para Patrizia comer. Gostava muito da menina e, Jonas sentia, queria que ele próprio fosse como ela: centrado, estudioso, responsável. Entretanto, sabia que nunca seria isso; era um cavalo selvagem que precisava de espaço, pastagem, vigor.

— Enquanto você faz as tarefas de matemática — Patrizia disse, pegando um caderno — eu confiro os exercícios de gramática que passei.

— Eu fiz tudo como você ensinou — disse Jonas.

— Isso eu vou ver — ela riu.

Passou os olhos pelos exercícios de Jonas. A cada linha balançava a cabeça em desaprovação.

— Sua letra é linda — falou —, mas você é um grande relaxado. Não fez como pedi.

— Fiz *exatamente* como pediu — retrucou, frustrado.

— Jonas, isso aqui está muito desleixado! Preencheu os exercícios pela metade, alguns nem fez.

— Não fiz porque não sabia — ele disse. — Achei que ia me explicar, não me crucificar.

Patrizia sorriu.

— Boa desculpa.

— Sabe, detesto isso. Eu sei escrever, sei usar a gramática. Por que tenho que ficar provando isso nesses exercícios idiotas? Vou dizer mais: a maioria das pessoas naquela sala, incluindo os professores, se preocupa com coisas que não têm importância.

Patrizia arregalou os olhos e o encarou com curiosidade.

— E o que tem importância então?

— Política — ele respondeu. — Você também... não percebe o que está acontecendo com o país? Ficamos numa sala de aula, ouvindo sempre as mesmas coisas, aprendendo coisas que todo mundo aprende há séculos. E isso não muda nada.

— Estudar não adianta nada, então? — ela fechou o livro de exercícios e encarou Jonas.

— Não disse isso. Estudar sem um *objetivo* não adianta nada. Isso que quis dizer.

— Você está falando como um político — ela disse.

De repente, ele se sentiu ridículo, inferior.

— E qual seria esse *objetivo*, então?

Jonas suspirou.

— Posso contar um segredo a você?

— Claro que pode.

Deu um suspiro ainda mais longo.

— Entrei para a *Neumarkt Sozialistische Jugend*. E vamos realizar uma grande passeata contra os merdas do Hindenburg e do Hitler no dia dezenove, domingo.

Patrizia ainda o encarava, no entanto, sua expressão era de preocupação.

— O povo precisa ir para as ruas. Scherer disse isso, e ele tem razão. Não quero me tornar um *reclamão* como meu pai. Um homem inteligente, mas que não usa a inteligência para mudar *nada*!

— Ele educou você. Então, usou...

— Não quis dizer isso! Eu me refiro a agir. Logo meu pai e os outros estarão mortos. Professores, funcionários e esses merdas do governo. Nós viveremos nesta Alemanha, na Alemanha que eles deixaram.

— Não estou entendendo...

— Vai entender — Jonas disse, com um sorriso nos lábios. — Quando sairmos às ruas, vai entender.

Patrizia meneou a cabeça, pensativa.

— Li que tem gente sendo presa — falou. — Meu pai sempre repete para a gente não se meter em política. Pede a meus irmãos que fiquem longe de...

— É esse tipo de pensamento que não muda nada!

— Jonas, você tem quinze anos...

— Quase dezesseis.

— Que seja. Não acho que a gente entenda de...

Num gesto rápido, Jonas colocou sua mão sobre a dela.

— Só peço que não conte nada. Quis contar para você, mas meu pai e Dieter não podem saber.

— É loucura...

— É ação — ele reforçou.

— Então — disse Patrizia, depois de um longo suspiro —, se tudo o que faço para ajudar você nos estudos não tem motivo, por que continuamos?

Por que continuo a vir aqui, passar exercícios, fazer as lições contigo, revisando... se você não valoriza nada?

— Eu valorizo.

— Acabou de dizer que não valoriza, Jonas Schunk.

Então, ele entendeu. Entendeu que era o momento de dar a resposta a ela.

— Porque gosto de ver você — sua mão ainda segurava a de Patrizia. — Porque gosto de você.

Jonas notou que Patrizia estava ruborizada. Ele também estava tenso; suas pernas sob a mesa tremiam. Sentia-se fraco e vulnerável.

— Eu também gosto de você — ela disse.

Que sensação era aquela? Que pressão no peito que ele estava sentindo? Era como se voltasse a ser um menininho que corre em direção aos braços do pai para receber um presente.

Jonas engoliu em seco e disse:

— Não conte nada sobre a *Sozialistische Jugend*, nem sobre a passeata.

— Por que me falou? Por que me contou?

— Porque quero que tenha orgulho de mim. Logo, todo o país estará nas ruas... Gente que se importa, que quer lutar. Não só aqui na cidade, mas nas grandes cidades também. Eu...

A porta se abriu. Alguém entrou. Rapidamente, Jonas afastou sua mão da de Patrizia.

Em uma bandeja, Ana trazia bolinhos recém-assados e leite.

— Como vão os estudos? — ela perguntou. — Quando quiserem dar uma pausa, trouxe algo para comerem.

Patrizia aceitou um bolinho e o copo de leite. Jonas recusou. Ele não pensava nos estudos. Olhava Patrizia, tentando ser o mais discreto possível. Ana percebera algo? Pouco importava. Naquele instante, nem mesmo a presença de sua madrasta era relevante; tinha tudo o que mais desejava: Patrizia sentada à sua frente.

CAPÍTULO 10

Susana despertou de suas memórias por uma voz familiar. Já não pensava mais nas crianças em seus patinetes, nem no seu passado em Taquara.

Caminhando em sua direção, Mia segurava algumas sacolas de compra que estampavam o logo amarelo e azul do supermercado *Edeka*.

— Que bom que veio — disse, ofegante. — Saí para fazer compras.

— Deixe-me ajudar — pediu Susana.

— Não, não. Não precisa.

Ajeitando-se com as sacolas, Mia tirou a chave do bolso e enfiou na fechadura do portão vermelho. Após ouvirem o barulho da tranca, ela empurrou o portão com a perna e disse:

— Vamos. Por sorte, tem elevador. Subir seis andares com compras não seria fácil, e eu não sou jovem.

Susana jogou a alça da bolsa sobre o ombro e seguiu Mia pelo espaço interno do conjunto habitacional, até pararem diante da porta de aço escovado do elevador.

— Sexto andar, correto? — disse Susana, acionando o botão.

— Obrigada — agradeceu Mia.

— Eu devia ter avisado que viria.

A porta se abriu e elas entraram.

— Não se preocupe. Eu convidei. Saio pouco; somente para compras e algumas caminhadas de manhã. Você deu um pouco de azar, na verdade.

Susana meneou a cabeça.

Desceram no sexto andar assim que a porta do elevador se abriu. Susana observou o corredor interno; tudo era simples, cinza e creme. Uma planta artificial em um vaso decorativo num canto; um extintor de incêndio solitário preso à parede; um quadrinho de natureza morta bastante genérico — desses que se encontra em qualquer loja de decoração ou hipermercado —, pregado ao lado da porta do apartamento de número sessenta e dois.

— O meu apartamento é o sessenta e três — disse Mia, atrapalhando-se com o molho de chaves. Enfiou a chave na fechadura e abaixou a maçaneta com o cotovelo.

O interior do pequeno apartamento era igualmente simples. Cheirava a produto de limpeza e pinho. O piso era antigo, de tábuas da madeira; na sala havia dois sofás de dois lugares e uma cadeira posicionada junto à porta de vidro que dava acesso à varanda.

Uma parede dividia a sala da cozinha, construída em estilo americano. Sobre um *rack*, havia uma televisão e um telefone sem fio.

Meu pai esteve aqui, pensou Susana, sentindo o peito apertar.

— Sente-se — disse Mia. — Vou guardar as coisas e já venho.

Em silêncio, Susana sentou-se no sofá. O ambiente respirava solidão. De repente, sentiu-se um pouco afortunada; pelo menos tivera a oportunidade de encontrar Artur, tinha seus filhos.

Aquela mulher certamente havia tido uma vida mais feliz, mas, ao final, era solitária. Sentia falta da mãe? Ela era carinhosa? Tivera sonhos? Eram muitas as perguntas, mas, sabia, não sentia coragem suficiente para fazê-las.

Ouviu barulhos de portas de armário se abrindo e fechando na cozinha. Depois, foi a vez da porta da geladeira.

Tudo na vida se resume a sonhos que realizamos, aqueles que deixamos ir e aqueles que nos aprisionam, refletiu, pensando em Mia e nela própria.

— Toma café? — Mia perguntou da cozinha.

— Aceito sim, por favor.

— Vou preparar *Nescafé*.

— Está ótimo.

Em pouco tempo, o aroma de café novo preencheu o ambiente. Algo familiar para Susana, habituada às manhãs em que a mãe preparava o café preto para seu pai e seus irmãos.

Memória afetiva. Sempre ela.

Recostou-se no sofá e voltou a observar o ambiente.

Cadê você?, perguntando à sombra que sempre a acompanhara.

Ela tinha certeza de que a *sombra* estava ali. Com ela, naquele espaço.

— Pronto — disse Mia, chegando com duas xícaras equilibradas sobre uma bandeja pequena. Deixou o objeto sobre a mesinha de centro e indicou para que Susana se servisse. — Uso açúcar mascavo. Espero que não tenha problema para você.

— Está perfeito — Susana pegou uma xícara e a acomodou sobre o colo. Bebericou o café, estava realmente muito bom.

— Café sempre é bom. Dá ânimo — disse Mia, bebendo um gole.

Susana assentiu.

꙳

Ela provara café preto uma única vez. Tinha curiosidade de saber por que o pai e os irmãos gostavam tanto de beber aquilo, então, quando teve a oportunidade, pediu a Elias que a deixasse experimentar.

— É horrível — disse, fazendo careta.

— Não é pra guriazinhas — disse Elias, pegando a xícara de volta.

Desde aquele dia, jurou a si mesma que nunca mais tomaria café.

Lembrou-se disso no momento em que Mariazinha terminou de coar o café e levou uma caneca para a mãe, que estava sentada à mesa. Ficou feliz de, ao retornar da escola, encontrar sua melhor amiga em sua casa, mas logo percebeu que Mariazinha não estava lá para vê-la, mas, sim, para conversar com sua mãe.

— Como foi na escola? — perguntou Mariazinha, passando a mão em seus cabelos.

— Bem, obrigada.

— Agora, vá para o quarto, porque preciso conversar com tua mãe. Quando terminar a tarefa, pode sair para brincar, mas não incomode a mãe, tudo bem?

Susana assentiu.

Deixou a cozinha, arrumou o material no quarto, mas não ficou ali. Esgueirou-se pelo corredor, de modo a ouvir a conversa da sala.

— Desde que a menina nasceu, ele não me deixa encostar nele — disse a mãe.

— A menina tem nome, Katrina. É sua filha.

— Eu sei... — em seguida, um soluço. — Eu sei.

— Quando ele falou que o projeto do frigorífico não deu certo?

— Hoje pela manhã. Ontem chegou em casa cheio de papéis e ficou trabalhando. E bebendo e fumando também, claro. Quando acordei, o encontrei bêbado, caído sobre a mesa. Foi daí que me contou. Que horror...

— Meu Deus — murmurou Mariazinha. — E quanto dinheiro?

— Tudo o que tínhamos. Ele já havia perdido muito dinheiro quando pensou em comprar um sítio. Tu lembra. Agora de novo. Foi *pior*. Ele disse que os amigos perderam dinheiro também, mas eu os conheço. Eles têm dinheiro, não vão passar necessidade, mas a gente... a gente não tem nada. E o que tínhamos, perdemos. Não sei há quanto tempo ele estava metido nessa ideia... não me falou nada. Só contou agora, quando é tarde demais.

Novamente a mãe chorava. Até o momento, Susana achava que somente as crianças choravam assim.

Havia visto o pai chorar uma única vez; uma *única*. Foi por causa da Filó. A cadela vira-lata da família ficara doente, e não havia muito a ser feito. O pai saíra com ela e, horas depois, voltara sozinho. Estava chorando; um choro contido, mas chorando.

— Cadê a Filó? — perguntou Elias.

— Não tinha jeito. Tive que sacrificar — respondeu o pai, passando por ele e sentando-se no banquinho que ficava junto à janela da sala.

Passou horas olhando para a rua, para o nada. Os irmãos choravam, ela também. Gostava da Filó; quando nascera, a cadelinha já estava ali. Então, não sabia o que era ficar sem o animal de estimação.

Todavia, o choro da mãe era diferente. Doloroso, triste. O som do pranto lhe fazia mal. Sentia-se culpada; muito culpada. Não sabia por quê.

Mariazinha passou a tarde toda com a mãe. Quando a noite caiu e seu pai não voltou, percebeu que ele não viria para a casa de novo. Todo mundo parecia triste. Então, sentiu algo ruim; algo que estava se quebrando. Um desejo de paz e de amor que, sabia, não chegaria.

CAPÍTULO 11

Nos dias que sucederam a conversa no escritório do pai, Jonas notou Patrizia mais distante. Isso o levou a dedicar-se um pouco mais às lições de casa e às tarefas extras que ela lhe passava, como modo de indicar que valorizava seu esforço em ajudá-lo.

Contudo, no íntimo, sabia que não era apenas isso. Por que estava tão inseguro? Não era do seu feitio. Definitivamente cruzara uma linha delicada quando falou de seus sentimentos por ela. Ainda assim, ela não havia correspondido?

Ele achava que sim. Normalmente, agiria de modo proativo e tentaria tirar dela o que a incomodava, mas decidiu esperar, respeitar, mesmo que isso fosse contra seu temperamento intempestivo.

Mulheres e homens eram diferentes quando o assunto era amor. *Amor*. Era isso mesmo? Sentir-se frágil e vulnerável diante de Patrizia não o incomodava, ainda que devesse. Justo ele, que não abaixava a cabeça, não se dobrava mesmo diante dos valentões da escola.

Sendo assim, restava-lhe ocupar a mente com a passeata que se aproximava. Isso realmente o deixava excitado. Orgulhava-se de estar preparado para expor a todos em Neumarkt o que pensava, de fazer parte de algo importante.

Podia ser um pouco mais do que um menino, e um pouco menos do que um homem adulto; mas sabia o que queria.

A *Sozialistische Jugend* havia agendado uma última reunião para sábado, um dia antes da ação. Quando chegou ao velho edifício ao lado de Rolf e Casper, rapidamente notou que havia algo diferente. Tinha mais gente ali; mais pessoas jovens, que conversavam de modo animado.

Pintavam faixas, prendiam tecidos a pedaços de madeira. Dois barris de cerveja já haviam sido abertos, de modo que alguns dos participantes já se mostravam visivelmente alcoolizados.

— Por que trouxe essa bolsa, Jonas? — perguntou Rolf, referindo-se ao material de estudo que Jonas levava na bolsa de couro a tiracolo.

— Lição de casa e tarefas extras. Vou deixar na casa da Finkler mais tarde, depois da reunião — respondeu.

— Sei... Você está de olho na menina gênio da sala — brincou Casper.

— Mas é burro demais para ela, Jonas — Rolf passou o braço ao redor do seu pescoço, mas foi repelido com um empurrão.

— Só estou tentando melhorar as notas. E burro é o idiota do meu irmão, Casper — retrucou, irritado.

De todo modo, os rapazes logo deixaram as brincadeiras de lado para ajudarem nos preparativos. Jonas chegou até a experimentar uma caneca de cerveja, mas com parcimônia, já que não queria encontrar Patrizia cheirando a álcool.

Randolph Scherer chegou ao prédio quando quase tudo estava pronto. Estava acompanhado de dois homens mais velhos.

Ele os apresentou como Peter e Franz, dizendo que vinham de Munique.

— Lá também haverá muita gente nas ruas, pessoal — disse, entusiasmado. — Não é bom saber que estamos prestes a mostrar a esses bostas de Berlim de que somos feitos?

O grupo de pessoas respondeu com gritos animados.

— É bom ver gente jovem fazendo o trabalho que os porcos do governo deveriam fazer — disse o homem apresentado como Peter. Colocou a mão sobre o ombro de Scherer e seguiu: — Fez um bom trabalho com eles. Dará tudo certo.

Quando Jonas deixou o local e se separou dos amigos já era final de tarde. Pedalou o mais rápido que pôde em direção à casa dos Finkler, sentindo o coração saltitar.

Já não pensava no momento histórico do dia seguinte, mas em encontrar Patrizia.

A vida da família Finkler era mais modesta do que a sua. A casa, com portas e janelas voltadas para a rua, era muito parecida com a maioria das demais residências em Neumarkt.

Tocou a campainha e foi recebido pela mãe de Patrizia, que pareceu surpresa ao vê-lo.

— Vim entregar os exercícios para a Patrizia, *Frau* Finkler — disse, justificando-se.

A mulher deu-lhe um sorriso afável e entrou para chamar a filha. *Frau* Finkler era uma mulher muito bonita, apesar de ter passado, e muito, da faixa dos quarenta anos. Patrizia tinha de quem herdar a beleza.

Não demorou para que a garota aparecesse na porta, com olhar espantado.

— Vim trazer as tarefas para que possa dar uma olhada antes das aulas da semana que vem — disse Jonas, tirando os cadernos da bolsa. — Pode conferir, desta vez fiz tudo como pediu.

Patrizia segurou os cadernos e permaneceu olhando para o colega.

— Se realmente é verdade, Jonas, então é um milagre.

— Minha madrasta acredita em milagres.

— E você não?

Ele deu de ombros.

— Não até eles acontecerem, acho. Mas pode conferir. Vai ver que não estou mentindo.

Patrizia desviou o olhar. Fixou os olhos num ponto da calçada.

— Amanhã você vai me ver na rua, com os outros? — ele perguntou.

— Jonas, isso é loucura.

— Você vai?

Ela balançou a cabeça, negativamente.

— Não sei.

Ele segurou sua mão com força. Antes que ela pudesse reagir, aproximou seus lábios dos seus. A boca de Patrizia tinha gosto de torta de morango.

Ficou feliz quando notou que ela não se esquivara.

— Vai dar tudo certo — ele disse, soltando a mão da garota e subindo na bicicleta. — Você vai ver. Vamos fazer história em Neumarkt!

Mas não foi isso que aconteceu. Na verdade, nada saiu como planejado.

A turma do *Sozialistische Jugend* havia combinado de se reunir às duas horas da tarde no velho edifício. Jonas almoçou rapidamente, engolindo os bolinhos de carne que Ana preparara. Estava tão excitado que não tinha apetite — comia rápido somente para poder dar o fora dali o quanto antes e se juntar ao grupo.

Quando terminou seu prato, foi para o banheiro escovar os dentes e colocou uma camisa de feltro limpa. Guardou no bolso do casaco a faixa vermelha que, conforme as instruções de Scherer, todos deveriam amarrar no antebraço quando saíssemos às ruas.

Cruzou a sala e estava prestes a abrir a porta da rua quando seu pai o chamou. Otto Schunk estava em pé atrás do filho e o encarava com austeridade.

— Aonde vai, Jonas?

Imediatamente, o rapaz percebeu que havia algo errado.

— Me encontrar com Casper e Rolf.

— E para quê?

— Passarmos um tempo livre, só isso — Jonas deu de ombros.

Otto suspirou e segurou o filho pelo antebraço. Não fora um gesto violento, mas uma tentativa de que Jonas não se afastasse.

— Venha comigo, rapaz. Vamos conversar.

— Mas...

— Venha — o tom de Otto era enérgico, mas não agressivo.

Pai e filho voltaram para a sala de jantar. A mesa estava vazia; todos haviam se retirado rapidamente.

Tem algo errado, pensou Jonas.

— Sente-se — disse Otto, puxando a cadeira.

Jonas obedeceu.

— Acha mesmo que não sei no que está metido, Jonas? — perguntou Otto, sentando-se à frente do filho. Limpava as lentes dos óculos com um pedaço de flanela.

— Eu não sei...

Otto suspirou.

— Jonas, eu sempre incentivei Dieter e você a pensarem livremente. Posso ter errado nisso, de algum modo. É como acredito que as coisas devam ser — Otto começou a falar. — Mas no que está metido é perigoso e eu não vou tolerar.

Como o pai sabia? Como era possível?

Jonas sentiu suas entranhas se contorcerem.

Patrizia. Ela disse algo. Provavelmente, havia contado aos pais, que contaram a Otto.

— Fiquei esperando o momento certo de ter esta conversa. E acho que chegou — disse o pai. — Jonas, não posso permitir que faça essa besteira, entendeu? Não enxerga que, em todo o país, manifestações estão sendo reprimidas? Todos os dias há casos de agressões e violência nos jornais. Pessoas estão sendo presas.

— Será tudo pacífico — Jonas resolveu falar. — Não haverá polícia.

Otto recolocou os óculos sobre o nariz.

— Nada será pacífico neste país daqui para frente — disse. — Pelo contrário: estamos à beira de um regime de partido único, de repressão e prisões! Não posso permitir que algo aconteça com você.

— Mas, se o que o senhor diz é verdade, então não é justamente agora que devemos agir?

O pai se surpreendeu com a frase do filho. De fato, Jonas estava se tornando um homem.

— Há diversas formas de agir que não envolvam derramamento de sangue.

Jonas estalou os lábios, contrariado.

— Pense o que quiser, Jonas, mas você não sairá desta casa hoje.

Aquela frase o atingiu como uma lança.

— Eu tenho que ir.

— Não, não tem. Você ficará em casa, nem que eu tenha que amarrar você ao pé do armário — Otto levantou-se, dando a conversa por encerrada. — Quem manda nesta casa sou eu, rapaz.

O pai saiu da sala de jantar, deixando-o só.

Várias coisas passavam por sua cabeça; fugir, escapulir pela janela, confrontar o pai, tentar convencê-lo, esperar que as coisas se aquietassem e então unir-se ao grupo já nas ruas, misturando-se aos demais.

Por que Patrizia havia contado?

Tomado pela fúria, Jonas esmurrou a mesa.

Cruzou os cômodos da casa e foi para o jardim dos fundos. Pensava em Casper e Rolf; certamente, eles zombariam dele pelo restante do ano. Justo ele, que era o mais entusiasmado com a passeata. Aquilo era o inferno. Sentia-se um animal preso, acuado.

O pai sabia de tudo e esperou o momento certo para agir, para impedi-lo. Otto Schunk não era um homem de inteligência medíocre. Se tivesse interpelado o filho antes, era bem provável que o rapaz bolasse alguma artimanha para fugir de casa. Daquela forma, no entanto, não havia como sair dali.

Por fim, Jonas chorou. Chorou de raiva, de ódio. Odiava a covardia do pai, o fato de não ser adulto o bastante para decidir sua vida.

Fechou-se no quarto e ficou observando as horas, imaginando o que os outros estariam fazendo; pensando nos amigos e no que Scherer diria sobre ele.

Covarde.

Ele detestava aquela palavra. Pacifistas de centro como seu pai estavam colocando a Alemanha na merda. O grande Otto, pensador liberal, que tanto criticava as artimanhas políticas, cozidas em banho-maria, estava agindo exatamente como gente da laia de Hindenburg.

Adormeceu enquanto se agarrava com força ao lençol. Dormira pouco, aproximadamente meia hora. Então, foi despertado por gritos e estrondos.

Saltou da cama e correu para a sala. Os barulhos vinham da rua.

O pai, Ana e Dieter se espremiam na janela do piso superior, olhando para o lado de fora. O pequeno Michael estava agarrado a Ana, espichando-se para enxergar também.

— O que está havendo? — perguntou.

Seu pai o encarou com olhar triste.

Antes que pudesse falar algo, um estrondo ainda mais forte entrou pelas janelas, assustando a todos.

— O que está havendo? — tinha desespero na voz.

Otto aproximou-se do filho e colocou a mão sobre seu ombro.

— Caos. É isso que está havendo. Como eu disse que haveria.

Então, Jonas entendeu. O pai explicou. Nas ruas, havia caos.

A passeata nem ao menos começara e a polícia interveio. Não havia disposição para negociar. Mas não era só isso. Grupos de simpatizantes do Partido Nazista também confrontaram os protestantes.

— Vou sair — disse o pai.

— Aonde vai? — perguntou Ana, exasperada.

— Eu vou também — Jonas uniu-se ao pai diante da porta.

— Não vai, garoto. Daqui você não sai — o pai abriu a porta e fechou-a atrás de si rapidamente.

— Meu Deus... — lágrimas escorriam pelos olhos de Ana.

Jonas aproximou-se da janela. A confusão, que passara em frente ao sobrado, já se deslocara para outro lugar. Era possível ver apenas algumas pessoas correndo, mas não eram do seu grupo.

A sensação que tomava conta do jovem era indescritível. Por que aquilo estava acontecendo?

Scherer dissera que seria pacífico. O moral de todos estava alta, mas ninguém estava procurando confusão.

— Eu vou sair — disse Jonas, correndo em direção à porta, mas, daquela vez, foi Dieter quem o deteve.

— Ouviu o pai.

— Fique longe de mim, *Spätzle*!

— Você é meu irmão mais novo — disse Dieter, segurando o braço de Jonas. — Não pense que pode...

— Fique longe de mim!

Furioso, Jonas desvencilhou-se de Dieter e partiu para cima do irmão. Antes que ele pudesse esboçar qualquer reação, desferiu um soco direto em seu nariz; depois, com Dieter ainda trôpego, saltou sobre ele, lançando-o ao chão.

— Parem, vocês dois! Parecem malucos! — gritou Ana, segurando Michael, que chorava.

Jonas não ouvia; sobre o irmão, segurava o colarinho de sua camisa, prendendo-o entre as pernas. O nariz e boca de Dieter estavam cobertos de sangue.

— Pare, Jonas! — Ana gritou novamente.

Explodindo em choro, Jonas soltou Dieter e, cambaleando, foi para os fundos da casa. Mesmo ali, podia ouvir os soluços de Ana e Michael. Assustado, sentiu o mundo abrir sob seus pés.

CAPÍTULO 12

Susana e Mia terminam o café. Até aquele momento, a conversa havia sido trivial. Mia parecia ter um estoque inesgotável de assuntos leves e diversos, sobre o qual falava com desenvoltura, ainda que Susana praticamente fosse uma desconhecida.

Deve ser uma mulher muito solitária, refletiu.

Ela também havia sido solitária, por muitos anos. Na infância, sua única amiga era Mariazinha e, na juventude, dedicara-se a estudar com afinco até que, um dia, conheceu Artur. Ou, melhor, ele a conhecera.

Em um primeiro momento, aquele jovem brincalhão e desleixado com os estudos não lhe despertara interesse. Entretando, com o tempo e as sucessivas investidas, aceitara seu convite para ir ao cinema.

O local, hoje desativado, havia sido uma iniciativa de um grupo de entusiastas de Taquara, entre eles, seu avô, pai de sua mãe. Era estranho que seu primeiro encontro fosse justamente no lugar que, décadas antes, despontou como a grande novidade da cidade, tendo seu avô materno como um dos mentores.

Alguns encontros depois, Artur a pedira em namoro. E assim se passaram os anos. Vieram os filhos, as mudanças de casas alugadas até que, finalmente, eles se estabilizaram no emprego da fábrica de esquadrias de madeira, da qual Artur e seu cunhado eram sócios. Ironicamente, Susana ficara responsável pela contabilidade, atividade em que vira seu pai trabalhar quando menina até que, após a bancarrota do projeto do frigorífico, tudo foi pelos ares.

Nunca mais esteve só, era rodeada por pessoas, mas, no seu íntimo, a solidão da infância nunca a deixara. Conforme crescia, passou a reconhecer a presença da *sombra* que a seguia; que nunca a havia deixado em paz, e a conectava com seu passado.

— Obrigado por ter me convidado a vir — disse, deixando a xícara sobre a bandeja.

— Achei que podíamos conversar mais — disse Mia, recostando-se no sofá. — Afinal, você veio até Marburg querendo saber o que houve com seu pai. De certo modo é até estranho você estar conversando com a filha da mulher que ele veio encontrar aqui.

Susana assentiu.

— Eu trouxe isto — disse, colocando a lata sobre o colo.

— E o que é?

— Eu chamo de lata de memórias. Sempre ficou no fundo do guarda-roupa, e nem mesmo meu marido toca nela.

Susana abriu a tampa. Mia notou a quantidade de cartas e cartões postais sobrepostos.

— São cartas que meu pai nos enviava. Às vezes mandava alguns marcos também. Confesso que o dinheiro nos ajudou; os tempos eram difíceis, estávamos totalmente sozinhas, minha mãe e eu.

— Eu sinto muito — disse Mia, com pesar.

Susana assentiu, pegando a primeira carta da pilha: duas folhas azuis dobradas dentro de um envelope amarelado pelo tempo.

Desdobrou as folhas e colocou-as sobre o colo.

— Esta foi a última carta que recebemos dele, em 1970. Dizia que estava doente e que a saúde tinha piorado. Na época, não sabíamos de fato o que ele tinha. Só soube quando você me contou.

— Ele vinha lutando contra câncer nos rins há vários anos — disse Mia.

Susana olhou para as frases escritas em alemão. Passou a ponta dos dedos sobre as linhas, como se quisesse se conectar ao autor daquele texto pragmático, informativo, desprovido de sentimentos.

— Posso ler? — perguntou.

— Claro! Se quiser.

Mia limpou os lábios. Então leu:

Infelizmente, a minha carta de lembranças de aniversário chegará atrasada, mas, apesar disso, desejo a você tudo de bom. Também não posso colocar nada junto, porque este ano foi muito pesado. Mais de quatro meses bem doente, estive muito tempo internado. Em tudo, o ano foi extremamente difícil. O dinheiro também estava difícil.

De novo, lembranças do coração.

Seu Jonas

— Quando ele fala em colocar *nada junto*, está se referindo aos marcos que às vezes mandava no meu aniversário — explicou Susana, limpando as lágrimas.

— Eu sinto muito — disse Mia.

— Não sinta — respondeu, tentando se recompor.

— De fato — Mia falou —, ele piorou muito um ano antes de falecer. Teve que sair do emprego e praticamente minha mãe foi quem manteve tudo.

— No que ele trabalhava?

— Pelo que me lembro, era em algo ligado a construção. Teve vários empregos em outras cidades até vir a Marburg. Já sobre o passado exato dele, eu também desconheço. Aqui, era um empreiteiro, mas, conforme a doença foi piorando, trabalhar ficou mais difícil. Minha mãe sempre arcava com a maior parte da renda, o que também não era muito.

Katrina também acabara sendo responsável por manter a casa com costuras, o que não foi igualmente fácil.

— Quando meu pai morreu, eu tinha seis meses — prosseguiu Mia. — Minha mãe ficou sozinha com uma filha pequena e, então, mudou-se para o campo para trabalhar em uma colônia da Igreja Luterana, à qual pertencemos. Continuou trabalhando para a igreja mesmo quando nos mudamos para Marburg. Foram tempos duros.

Tempos duros. Susana sabia perfeitamente o que isso significava. No tempo que seu pai esteve com eles, nada foi fácil. Depois que ele os abandonou, tudo ficou pior.

Então, sentiu novamente a *sombra* aproximar-se.

Aí está você.

Sim, a *sombra* não a deixara. Não ainda. Não enquanto ainda houvesse lembranças a serem destiladas. Lembranças duras e dolorosas.

֍

O inverno se aproximava de Taquara e ameaçava castigar a região Sul como de costume: muito frio e umidade.

Nas férias de julho, Elias e Carlos passaram a trabalhar em tempo integral na fábrica de sapatos; Mariazinha passou a ser presença constante na casa, ajudando sua mãe não apenas com as tarefas do dia a dia, mas também com a costura.

Em um ato de pura inspiração, Mariazinha chamou Susana para ajudar na costura. A mãe não pareceu empolgada em tê-la como ajudante, mas não se opôs. Claro, rapidamente, a menina aceitou e, sob as orientações de Mariazinha, sentou-se no chão e começou seguir as instruções com afinco.

Vez ou outra dava uma espiadela na mãe, mas os olhos dela permaneciam fixos nas linhas e agulhas, alheios à sua presença.

Pelo menos estou pertinho dela, pensava.

Sim, queria provar para a mãe que ela não era um erro; não era culpada. E, se fosse culpada de algo, quem sabe ajudando-a na costura ela finalmente percebesse que podia amá-la.

Quanto a seu pai, suas ausências se tornaram maiores. Ele voltava para casa uma ou duas vezes por semana, mas ninguém ousava perguntar onde estava ou o que esteve fazendo.

Então, na sexta-feira, finalmente o pai deu as caras. Tinha um semblante cansado; era tarde da noite quando entrou e, dessa vez, não carregava a pasta forrada de papéis. Simplesmente sentou-se à mesa, acendeu um cigarro, depois outro.

Sua mãe deixou de lado as costuras e, em silêncio, preparou um prato de comida e colocou diante dele. Mariazinha já tinha ido embora, mas Susana continuava sentada no chão, tirando os nós de um rolo de linha.

Após o quarto cigarro (ela contou), o pai finalmente comeu. Em silêncio, levou o garfo à boca uma, duas vezes. Quando terminou, levantou-se, arrastando a cadeira, pegou uma garrafa de conhaque e serviu-se.

Sentado novamente, acendeu outro cigarro e ficou olhando para o nada.

Naquela noite, ela se deitou com um sentimento estranho. Por um lado, sentia-se feliz de ter passado os dias ajudando a mãe e Mariazinha; por outro, sentia um vazio, um incômodo grande que a levava a crer que não pertencia a lugar algum naquela casa — nem perto do pai, nem da mãe. Isso a entristecia muito.

Na manhã seguinte, sábado, o dia estava azul. O frio cedera um pouco e, dentro de casa, era possível até ficar sem agasalhos grossos. De folga, Elias e Carlos saíram logo cedo. O pai deixou a casa um pouco mais tarde, depois de tomar o café da manhã e sair pela porta em silêncio.

Então, ela e a mãe voltaram às costuras. Para sua surpresa, Katrina lhe explicava, com uma paciência que até o momento desconhecia, como passar a linha, como ter movimentos precisos para fazer um remendo no forro de um casaco que pertencia ao filho dos Blinck.

A menina seguiu fielmente todas as instruções da mãe. Enquanto conduzia a agulha e a linha, a mãe a observava de modo atento, sem dizer nada. Finalmente, Susana ergueu os olhos em sua direção, procurando aprovação.

A mãe pegou o casaco de sua mão e conferiu o remendo. Não sorriu. Simplesmente disse:

— Ficou bom.

Não era o que esperava, mas fora o suficiente para seu coração se encher. A mãe havia gostado de algo que ela fizera; nada de críticas ou de agressões verbais. Pelo contrário, algo que ela fizera *ficou bom*; isso bastava.

Mãe e filha passaram a manhã dedicando-se à costura. Enquanto a mãe se encarregava de fazer uma blusa de lã sob encomenda, ela tratava dos remendos. Estava ótimo assim. Havia silêncio, paz.

Aquilo, no entanto, duraria muito pouco. Perto do horário do almoço, Elias e Carlos retornaram. Na hora em que os irmãos entraram na casa, a menina percebeu que havia algo errado. Muito errado.

Imediatamente, a mãe encarou os filhos e se levantou.

— O que aprontaram? — perguntou, irritada.

Elias estava ofegante. Já assistira ao irmão ter crises de asma, momentos em que a mãe se preocupava e o tratava com carinho — um carinho que ela mesma nunca recebera. Contudo, naquele dia, foi diferente. A mãe estava ao mesmo tempo preocupada e irritada.

Mandou que Elias se sentasse e pegou em sua mão.

— Está gelado! — ela disse. — Aonde vocês foram?

Os irmãos tinham uma expressão de pânico, medo.

— Fomos no rio — disse Carlos.

— O quê? Neste frio?

— Foi uma brincadeira, um desafio — disse Elias, ainda mal. — Alguns rapazes nos desafiaram a entrar no rio, a gente não queria passar por covardes.

— Estão loucos! — vociferou a mãe. — E tu, Elias! Com essa asma...!

Encolhida em um canto da sala, a menina segurava com força a camisa que precisava de remendo. Podia sentir o medo dos irmãos; medo de algo pior que estava por vir.

Naquele instante, o pai chegou. Estava irritado, pisava firme. Parou na porta e ficou observando a cena, sem entender. Aparentemente, seu primeiro impulso havia sido cruzar a sala e passar pela esposa e pelos filhos, indiferente. Contudo, assim como a mãe, o pai notou que havia algo errado ao ver Elias pálido, puxando o ar com dificuldade.

— O que está havendo?

O coração da menina gelou. Medo. Pavor.

— A gente foi nadar, pai. No rio — Carlos disse, com voz trêmula. — Era um desafio. Então, Elias ficou mal. A asma...

O pai levou a mão à cabeça. Parecia querer conter uma explosão que estava por vir. O medo dos filhos diante daquele homem os impedia de mentir, de inventar uma história qualquer para se safarem. A coisa estava muito ruim, restava apenas dizer toda a verdade.

— Eu perdi meu relógio também — disse Elias, puxando o ar com dificuldade. — Estava com ele no pulso, mas sumiu na água. Não sei como perdi.

Em um rompante, o pai afastou Katrina de perto de Elias e, já sem se conter, desferiu um safanão no filho. Carlos começou a chorar; não correu, nem defendeu o irmão. Simplesmente ficou parado, esperando sua vez.

O pai tirou a cinta e começou a bater nos dois.

A mãe pediu uma única vez para que parasse, mas ele não a ouviu. Então, ela refugiou-se em um canto da sala e, em silêncio, ficou assistindo ao castigo.

Elias e Carlos não reagiram; não tentaram escapar, não argumentaram. A cada estalo do couro contra a pele, gemiam, choravam. O pai estava descontrolado e continuava a bater nos filhos mesmo quando estes se encontravam deitados no chão.

Finalmente, ofegante, o pai parou. Ficou olhando para os dois rapazes que, rendidos, choravam. Mesmo que fossem grandes para trabalhar e sair, naquele momento eram apenas dois menininhos assustados.

Cabisbaixo, o pai arrastou-se para fora da casa e sumiu.

Somente então a menina notou que havia se molhado, urinado em si. Suas mãos tremiam, assim como seus lábios. Nada daquilo tinha a ver com ela, mas estava tomada pelo pânico.

A mãe ajudou Elias e Carlos a se levantarem. Elias estava pálido, não conseguia respirar.

Ela conduziu o filho até o banheiro e pediu para que tirasse as roupas. Deve ter dado banho nele ou algo assim; depois, preparou chá, e Elias bebeu com seus remédios para asma. A ordem da mãe era para que ele se deitasse e não levantasse até que ela mandasse.

— Cuida do teu irmão — disse, em tom autoritário, para Carlos.

Somente quando voltou à sala é que, enfim, a mãe percebeu que a menina tinha se molhado. A paz havia acabado; a trégua se fora. A mãe estava brava com ela.

Puxando-a pelo braço, fez com que se levantasse do chão.

— Agora tu me dá de mijar nas calças, guria! — disse, ríspida. — Tu só me dá trabalho!

E, empurrando a menina, ordenou:

— Tira a roupa e vai se lavar!

A menina, ainda tremendo, obedeceu.

— É uma inútil mesmo — disse a mãe, com os dentes cerrados, assistindo à filha se afastar lentamente na direção do banheiro.

CAPÍTULO 13

Otto retornou para o sobrado tarde naquela noite. Tinha o semblante cansado e abatido. Entrou, fechou a porta e sentou-se na mesa.

Assim que notaram a chegada do pai, Dieter e Jonas se achegaram. Ana tinha Michael no colo e sentou-se ao lado do marido.

Um curativo grosseiro cobria o nariz de Dieter; seu rosto estava bastante inchado, algo que, imediatamente, chamou a atenção do pai.

— O que aconteceu? — perguntou.

— Quando você saiu, Dieter e Jonas deram de se atracar — disse Ana.

— Eu só quis impedir que Jonas saísse — argumentou Dieter.

Jonas, por sua vez, não disse nada. Aguardou a represão que certamente viria.

— Este dia está um caos — disse o pai, tirando os óculos. Estava cabisbaixo.

Então, Otto começou a contar tudo o que ficara sabendo.

Assim que os manifestantes começaram a marcha, a polícia interveio. Não haviam caminhado nem dois quarteirões. Inicialmente os policiais queriam dispersar o grupo, e, apesar da truculência, não havia nada que indicasse que um confronto físico fosse acontecer.

Contudo, logo uma turba de adeptos do Partido Nazista chegou. Após alguns minutos de ameaças e gritos de ódio contra comunistas, a coisa toda descambou para a pancadaria. A força policial parou de se conter, e também avançou contra os manifestantes.

Armados de pedaços de paus e bombas, os nazistas avançaram sem piedade. Aparentemente, Otto soubera, contaram com a conivência dos policiais; então, eram dois grupos contra um.

— Um caos total — suspirou o pai. — Muita gente foi presa e ferida. Jovens, meu Deus...

Jonas notou que os olhos do pai estavam marejados.

— Jonas — disse o pai, erguendo os olhos em sua direção. — Venha até o escritório comigo.

— Sim, senhor.

Em silêncio, o filho caminhou até o escritório. Otto fechou as portas atrás de si e sentou-se atrás da mesa. Jonas permaneceu em pé, cabisbaixo.

— Pai, eu não queria machucar Dieter. Eu...

— Fique quieto e me ouça — disse o pai, apoiando-se sobre o tampo da mesa. — Jonas, certamente você se recorda da passagem da Bíblia sobre o semeador.

O rapaz assentiu.

— A mesma semente, plantada em diferentes solos, dá resultados diferentes. Na pedra, no espinhal, em solo fértil. A mesma palavra ecoa de forma diferente aos ouvidos de quem a escuta e no coração de quem ela é plantada — Otto deu um longo suspiro. — Confesso que semeei ideias em você e no seu irmão, mas vocês são solos diferentes. Você é um cavalo selvagem que deseja correr solto, mas que não percebe os riscos da vida. Não ainda. Talvez nunca perceba. Parte de mim tem orgulho por você ser quem é; outra parte tem muito medo.

Otto recostou-se na cadeira.

— Há uma grande diferença entre ousadia e estupidez, e, talvez, um dia você entenda isso, rapaz.

Novamente Jonas assentiu, meneando a cabeça.

— O que aconteceu hoje em Neumarkt foi uma tragédia. Em breve, esse caos vai se espalhar por toda a Alemanha, Jonas. Pessoas foram feridas e levadas ao hospital. A polícia ainda está no encalço de alguns manifestantes e mais prisões irão acontecer. Fiquei sabendo que o filho dos Müller, seu amigo...

Jonas sentiu o coração gelar.

Casper.

Seus lábios se moveram, mas nenhum som saiu.

— Ele foi gravemente ferido, Jonas. Está entre a vida e a morte no hospital. Foi encurralado e agredido por um grupo de apoiadores de Hitler, aqueles lunáticos racistas que se dizem... nacionalistas. A polícia, que teoricamente deveria estar ali para evitar a baderna, nada fez. Entendeu de que lado as pessoas deste país estão, Jonas? Entende o que falo agora?

As lágrimas rolaram pelo rosto de Jonas.

— Você irá se culpar, irá sofrer. Não posso impedir que se sinta dessa forma. Isso é crescer e amadurecer; se você se acha forte o bastante para fazer tolices, também tem que ser forte para suportar as consequências. Mas sou seu pai e é minha obrigação zelar pela minha família. Portanto, você está de castigo até que eu decida que poderá sair. As aulas particulares também estão canceladas, os pais da menina Patrizia não querem que ela tenha contato com alguém envolvido em desordem.

Jonas ergueu os olhos, surpreso.

— Sim, rapaz, eles sabem. Ela contou aos pais. Foi assim que eu soube — disse o pai. — E eu não os culpo. Faria o mesmo. A partir de hoje, você irá para a escola e voltará diretamente para a casa. Nada de encontros com amigos ou de brincar de revolucionário. E vai se desculpar com seu irmão pelo que fez.

Otto esfregou o queixo e fechou os olhos. Parecia, de fato, exaurido.

— Se eu souber que está metido com baderneiros outra vez, eu mesmo, pessoalmente, entregarei você à polícia, Jonas. Fui claro?

Daquela vez, não assentiu. Permaneceu calado, imóvel, olhando para os próprios pés.

— Saia daqui. Vá para seu quarto e pense no que fez. No que poderia ter lhe acontecido se tivesse saído às ruas com aquele bando. Reflita como seu amigo está neste momento, lutando pela vida, e veja se realmente tudo aquilo valeu a pena.

Jonas deixou o escritório do pai em silêncio. Fechou-se no quarto e, só então, pôde chorar tudo o que tinha vontade.

Casper, o mais covarde dos três, estava entre a vida e a morte, enquanto ele, que sempre incentivara os amigos, ficara na segurança de sua casa.

Eu é que deveria estar naquele hospital, concluiu, esmurrando a parede com força. Queria gritar, urrar, trazer todo o quarto abaixo. E, acima de tudo e mais do que nunca, seguia achando o pai um fraco.

Não que ele não tivesse razão em sua reprimenda, mas o que desconhecia era que ele, Jonas, estava disposto a bater e apanhar por aquilo em que acreditava.

Confuso e tomando pela culpa, deitou-se. Sua mão doía, os nós dos dedos estavam esfolados.

Casper.

O pai estava enganado. O castigo podia impedir que se deslocasse livremente, mas seu pensamento nunca seria aprisionado. Nem seu coração. E, naquele momento, ambos estavam cheios de ódio.

CAPÍTULO 14

Susana voltou a guardar, com cuidado, a carta que acabara de ler. Enxugou as lágrimas e olhou para Mia, que parecia pensativa.

— Não sei por que sofro por um pai que nunca foi pai — disse Susana. — Tampouco foi marido. Hoje acho que compreendo um pouquinho minha mãe. Passou a vida toda ao lado de um homem que vivia para si e que não a amava. Nunca amou.

— O amor é algo complicado — disse Mia, parecendo escolher as palavras. — Realmente seu pai era um homem fechado, às vezes até grosseiro. Ainda assim, pelo que me lembro, tratou bem minha mãe. Acho que eles nunca deixaram de se amar, no fim de tudo.

Susana enfiou a mão na lata de memórias e retirou alguns ilhoses. Eram pequenos objetos feitos à mão. Sua mãe lhe explicara que eram um tipo de artesanato muito comum na Alemanha, um mimo delicado com o qual as pessoas se presenteavam.

— Quando meu pai morreu, digo... algum tempo depois que ele morreu, minha mãe encontrou isto nas coisas dele. Até mesmo estes presentes deixou para trás quando veio para a Alemanha — disse Susana, entregando os enfeites a Mia. — Sabe, até o momento de minha mãe encontrar estes ilhoses e as cartas, ela nunca soube da existência de Patrizia. Foi então que descobriu tudo, que ele e sua mãe nunca deixaram de se corresponder ao longo dos anos. Acho que o que viveram, seja o lá o que tenha sido, foi forte o bastante para os manterem unidos mesmo depois que ele veio ao Brasil.

Mia olhava para os pequenos objetos com atenção.

— Talvez minha mãe tenha entendido por que, de fato, meu pai nunca a amara — falou Susana, pegando os enfeites e devolvendo-os à caixa.

Mia suspirou e disse:

— Eu já falei que, quando meu pai morreu, eu tinha seis meses. Não me lembro dele, senão por algumas poucas fotos que minha mãe me mostrava e que, com o tempo, também deixaram de existir. Minha mãe nunca mais se relacionou com outra pessoa depois de papai.

— De que ele morreu?

Mia encolheu os ombros.

— Ele estava trabalhando em uma estrada de ferro no Norte. A guerra estava acabando no final de 1944, mas havia ainda vários pontos de resistência no país. A estrada foi bombardeada, vários morreram. Minha mãe ficou arrasada, sozinha, com uma filha recém-nascida. Foi então que se refugiou na igreja, como contei. Lá, na colônia luterana, eu cresci feliz.

Susana assentiu.

— Minha mãe ficou muito surpresa quando sua mãe entrou em contato conosco no Brasil, informando que meu pai havia falecido e que tínhamos direito a uma pensão do governo alemão. Nossa vida só melhorou de fato depois daquilo — disse Susana, com pesar. — É estranho que a morte de alguém que nos fez tão mal, no fim, trouxe algo bom. Com a pensão em marcos, pudemos nos levantar um pouco.

— A mamãe amava seu pai — disse Mia —, mas isso não impediu que perdesse a noção do que era certo ou errado. Pelo que me lembro, ela teve medo de entrar em contato, mas foi até o fim. Era direito de vocês, da família de Jonas no Brasil. Fico feliz que isso tenha se revertido em algo bom. Não apaga o que houve, mas...

— Não, não apaga — falou Susana, enfaticamente.

Na verdade, nunca apagaria. Amor não era algo que se podia comprar com um punhado de marcos.

Mia concordou.

— Ele escrevia sempre a você?

Susana revirou as cartas empilhadas na lata e em seguida retirou algumas.

— Nem sempre. Alguns anos as cartas chegavam perto de meu aniversário, em dezembro; outras vezes passavam da data. Nada muito emocional, como pôde deduzir; apenas algumas palavras e cédulas de marcos. Isso, quando podia. Algumas vezes, as cartas vinham sem dinheiro, como se o simples fato de escrever fosse compensar algo. Sabe — novamente, Susana sentiu as lágrimas caírem —, tudo o que eu queria quando era menina era ele ali, conosco. Ele nunca explicou por que foi embora, nunca deu um motivo.

Pegou um envelope amarelado como os demais. O selo do remetente era de Frankfurt, datado de 1961.

Abriu e começou a ler.

༄

Depois do dia do rio e da surra, o estado de saúde de Elias piorou consideravelmente. Diante disso, a mãe vivia preocupada, dedicando mais atenção ao filho do que à máquina de costura.

Novamente a ajuda de Mariazinha foi fundamental. Dias a fio, ela assumira a máquina de costura da mãe, finalizando os trabalhos.

A menina também ia, aos poucos, ganhando traquejo na tarefa, de modo que sua ajuda se tornava mais útil. Com paciência, Mariazinha explicava o que devia ser feito, e a menina se dedicava a fazer tudo corretamente, com afinco.

Depois de alguns dias acamado, Elias retornou ao trabalho. Havia emagrecido e as crises se tornaram ainda mais constantes, mas ele sempre dizia que estava bem.

Fosse como fosse, cada tostão que os rapazes traziam para a casa graças ao trabalho na fábrica valia muito. Era graça a isso e às costuras que a família não estava passando fome.

Quanto ao pai, sua presença na casa se tornara rara. Passava semanas sem aparecer até que, por fim, não veio mais.

Nem a menina nem os irmãos questionavam a mãe sobre sua ausência. Susana notou que a mãe também parara de chorar, ainda que sempre parecesse triste.

Vez ou outra o peito da menina se enchia de esperança. Quando passava pelo quarto da mãe, via as coisas de seu pai ali; cedo ou tarde, ele teria que voltar. Ou melhor, ele voltaria. Ninguém vai embora e deixa todas as coisas para trás.

Em novembro daquele ano, quase três meses após o pai ter sumido, tiveram notícias dele pela primeira vez.

Foi Carlos que apanhou a edição do *Deutsche Post* deixada junto à porta. A publicação era entregue nas casas das famílias alemãs uma vez por mês. Escrito todo em alemão, o jornal era produzido pela colônia da região com notícias sobre as comunidades germânicas do Rio Grande do Sul.

Carlos entregou o jornal à mãe, que, naquele momento, estava colocando o café da manhã na mesa. Assim que os filhos saíram para a escola, Katrina retirou o lacre de papel que envolvia o jornal e, para sua surpresa, uma carta caiu ao chão.

Na carta, de maneira sucinta, o marido explicava:

> *Estou trabalhando na construção de uma usina termelétrica da AEG em Charqueadas.*[11] *Aqui ensino português para os trabalhadores alemães e moro na casa construída aos empregados. As coisas estão difíceis, mas espero poder mandar dinheiro em breve.*
>
> Jonas

A mãe dobrou a carta e devolveu ao envelope. Assim, sem mais nem menos, ele havia deixado a família para trás e arrumado um emprego em um local distante. Em poucas linhas, explicava a situação.

À noite, quando todos estavam reunidos para jantar, contou aos filhos onde o marido estava e o que estava fazendo.

Naquele momento, Susana se encheu de alegria. Ao seu modo, o pai ainda estava cuidando de todos. Não havia abandonado a família, mas, sim, se afastado deles para trabalhar e consertar as coisas. Quem sabe, quando tudo melhorasse, ele e a mãe não brigariam mais e tudo ficaria em paz, ainda que não soubesse o que paz significava de fato.

Nunca houvera paz; o que havia, nos melhores momentos, era silêncio. Ainda assim, o fato de a mãe não estar mais chorando era algo positivo, não era?

Tinha certeza de que sim. No dia seguinte, quando voltasse à escola, contaria às amigas que o pai estava com trabalho novo. Tudo melhoraria. E isso era bom.

---

11. Região metropolitana de Porto Alegre. A usina ficou pronta em 1961, e sua inauguração contou com a presença do então presidente João Goulart.

CAPÍTULO 15

Uma coisa que Jonas tinha que admitir sobre as opiniões de seu pai é que elas estavam certas: as coisas ficariam piores. Muito piores. No final de fevereiro, todos os jornais do país noticiavam o incêndio do *Reichstag*[12] em Berlim no dia vinte e sete. As fotos em preto e branco dos diários mostravam o palácio imponente sendo lambido pelas chamas, cujo brilho contrastava com o escuro da noite.

O episódio teria começado às 21h25, e logo o corpo de bombeiros se dirigiu ao local — aparentemente, muito tarde para evitar sérios danos ao edifício, que era a Casa das Leis do país. As edições seguintes, uma vez que o assunto teria cauda longa o bastante para ocupar vários dias de notícias, apontavam o comunista Marinus van der Lubbe como culpado. De origem holandesa, Lubbe era um entre tantos desempregados. Antes de perder o emprego, costumava trabalhar como pedreiro, e seu histórico de envolvimento com atividades partidárias e políticas era extenso.

— Agora começará a caça às bruxas — disse Otto, dobrando o jornal e colocando-o diante de si sobre a mesa.

De fato, tanto o governo quanto a opinião pública já tinham se unido em torno de um inimigo comum: o Partido Comunista Alemão e seus filiados.

O discurso do chanceler Adolf Hitler endurecia ainda mais a situação, conclamando a nação a lutar não somente contra a ameaça vermelha

---

12. Prédio do Parlamento da Alemanha.

que se incidia sobre a Alemanha e toda a Europa, mas também contra os judeus que, segundo ele, eram importantes financiadores do partido e exploradores da riqueza do país, enquanto o povo jazia na miséria.

Após a tragédia da passeata do dia dezenove, as investigações e prisões continuavam em toda a região de Neumarkt. Otto tinha certeza de que, após o incêndio do *Reichstag*, a coisa ganharia contornos ainda mais violentos.

— Está ciente do tamanho da imbecilidade que você e seus colegas estavam cometendo, Jonas? — perguntou o pai, com olhar acusador.

O povo humilhado e empobrecido, a turba de desempregados e famintos, havia finalmente se unido em prol do grito nacionalista de uma Alemanha forte, que deveria expulsar os comunistas e os judeus e reviver os tempos de glória.

— Hitler é o novo herói do povo — suspirou Otto. — Uma tragédia...

— Será que não está se preocupando demais? — perguntou Ana. Sentada ao lado do marido, instintivamente levou a mão à barriga.

Se havia uma coisa boa para a família Schunk após os recentes episódios era a notícia de que Ana estava grávida, algo que fora confirmado por meio de exames alguns dias após o conflito entre nazistas e os membros da *Sozialistische Jugend*.

— O banco tem muitos clientes judeus e as ameaças do governo já estão se concretizando. As contas de *Herr* Rubinstein foram confiscadas, o que fez eclodir um escândalo interno. Alguns clientes estão se preparando para deixar a Alemanha com suas famílias. Não é segredo que as famílias judias são nossos maiores correntistas — explicou Otto. — E isso só irá piorar.

A família Rubinstein tinha vários negócios na região de Neumarkt e na Baviera, sobretudo no ramo de fabricação de panelas e utensílios em ferro.

Após a fala Otto pegou sua pasta e levantou-se da mesa. Beijou o topo da cabeça de Ana e se despediu dos filhos para ir ao trabalho.

— Será mais um dia tenso — disse, antes de sair pela porta.

Dieter e Jonas também deixaram a mesa. Em suas bicicletas, seguiam silenciosamente para a escola. Jonas havia se desculpado a contragosto com o irmão mais velho, mas Dieter ainda parecia magoado. Pudera, Jonas quase quebrara seu nariz em um rompante de pura ira.

Jonas amava o irmão, disso tinha certeza. Também sabia que o que havia feito foi um erro, contudo, estaria mentindo a si mesmo se dissesse que sentia algum remorso.

Sua vida mudara bastante nas últimas semanas. Não trocara uma única palavra com Patrizia desde o ocorrido, o que fazia seu coração doer. Em seu íntimo, não sabia definir o que lhe doía mais: o castigo do pai, o estado de saúde de Casper ou o afastamento de Patrizia.

Certamente *Herr* e *Frau* Finkler haviam instruído a filha a ficar longe do colega arruaceiro — e isso lhe doía de uma maneira que nunca imaginou sentir.

Além disso, o castigo imposto pelo pai também incluiu um emprego forçado de meio período no escritório de contabilidade de um cliente do banco — uma forma de Otto limitar o tempo livre do filho e suas atividades clandestinas.

Na escola, encontrou Rolf junto ao local em que ficavam as bicicletas.

— Tem notícias de Casper? — perguntou Jonas, caminhando ao lado do amigo.

— Fui visitá-lo ontem no hospital. Ele não está nada bem. Está de olhos abertos, mas fica olhando para o vazio como um bobo — explicou Rolf.

Durante o tumulto, Rolf havia conseguido fugir e se refugiar debaixo de alguns sacos de lixo, enquanto os grupos de nazistas avançavam sobre os manifestantes.

— Ouvi dizer que Scherer foi preso. Pelo menos, dizem que ele sumiu do mapa — disse Rolf, com pesar.

— Eu queria ter estado lá — falou Jonas. — Eu...

— Sorte a sua que não estava — disse Rolf, afastando-se do amigo.

Jonas sentia Rolf bastante distante depois do episódio com Casper. Talvez o culpasse; se assim o era, não estava totalmente errado.

Na sala de aula, passou pela carteira de Patrizia. A colega mantinha os olhos enterrados em um livro e não fez qualquer menção de olhar para ele.

Jonas suspirou e foi para o fundo da sala. Aquilo tudo estava doendo demais, corroendo-o por dentro.

Depois da escola, dirigiu-se ao escritório de contabilidade de *Herr* Feldmann e dedicou-se a cumprir suas tarefas. Achava que lidar com números era algo bastante monótono, mas, de modo surpreendente, estava aprendendo rápido. Ingo, o filho mais velho de Feldmann, chegara até a elogiá-lo, dizendo que daria um excelente contador, caso desejasse seguir na profissão.

— Quando se formar, Schunk, terá emprego garantido aqui — falou, dando tampinhas no ombro do rapaz.

Nunca sonhara em passar sua vida em um escritório, com a bunda na cadeira, olhando para números e fazendo balanços e cálculos, mas não estava na posição de negociar com o pai e, fosse como fosse, as horas que passava mergulhado nos números ocupavam sua cabeça.

Foi naquele final de tarde, quando voltava para a casa, que bolou um plano. Tinha que falar com Patrizia, esclarecer as coisas. Pelo menos ouvir o que ela pensava dele. Sua opinião importava, ainda que ele não compreendesse por quê.

E assim o fez. No dia seguinte, saiu mais cedo para a escola, deixando Dieter para trás. Sabia que Patrizia chegava antes da maioria dos colegas, de modo que, se corresse, podia falar com ela antes que a menina entrasse na sala de aula e mergulhasse nos livros.

Foi então que a avistou no pátio, caminhando para o interior do prédio. Parou com a bicicleta ao seu lado e disse um *olá* sem graça.

— Oi, Schunk — respondeu.

— Não sou mais Jonas?

— Olá, Jonas — ela disse, retribuindo o sorriso insosso.

— Quero conversar com você — ele disse, saltando do selim. Caminhavam lado a lado. Ela carregando o material, ele empurrando a bicicleta.

— Estranhei você estar aqui tão cedo. Com certeza não seria saudade da aula de gramática.

— Com certeza — ele sorriu. — Como disse, quero falar com você.

— Não posso falar contigo — dizendo isso, ela apertou o passo.

— Patrizia — Jonas colocou-se à frente da garota, fazendo-a parar. — Preciso que me ouça.

Ela suspirou.

— Você sabe o que aconteceu com Casper, não sabe? — ele perguntou.

— Podia ter acontecido com você, se continuasse a ser um idiota.

— Eu sei. E me culpo — ele falou, pesaroso. — Eu realmente queria estar na rua naquele dia. Meu pai não deixou, porque você contou a seus pais e eles abriram a boca para o velho Otto.

— Eu fiz o que achava certo — ela disse, encarando Jonas com firmeza.

Por que ele permitia que Patrizia o dominasse com um olhar, de modo que perdesse totalmente a fala e os argumentos?

— Você não estava errada. Digo... pelo menos não de acordo com seu ponto de vista.

Como ela ficara em silêncio, ele prosseguiu:

— Só quero poder falar contigo de novo. Meu pai cancelou as aulas particulares, mas isso não significa que não podemos nos falar. Conversar sobre outras coisas que não sejam lições e professores enfadonhos.

Discretamente, ele segurou a mão de Patrizia pelos dedos.

— Eu gosto de você, Patrizia. Gosto muito.

Ela corou.

— Também gosto de você, Jonas.

— E o que vamos fazer? — ele perguntou, sentindo a coragem retornar.

— Não sei — ela desvencilhou-se dele e voltou a caminhar à sua frente.

Dessa vez, não insistiu. Ficou parado ao lado da bicicleta.

Ela gosta de mim também, pensou, sentindo o peito arder.

Era algo tão simples, mas que bastava. Ele, que não estava acostumado a migalhas, sentia-se grato a Patrizia por ter correspondido.

Não podia negar mais. Estava totalmente apaixonado.

CAPÍTULO 16

Espero que todos estejam bem. Escrevo de Frankfurt e não sei se receberá esta carta a tempo do seu aniversário. Estou com trabalho, mas as coisas não andam muito bem. Mando alguns marcos, não sei se é o bastante, mas é o que posso neste momento. Quando as coisas melhorarem, tento mandar mais.

Desejo que tudo esteja bem em sua vida.

Seu Jonas

Susana leu a carta e voltou a dobrar o pedaço de papel.

— Esta foi a primeira carta que ele me mandou — disse. — Foi no meu aniversário de dez anos, em 1961.

— Nessa época — Mia suspirou —, ele não havia reencontrado minha mãe ainda. Pelo que me lembro, estávamos na colônia luterana.

Susana guardou a carta na lata de memórias e pegou um dos enfeites de ilhós.

— Minha mãe descobriu esses enfeites nas coisas do meu pai muito depois de ele ter partido para a Alemanha. Foi assim que descobriu também que ele e sua mãe se correspondiam. Ele deixou as cartas para trás; digo, as cartas que recebia de sua mãe, então, era óbvio que ele escrevia para ela também.

— Eu era muito nova, não me lembro de nada disso — falou Mia, levantando-se e pegando a bandeja. — Quer mais café?

Susana respondeu afirmativamente. Mia encheu as xícaras e voltou para a sala. Entregou o pires a Susana e continuou:

— Minha mãe gostava de fazer essas peças, principalmente no Natal. A gente enfeitava a casinha onde morávamos com elas. Na verdade, era um hábito muito comum entre as pessoas.

— E você sabe como eles se reencontraram? — perguntou Susana, bebericando o café.

— Não sei exatamente. Claro que ela não me contava as intimidades dela. Os tempos eram outros, enfim — Mia deu de ombros. — Mas me lembro quando ela me apresentou Jonas dizendo que era um amigo de infância. Já morávamos aqui em Marburg, tínhamos nos instalado há pouco tempo e minha mãe estava começando a trabalhar na igreja. Não percebi qualquer relacionamento entre eles, tampouco sabia da história. Somente que haviam estudado juntos e que se separaram quando Hitler tomou o poder. Ele me pareceu um homem sério, contido. Tinha um olhar triste, na verdade. Não sei quais são as memórias que você tem dele, mas foi assim que ele me pareceu; um homem que carregava um peso muito grande nos ombros.

Susana terminou o café e devolveu o pires à bandeja.

— Talvez seja por ter deixado a família no Brasil. É o que deduzo — seguiu Mia.

— Meu pai — Susana começou a dizer — era um homem complicado. Acho que nunca o conheci de verdade. Sinceramente, não sei se chegou a sentir falta da gente ou se mandava as cartas de aniversário para mim apenas por peso na consciência ou obrigação. Em casa falava pouco, era enérgico e me tratava com a mesma indiferença de minha mãe. Apenas não verbalizava. Pelo menos, quase nunca. Houve apenas uma vez, e nunca esqueci o que ele me disse.

Aquela era a primeira vez que o pai voltava para a casa depois de ter começado o novo emprego na usina de Charqueadas.

A menina já era grande o suficiente para ter noção de tempo e, de fato, contara as semanas em que o pai estivera ausente — exatos um mês e três semanas.

Em todo caso, era uma ausência justificada. A cidade em que estava trabalhando ficava longe, a mãe explicara. Era necessário ir de ônibus até Porto Alegre, depois pegar um barco e cortar o Rio Guaíba. Ela nunca havia visto tal rio, mas, pelo que a mãe falava, deveria ser um imenso rio cujas águas se perdiam no horizonte. Claro, tinha que ser assim, porque, caso contrário, o pai não se ausentaria daquele modo, ficando tanto tempo longe de casa.

Foi por meio de uma carta que ele comunicou à sua mãe a data que chegaria a Taquara. Como é possível imaginar, a menina estava exultante. Com trabalho, as costuras e a mãe feliz, certamente as coisas melhorariam.

No final da tarde, a figura do pai se materializou na soleira da porta. Ele tinha um semblante cansado, abatido. Não sorriu, apenas entrou e suspirou. Segurava a mala em uma das mãos e, na outra, trazia um paletó.

Deixou a mala no chão e sentou-se na sala. A mãe se aproximou, mas não disse nada. Pegou a mala e levou para o quarto.

Até aquele momento, a menina assistia a tudo da mesa da cozinha. Em seu peito, aguardava uma palavra de carinho, que não chegou.

Somente quando a mãe retornou para a sala foi que o pai quebrou o silêncio:

— Os meninos estão bem?

Susana não entendeu se *meninos* se referia aos filhos ou apenas a Elias e Carlos. Na verdade, o pai nunca esconderá um afeto maior, ainda que contido, por Elias. Inclusive, o relógio que o irmão mais velho perdera no rio e que resultara em toda explosão de fúria do pai fora um presente que ele havia lhe dado.

— Está tudo bem — a mãe respondeu, pegando o paletó das mãos do marido. — Elias foi ao médico novamente por causa da asma. Ele não reclama, mas acho que piorou. O guri não se cuida. Tem tido crises horríveis à noite.

O pai assentiu, em silêncio.

— Caiu um botão — falou, indicando o espaço vazio de onde o botão caíra.

— Vou arrumar — disse a mãe, deixando o paletó sobre a cadeira.

Enquanto a menina ouvia a conversa fria entre os pais, uma sensação ruim crescia em seu peito. Ela estava ali; então, por que o pai não a notara? Por que não falava com ela? Ela não tinha feito nada de errado, não tinha ido ao rio, estava ajudando a mãe nas costuras. Tinha sido uma boa filha e tentado não dar trabalho, ainda que a mãe sempre arrumasse algo de que reclamar.

Será que a mãe havia escrito ao pai falando algo dela? Será que contara que ela era inútil e que dava trabalho?

Essa era a única explicação plausível, já que o pai a estava tratando com indiferença.

E se ela mostrasse que sentia falta dele? Se fosse uma boa filha e o abraçasse, dizendo que estava com saudade, que tinha orgulho dele pelo fato de ter deixado a família e ido trabalhar longe, em outra cidade, além do rio, em um lugar distante e que, certamente, não era melhor do que a casa em que eles viviam em Taquara?

Sim, aquilo tinha que funcionar.

Saltou da cadeira e, caminhando rapidamente, foi em direção ao pai.

Ao percebê-la (ele ainda não a havia notado!), o pai ergueu os grandes olhos azuis em sua direção.

Sem hesitar, a menina estendeu o braço em sua direção. Saltaria sobre seu colo e lhe daria um abraço. Talvez, assim, ele não ficasse mais bravo com ela.

Então algo se partiu. Quebrou-se em milhões de pedacinhos.

Assim que suas mãos tocaram o pai, ele se esquivou. Seus olhos procuraram a mãe, como se clamasse por ajuda.

— Tire esta chatonilda daqui — ele disse à mãe. Não gritara, não a empurrara. Simplesmente agiu como se ela fosse *nada*.

Naquele dia, a menina aprendera que havia algo muito pior do que as palavras duras ou até mesmo as surras: a indiferença. Ela podia machucar e destruir muito mais do que qualquer outra coisa.

— Vem — disse a mãe, pegando-a pela mão. — Vá brincar na rua ou na casa da Mariazinha.

A menina não sabia descrever o que sentia. Simplesmente, tudo estava vazio. Caminhou porta afora e, antes de se afastar da casa, olhou mais uma vez para trás. Tudo estava em silêncio, os pais não conversavam. Silêncio.

O que ela estava esperando, parada ali? Uma explicação de por que seu pai agira daquela maneira? Que ele a chamasse de volta?

Isso nunca ocorreu. E, assim, a partir daquele dia, ela também parou de esperar.

CAPÍTULO 17

O primeiro encontro com Patrizia aconteceu atrás do cinema de Neumarkt. O prédio, outrora uma tapeçaria, fora adaptado para abrigar o espaço de projeção. O público no interior do cinema se deliciava com a voz de Lilian Harvey em *Irgendwo Auf der Welt Gibt's Ein Kleines Bisschen Glück*.[13]

Todavia Jonas não se preocupava com a projeção; nem gostava muito de cinema na verdade. Todos os seus sentidos estavam voltados para Patrizia — ela estava linda!

Foi naquele dia que ele a beijou de verdade, um beijo adulto. Outros encontros se seguiram, alguns mais longos, outros mais curtos. De início, Patrizia sentia-se culpada por mentir para os pais, já que estes insistiam em proibi-la de ter contato com Jonas. Não porque fosse um mau rapaz, mas porque temiam que ela a conduzisse para a militância política.

Enquanto Jonas e Patrizia se aproximavam, o cenário político do país ganhava contornos sombrios. Em catorze de julho, as rádios anunciavam que, oficialmente, a Alemanha possuía um único partido legalizado, o Partido Nacional-Socialista dos Trabalhadores Alemães. Por fim, Adolf Hitler assumia plenos poderes, tendo, perante a lei, o direito de punir os opositores, enviando-os a prisões e campos de trabalho forçado.

---

13. "Em algum lugar do mundo há um pouco de felicidade", película de 1932.

Paulatinamente, o número de pessoas enviadas a Dachau[14] crescia. Professores, intelectuais, comunistas e qualquer pessoa declaradamente opositora a Hitler tinham o mesmo destino.

O Estado confiscava as contas bancárias e os bens, e o humor de Otto estava mais irascível do que nunca.

— Porcos miseráveis! — bradou Otto, ao chegar em casa no final de um dia. Tinha a expressão exausta e parecia irritado até mesmo com Ana, algo que os filhos nunca tinham visto acontecer. — Hoje membros do governo fizeram uma devassa no banco! Uma devassa! Agiram como se fossem os donos de tudo, pedindo papéis, abrindo dados sigilosos das contas! Aonde vai nossa credibilidade se somos forçados a entregar dados de nossos maiores clientes para a polícia!

Otto soltou o corpo sobre a cadeira e bufou.

— Policiais uma ova! São capangas a serviço de Hitler! Fussmatten![15]

— Precisa se acalmar, homem! — disse Ana, levando a mão à barriga, que já se tornara bastante visível. — Vou preparar um chá.

Otto deu um longo suspiro e, levantando-se, anunciou que iria para o escritório.

Ao longo dos meses consecutivos, as notícias seguiram desanimadoras para alguém com o espírito liberal do pai de Jonas.

O Natal, uma data em que a família Schunk costumava mergulhar em orações fervorosas e promessas de amor e fraternidade, ganhara um clima obscuro, triste. Jonas não se recordava de ver o pai tão taciturno, e nem mesmo o nascimento do novo filho, Franz, parecia mudar seu estado de espírito.

No início de 1934, Dieter ingressou na faculdade de Medicina e se mudou para Munique. Oficialmente, Jonas era o filho mais velho da casa

---

14. Primeiro campo de concentração nazista e modelo para os campos que apareceram subsequentemente.

15. Literalmente, "capachos".

e, mais maduro, conseguia debater com mais abertura as notícias diárias com o pai. Ambos se preocupavam com a situação do país, que assistia ao totalitarismo de Hitler e do Partido Nazista se alastrar como pólvora, arregimentando seguidores em escala exponencial.

Dividia seu tempo entre o último ano de escola, o trabalho no escritório de contabilidade dos Feldmann e os encontros às escondidas com Patrizia. Depois de muita insistência, conseguira autorização dos pais de Casper para visitá-lo. A permissão chegou após uma decisiva intervenção de Otto, que jurara aos Müller que o filho não estava mais metido com política de nenhum tipo.

Jonas chorou ao ver o amigo na cama, encarando-o como se não o reconhecesse. Havia uma enorme cicatriz no lado direito da cabeça de Casper, local em que o maior ferimento fora infringido.

Rolf havia explicado que o amigo tinha perdido massa encefálica e que seu crânio rachara como um coco. Era um verdadeiro milagre que estivesse vivo, ainda que *vivo* não fosse bem o termo para designar o jovem que Jonas via deitado na cama, diante de si.

— Eu sinto muito, Casper — disse, limpando as lágrimas. Provavelmente o amigo não conseguia entendê-lo. Ainda que o acompanhasse com os olhos, não havia vida em Casper.

Ver Casper aumentou a ira de Jonas. Odiava Hitler, odiava a merda do Partido Nazista. Um bando de malucos violentos que gritavam por uma nova Alemanha, mas que estavam roubando a liberdade de todos.

Eles fizeram aquilo a Casper. Eles eram os culpados.

Pela primeira vez se sentia um estranho em seu próprio país.

Em vinte e quatro de junho, em um domingo, o golpe de misericórdia na Alemanha em que nascera e crescera finalmente foi dado. Por aprovação do Parlamento, já nas mãos dos nazistas, Hitler oficialmente passava a acumular as funções de chanceler e presidente, assim como passara a ter em mãos o Gabinete de Defesa. Nos dias posteriores, o termo *Führer*, líder supremo, passou a ser usado para representar o novo papel de Adolf Hitler no comando do país.

Jonas e o pai ouviram as notícias no rádio com tristeza.

— Eu disse... — murmurou o pai. — Nosso país acabou, Jonas.

Sair à noite não era mais seguro, tampouco se expressar livremente. Otto dera ao filho ordens claras para que não abrisse a boca para criticar o novo governo, as opiniões mais radicais sobre política deveriam ficar unicamente dentro de casa.

Otto olhou para o filho, encarando-o quase que com súplica. Sabia do caráter explosivo de Jonas, e, do fundo de seu coração, temia pelo filho.

Por sua vez, Jonas prometeu que se conteria, mas não pareceu ter tranquilizado o pai. Algo ruim estava para acontecer, ele sabia. Seu coração não se enganava. E não se enganou.

Dois dias após a notícia de que Hitler assumira o poder supremo do país, Jonas chegou ao escritório e encontrou o prédio cercado pela polícia.

— Trabalho aqui — disse, diante do oficial que o detivera, colocando o cassetete em seu peito.

— Documento — pediu o homem, em tom pouco amigável.

Jonas mostrou seu documento, mas, ainda assim, o oficial parecia desconfiado. Somente após Gerard, o funcionário mais antigo dos Feldmann, afirmar que o rapaz trabalhava ali há mais de um ano é que Jonas teve permissão para entrar.

Em silêncio, dirigiu-se para sua mesa e sentou-se.

Ingo, filho de *Herr* Feldmann, entregava pilhas e pilhas de papéis aos policiais, mas eles não pareciam satisfeitos. De longe, *Herr* Feldmann conversava ao pé do ouvido com outro oficial, que, graças a sua aparência e postura, estava no comando de toda aquela bagunça.

— O que diabos está havendo? — perguntou Jonas a Francis, outro jovem, um pouco mais velho do que Jonas, que trabalhava na mesa ao lado da sua.

— Não sei. Estavam aqui quando cheguei também — explicou o rapaz. — Mas não parece coisa boa.

De onde estavam, não era possível ouvir o que Ingo e os policiais conversavam. O filho de *Herr* Feldmann foi para o fundo do escritório e retornou com mais três pastas. O oficial que conversava com o velho Feldmann aproximou-se e começou a conferir a papelada.

— Aqui está tudo o que pediu — disse Ingo, nervoso.

O homem não respondeu. Mantinha os olhos fixos nos papéis e mordia o lábio inferior, pensativo.

Então, de súbito, o policial desferiu um duro golpe em Ingo, levando-o ao chão. Em seguida, chutou-o na barriga, fazendo com que se contorcesse.

Em um ímpeto, Jonas fez menção de se levantar, mas foi contido por Francis.

— Você está maluco?

— Me solta — disse Jonas, tirando a mão de Francis de seu ombro.

— Senta, Jonas! — respondeu o colega em um sussurro.

Por alguns segundos, Jonas pareceu hesitar. Seus pensamentos voaram para Casper, seu olhar bobo, vazio, encarando-o na cama. Pensou nos colegas agredidos, no fato de tê-los deixado sozinhos.

Do outro lado do recinto, sob os olhares assustados dos funcionários, *Herr* Feldmann argumentava a favor do filho.

— Porco judeu! — disse o chefe, com desdém, dando as costas ao velho e voltando a chutar Ingo, que ainda estava caído.

Daquela vez Francis não conseguiu deter Jonas. Empurrando a cadeira, o rapaz levantou-se e deu alguns passos em direção ao local onde a cena transcorria.

Dois homens levantaram Ingo e o conduziram para fora do prédio.

— Para onde vocês estão levando-o? Por quê?! — Jonas não teve tempo de dizer mais nada. Quando deu por si um policial o havia laçado pelo pescoço, pressionando sua garganta até quase lhe tirar o ar.

— Fedelho de merda. Se você é corajoso, vou...

O pior não aconteceu porque, novamente, Gerard interveio.

— Por favor, esse rapaz é só um empregado. Ele é filho de *Herr* Schunk, uma pessoa muito respeitada em Neumarkt. Certamente sabe a quem me refiro!

O policial ficou pensativo e trocou olhares com seu superior.

— *Herr* Schunk... Eu o conheço. Boa família — disse o chefe, balançando-se sobre os calcanhares. E, então, dirigindo-se ao policial, ordenou:

— Pode soltar.

Quando se viu livre do braço do policial Jonas caiu ao chão, de joelhos. Sua vista estava turva e tossia bastante; parecia que iria cuspir os pulmões.

Nunca fora imobilizado daquele modo. Não temeu pela sua vida, mas, pela primeira vez, sentiu-se totalmente impotente.

— Cuide melhor de suas jovens *ovelhas*, judeu — disse o chefe, dirigindo-se a *Herr* Feldmann. — Afinal, de ovelhas vocês judeus entendem bastante.

Paulatinamente, os policiais foram esvaziando o escritório, levando pilhas de papéis e pastas consigo.

Gerard ajudou Jonas a se levantar.

— Você ficou maluco, rapazinho? Quer morrer? Ir preso?

— O que aconteceu? — perguntou Jonas, dividindo olhares com todos os que estavam no escritório.

— Alguém denunciou que estamos orientando nossos clientes a sonegarem os impostos, a roubar o governo. Não sei quem pode ter feito isso — disse *Herr* Feldmann, com voz trêmula.

Um funcionário ajudou o velho Feldmann a caminhar até sua sala, nos fundos do escritório. Após passar a mão pelo topo calvo da cabeça, Gerard pediu que todos voltassem a trabalhar.

— Você — disse a Jonas —, me ajude a arrumar estes papéis.

Jonas obedeceu, em silêncio.

No fim do dia, quando avistou sua casa, sentiu-se aliviado. Não havia sinal de polícia ou confusão. Aparentemente tudo estava normal.

Que medo era aquele?

Antes de entrar olhou para a rua vazia. Escurecia. Ninguém o havia seguido.

Quando entrou, sob o olhar curioso do pai, deu um forte abraço em Michael e em Ana. Nunca havia feito aquilo.

— Que tal jogarmos um pouco de futebol, pirralho? — disse, dirigindo-se a Michael.

O garoto de dez anos escancarou um sorriso.

CAPÍTULO 18

Mariazinha terminou o almoço e preparou um prato generoso de arroz, carne cozida e batatas. Depois colocou a comida na frente da menina, que aguardava a refeição sentada à mesa.

— É muito! — Susana ralhou, olhando para a montanha de arroz, carne e batatas à sua frente.

— Tu tem que comer, porque está só o osso. Também chegou da escola agora e tem que comer para repor energia. Senão, o cérebro não funciona — disse Mariazinha, servindo-se também e acomodando-se ao lado da menina. — Minha comida não é tão boa como da tua mãe, mas te prometo que não passará mal. Coma!

— Acho tua comida melhor — respondeu, diante de uma Mariazinha genuinamente surpresa.

— Mais um motivo para tu comer bem então.

A menina cutucou um pedaço de carne com o garfo, mas não levou a comida à boca.

— Que tu tem, guria? — perguntou Mariazinha, enquanto mastigava.

— Elias come bem e está doente. Eu como pouco e não fico doente, nunca!

Mariazinha, compreendendo a linha de raciocínio da menina, suspirou e, com paciência, disse:

— Teu irmão tem asma. É uma coisa diferente. É um problema nos pulmões, por isso ele tem dificuldade de respirar às vezes. Ele é assim desde que nasceu e, se não se alimentasse direito — Mariazinha tomou o garfo das mãos da menina e, espetando um pedaço de carne, levou à boca dela —, certamente estaria pior. Não use teu irmão como desculpa.

Susana abocanhou a comida sem resistência. Mesmo enquanto mastigava seguia pensativa.

— Ele ficará bom? — perguntou, encarando Mariazinha.

Ela não sabia a resposta. Ao longo dos meses a saúde de Elias declinara e, há cinco dias, o rapaz entrara em um estado delicado, de modo que o dr. Hasser, clínico geral mais experiente de Taquara, pediu que o levassem até Porto Alegre. Como o pai estava ausente, Katrina escrevera uma carta ao marido informando sobre o estado de saúde do filho e seguira com o jovem, de ônibus, até a capital. Mariazinha rapidamente prontificou-se a cuidar de Carlos e Susana e, desde que mãe e filho partiram, dormia na casa dos Schunk.

— Dr. Hasser indicou o Dr. Moreira à tua mãe. Ele vai cuidar do teu irmão, não se preocupe — disse Mariazinha, observando a menina abocanhar outro tanto de comida.

— E como ela vai pagar? — Susana levava a comida à boca sozinha. — A mãe vive reclamando que não temos dinheiro.

— Teu tio de Porto Alegre, irmão de sua mãe, vai ajudar. Nessas horas, guria, a família tem que se ajudar. É para isso que servem os irmãos.

A menina ficou pensativa.

— Tu não é da família, mas ajuda bastante a gente. Ajuda minha mãe com as costuras e me ajuda também.

Mariazinha sorriu, ainda que seu peito estivesse cheio de angústia. Mesmo nova, Susana compreendia o ambiente à sua volta; de algum modo, sabia que estava só, ainda que cercada por pessoas que, em teoria, deveriam amá-la.

— É porque não tenho família. Então escolhi vocês para serem a minha família, entende?

A menina assentiu.

— Tu está feliz de me ter como alguém da família?

O rosto da menina se iluminou.

— Muito! Tu é como uma tia. Queria que fosse irmã da minha mãe.

Mariazinha retribuiu o sorriso.

— A mãe estava preocupada com Elias. Vi ela chorar quando voltaram do dr. Hasser. Será que, se fosse eu que estivesse doente, ela se preocuparia também?

Mariazinha ia dizer algo, mas a garota continuou:

— Às vezes eu tenho medo de ficar doente, porque não quero dar trabalho, nem ver a mãe irritada. Tenho certeza de que ela ficaria muito brava se eu ficasse doente e precisasse ir a um médico em Porto Alegre. Eu fico com medo de pensar essas coisas.

Mariazinha deixou os talheres sobre a mesa, ao lado do prato. Havia perdido a fome. Naquele momento fazia um esforço enorme para não chorar.

— Se tu ficasse doente e se fosse preciso, eu te levaria para Porto Alegre — disse Mariazinha. — Agora pare de dizer tontices e coma. Logo teu irmão chega para o almoço também.

❧

— Era outra época — disse Mia, encarando Susana. Dizia aquilo gentilmente, como se tentasse justificar o fato de o pai ter abandonado a família e viajado sozinho para a Alemanha para recomeçar a vida. — Talvez, hoje, fazer algo assim fosse intolerável. Não sei. Mas eram outros tempos. A geração da guerra, como seu pai e minha mãe, ficou mais endurecida. É o que eu acho.

Susana refletia. Não, não era culpa da guerra. Havia passado sessenta anos pensando que, talvez, o destino não quisesse de fato separar seu pai e Patrizia. Que tudo fora uma grande armadilha, na qual ela, sua mãe e os irmãos haviam sido dragados e pagaram o preço necessário.

Ao final, tudo acabava sempre girando em torno da história de seu pai e Patrizia, a mulher que ele amava e que ficara na Alemanha.

— E sua mãe? — perguntou Mia. — Como ela lidou com tudo isso? Quero dizer... quando minha mãe a contatou no Brasil, como foi?

Como havia sido? Uma surpresa, claro! Naquela época, fazia três anos que o pai havia morrido, mas elas não sabiam. Simplesmente as cartas deixaram de chegar. Apenas quando uma carta datada de 1974 chegou com remetente de Marburg é que, finalmente, Katrina soubera a verdade.

— Sua mãe contou que meu pai havia falecido — disse Susana. — E que tínhamos direito à pensão do governo alemão, já que ele e minha mãe eram casados e nunca se divorciaram. Ela cuidou de todos os trâmites legais aqui da Alemanha e devo confessar que isso nos ajudou bastante. A pensão em marcos melhorou nossa situação, e muito!

Mia assentiu, meneando a cabeça.

— Naquela época, Carlos, meu irmão, já havia ido embora para Novo Hamburgo. Arrumou emprego e se casou por lá, mas, no final, não teve muita sorte.

— Ele está vivo?

— Faleceu com cinquenta e um anos — disse Susana, balançando a cabeça negativamente. — O vício em bebida e em jogo acabou não só com o casamento, mas com a saúde dele. No fim, acho que ele seguiu o mesmo caminho do meu pai.

Pensou em Carlos, o irmão que saíra de casa e que retornara poucas vezes. Em seu semblante sempre distante, fechado. Em seu olhar sofrido.

Não fui a única vítima da sombra que me persegue, pensou.

— Fico feliz que o dinheiro tenha ajudado — disse Mia.

— Ajudou muito, mas não tornou as coisas mais fáceis entre minha mãe e eu. Nunca nos aproximamos de verdade. Quando ela me contou sobre sua mãe, era como se estivesse contando a história de outra pessoa, não dela. Acho que, quando passamos a vida em dor, acabamos criando calos. Então, uma hora, não sentimos mais nada.

Mia encheu novamente sua xícara e ofereceu a Susana, que agradeceu e negou.

— Preciso diminuir a cafeína — disse Mia, levando a xícara aos lábios. — É meu único vício, mas é um vício e tanto!

Bebericou o café e, em seguida, perguntou a Susana:

— Posso fazer uma pergunta?

— Claro! Estou invadindo seu espaço com todas essas memórias. Eu é que deveria ter mais cuidado em falar as coisas.

— Imagine! — Mia balançou as mãos. — É um prazer conhecer você e conversar. Sinto como se fôssemos parentes, de certa forma. E acho que somos. Uma meia-irmã postiça que tenho no Brasil e que estou conhecendo agora.

De repente, Susana sentiu prazer em pensar daquela forma. Mia não estava errada; de fato, o destino as unira de modo inesperado.

— O que ia perguntar?

— Ah, sim — Mia limpou a garganta —, você sempre se refere à sua mãe como uma mulher muito dura. Eu até compreendo que a vida não foi fácil para ela, mas será que não era por isso que ela era distante de você?

Susana refletiu. Katrina havia sido uma mulher amarga e infeliz. Mas a história não se limitava a isso.

— Pelo que fiquei sabendo, e isso aconteceu anos depois — disse Susana —, antes de eu nascer, meus pais planejavam voltar para a Alemanha. Em 1951, ano em que nasci, as coisas começavam a melhorar aqui, e meu pai se correspondia bastante com meu tio Michael, filho do segundo casamento do meu avô. Meu avô, às vezes, também escrevia ao meu pai falando sobre as coisas na Alemanha. Com a reconstrução do país, havia oportunidades aparecendo, ainda que a situação fosse difícil. Acho que isso despertou no meu pai o desejo de voltar para seu país e levar a família junto. Contudo, minha mãe engravidou de mim, e isso tornou inviável seu retorno à Alemanha. Ele nunca a perdoou por isso, e, por tabela, minha mãe nunca me perdoou por ter vindo ao mundo.

Mia parecia espantada.

— Que coisa triste! Como ficou sabendo disso?

— Por mais irônico que possa ser, minha mãe me contou. O casamento acabou, e tudo que presenciei quando meninota não passou de uma sobrevida de algo que estava fadado a morrer.

Após alguns segundos pensativa, Mia se levantou, pediu licença e sumiu pelo corredor estreito que, deduziu Susana, dava acesso ao quarto. Não demorou a voltar com uma caixa de madeira em cuja tampa havia uma rosa entalhada.

— Eu também tenho minha lata de memórias — ela disse, sorrindo. — Mas, no caso, é uma caixa.

Abriu a caixa e, depois de vasculhar o conteúdo, estendeu uma foto a Susana.

— Conheci seu avô. *Herr* Schunk era um homem muito gentil. Gostava de conversar. Veio nos visitar algumas vezes em Marburg. Poucas vezes, é verdade, mas sempre se mostrou muito educado e trazia presentes para mim. Veja — ela apontou para a foto amarelada —, aqui ele está ao lado do seu pai.

Susana pegou a fotografia. Seu avô era um homem envelhecido, de olhos miúdos escondidos atrás de óculos de aros redondos e lentes grossas. Lembrava-se dele das fotografias de família que seu pai trouxera quando veio para o Brasil, mas ali ele estava diferente. Parecia até mais feliz.

Então seu olhar mudou para a imagem de seu pai. Ele estava mais magro do que se lembrava, e mais abatido também. Será que já estava doente? Mesmo que estivesse ao lado da mulher que amava na Alemanha, o semblante de Jonas Schunk não era o de um homem realizado.

Talvez ele também tivesse uma sombra nos ombros, refletiu.

— Esta é minha mãe quando moça. Foi antes de se casar com meu pai — disse Mia, estendendo um pequeno retrato em preto e branco.

Finalmente Susana tinha uma imagem de Patrizia Finkler. A foto mostrava uma menina de olhos vivos, sem dúvida, uma moça linda. Era perfeitamente compreensível por que seu pai se apaixonara por ela. Seu semblante era leve, alegre. Livre. Totalmente diferente da carranca de sua mãe, cujo espírito fora talhado pela dor e pela revolta.

— Agora sei por que meu pai se apaixonou — disse Susana, devolvendo a fotografia.

— Minha mãe era realmente muito bonita. Sempre foi, mesmo depois que a idade chegou. E vaidosa. A morte do meu pai a devastou, mas reencontrar seu pai a resgatou, de algum modo.

Como Artur fez comigo, pensou Susana, sentindo uma saudade dolorida do marido.

Não. Meu pai não é como Artur. Artur é amoroso, gentil. Meu pai era rude, um homem distante. Mas, será que, no fundo, quando se trata de amar, não são todos iguais? Podem dar o melhor de si quando se encontram ao lado de alguém especial?

De repente, Susana refletiu sobre algo em que nunca pensara. Se o pai tivesse, de fato, amado sua mãe, será que tudo não seria diferente? Se fosse com Patrizia que seu pai tivesse construído a vida no Brasil, ele não seria mais feliz?

Pela primeira vez, seu coração foi inundado por uma sensação estranha. O que era aquilo? Será que, de certa forma, começava a compreender seu pai? Não, não era possível. Nada do que ele havia feito tinha justificativa; abandonar a família, magoar a esposa, rejeitar a filha.

Artur nunca faria isso, ela tinha certeza. Mas, então, por que estava sentindo aquele incômodo?

Agora sentia a *sombra* mais forte; uma presença real se aproximando dela, quase a ponto de tocá-la.

— O que foi? Está tudo bem? — perguntou Mia.

— Acho que preciso tomar um pouco de ar. Muita emoção para um dia só.

Mia se levantou e abriu a porta de vidro que dava acesso à sacada.

— Venha tomar ar puro. Como moro sozinha estou acostumada e quase nunca abro este negócio. Venha!

Susana caminhou até a sacada e ficou observando a vista do sexto andar. Era possível ver todo o jardim que contornava o conjunto habitacional, partes de Marburg e de sua arquitetura medieval no horizonte.

Pai..., pensou, sendo consumida pela angústia.

CAPÍTULO 19

— Eu não acredito que isso aconteceu! — exclamou Patrizia, após escutar o relato de Jonas sobre o que houvera no escritório. — E, para variar, você teve que bancar o valentão e se meter em encrenca!

— Ingo é chato às vezes, mas não é um mau sujeito. E *Herr* Feldmann é sempre muito gentil comigo. O que eu podia fazer? Ficar olhando?

Patrizia balançou a cabeça de modo incisivo.

— Jonas, você é um garoto! O que acha que ia fazer com todos aqueles policiais no escritório?

Ele não havia pensado nisso. Tomado pela raiva, simplesmente havia agido por impulso.

Passaram-se três dias do ocorrido e Ingo ainda não havia sido solto. Apesar de encontrar diariamente Patrizia na sala de aula, ambos evitavam ter contato na frente dos demais, protegendo a garota de confusão. Contudo, naquele dia, haviam conseguido se encontrar no campo, em uma região afastada da cidade.

Jonas pedalara para lá diretamente após sair do escritório e, quando chegou, Patrizia já o aguardava.

— Disse que estaria com minha prima, e ela vai confirmar, mas não posso demorar — ela disse.

Ele não se importava. Qualquer minuto que pudesse passar ao lado de Patrizia era um tesouro do qual não abria mão.

Segurando sua mão com força, Jonas a puxou para perto de si e a beijou. Um beijo de verdade, de cinema. Não era sempre que Patrizia permitia que ele o fizesse, mas, naquele dia, a atração entre ambos era forte, intensa.

Quando seus lábios se descolaram, ele a encarou e disse:

— Ano que vem faço dezoito anos. Quero ir embora de Neumarkt e queria que você viesse comigo.

Após alguns segundos de puro espanto, Patrizia finalmente conseguiu falar:

— Você ficou maluco mesmo? E como vamos fazer isso?

— Casamos escondidos e vamos embora. Quer dizer — ele deu de ombros —, se eu contar para meu pai, ele não irá se opor. Gosta muito de você. Ele pode conversar com seus pais, convencê-los.

Patrizia estava corada. Aquilo a pegara de surpresa.

— Está me pedindo em casamento, Jonas Schunk? Assim, do nada?

— Não é do nada... — ele murmurou. — Eu...

De repente, notou que suas mãos tremiam. Não somente suas mãos, mas todo seu corpo.

— Você está tremendo — ela disse, achando graça, mas ele não deu ouvidos.

— Eu amo você.

Novamente, ele a puxou para perto. O beijo foi mais longo e intenso.

— Preciso ir — ela disse, empurrando e arrumando o vestido.

— Promete que vai pensar?

Patrizia subiu na bicicleta e, sem responder, começou a pedalar. Jonas teve que se apressar para acompanhá-la. Seguiram pela estrada de terra margeada por um extenso gramado. O verão dava as caras e tudo parecia mais ensolarado e alegre.

Separaram-se no meio do percurso. Jonas seguiu diretamente para o sobrado da família, exultante. Seu peito transbordava com uma sensação terna que nunca sentira. Faria de tudo, tudo mesmo, para estar ao lado de Patrizia assim que tivesse a chance de deixar Neumarkt. Podiam partir para o Norte, onde morava parte da família do pai. Seu tio Karl vivia nos arredores de Hamburgo e não seria difícil arrumar um emprego e se instalar.

Patrizia era inteligente, podia ser uma ótima professora. Dar aulas particulares para alunos com dificuldade.

Havia tantas possibilidades, eles só tinham que escolher a mais viável e planejar. Ela não iria se negar a ir com ele; tinha certeza.

Parou em frente ao portão e segurou a bicicleta para subir os lances de escada. Assim que entrou na casa, notou que havia algo errado. Muito errado. Sentado à mesa, seu pai estava abatido, tenso. Ana chorava, enquanto ninava o pequeno Franz no colo. Michael correu em sua direção, nervoso.

— A polícia esteve aqui — o garoto disse, esbaforido.

Polícia? Por quê?

Encarou seu pai, que evitava olhar em sua direção.

— Pai, o que está acontecendo?

Otto tirou os óculos e, com uma fúria que Jonas desconhecia, esmurrou a mesa, fazendo o tampo tremer. Franz agora berrava e Ana se desmanchava em soluços.

— O que você fez, Jonas? O quê?

Atônito, Jonas não sabia o que responder.

— O que eu fiz? Eu...

Otto cobriu o rosto com as mãos. Recolocou os óculos e ajeitou-os sobre o nariz.

— Acha mesmo que era uma ótima ideia investir contra um policial, Jonas? Por acaso perdeu o juízo? Não entendeu ainda o que está havendo? Não entendeu o que aconteceu naquele dia da passeata?

Jonas ainda estava perplexo.

— Eles bateram em Ingo, ele foi preso. Agrediram *Herr* Feldmann. Eu...

O pai se negava a encará-lo ou dar explicações. Foi Ana que, limpando o rosto com a manga da blusa, falou:

— A polícia esteve aqui. Estavam atrás de você. Fizeram perguntas sobre seu envolvimento com comunistas. Invadiram o escritório do seu pai e mexeram em tudo. Eu estava sozinha com Franz. Pedi ao vizinho para ir chamar seu pai no banco. Foi horrível! Eu disse que não sabia onde você estava, que devia estar no trabalho, mas eles não acreditaram. Acho que estavam atrás de alguma coisa.

— Perguntaram por mim? Qual a relação com o que aconteceu? Eu não fui à passeata... eu...

Então caminhou em direção ao pai.

— Pai!

Otto parecia mais calmo, ainda que abatido.

— Acha que eles não têm as informações dos envolvidos com aqueles idiotas comunistas, Jonas? Aquele Scherer e seu bando? Seu nome está lá! As reuniões tinham atas, não tinham? O que estavam pensando? Um bando de garotos querendo mudar o mundo e repetindo palavras de ordem contra um governo formado por lunáticos que se dizem nacionalistas... Pura sandice!

Era evidente que tinham atas, mas ele nunca havia pensado nisso.

— O que houve com os Feldmann, sua reação... Seu nome está na lista deles, Jonas — disse o pai, em tom enfático. — Felizmente, tenho boas relações com o comandante Haus e aparentemente consegui convencê-lo de que você não estava metido em nada ilegal.

Comandante Haus. Imediatamente Jonas associou o nome ao homem grande que agredira Ingo.

— Pensar não é ilegal. Lutar pelo que se acredita também não — retrucou o rapaz. — Não há nada de errado com os Feldmann, eles não cometeram crime algum. Foi um engano. E é injusto.

— Agora *é* ilegal, Jonas. Não se trata dos Feldmann, mas do país! Entenda isso o quanto antes. Os tempos não são mais os mesmos. Não lê os jornais e ouve o rádio? Gente está sendo presa e perseguida em toda a Alemanha simplesmente por pensarem diferente de Hitler. Há uma caça às bruxas, e só está começando. As contas dos meus clientes judeus estão sendo esmiuçadas; qualquer mínima suspeita leva à ameaça de prisão.

Otto bufou e levantou-se com dificuldade.

— Vou para meu escritório. Ana — falou para a esposa, sem olhá-la diretamente —, quando o jantar estiver pronto, leve para mim, por favor.

Ana assentiu. Franz havia parado de chorar e naquele momento aninhava o rosto no seio da mãe.

Michael se achegou ao irmão e perguntou:

— Você vai ser preso?

Jonas passou a mão na cabeleira loira do garoto e sorriu:

— Claro que não. Foi só um mal-entendido. Não precisa se preocupar.

No entanto, em seu íntimo, ele estava preocupado. Preocupado e assustado; muito assustado.

CAPÍTULO 20

Susana estava se sentindo melhor. Assim que retomou o controle, sentindo a influência da *sombra* diminuir, pediu a Mia para que voltassem para a sala do pequeno apartamento.

Ambas ocuparam seus lugares, e Mia, em silêncio, parecia compreender o peso que todas aquelas lembranças provocavam em Susana. Um tipo de empatia que gerava um respeito silencioso.

Mais equilibrada, Susana remexeu a lata de memórias e tirou uma foto. Mostrou a imagem a Mia, indicando as pessoas que, sorrindo, posavam para a fotografia.

— Esta é minha mãe; o loiro é meu irmão Elias, o moreno é Carlos. Eu devia ter uns cinco anos quando fizemos esta foto.

Mia observou a foto monocromática e assentiu. Nela, Jonas parecia mais jovem do que Mia se lembrava e esboçava um sorriso tímido, com os lábios traçando uma fina curva. Os cinco posavam para a foto de modo formal — a mãe e os filhos no plano superior, o pai e Susana um pouco mais abaixo. A menina de cabelos curtos e olhos claros encarava a lente com inocência.

— Parece uma família feliz — ela disse.

— As aparências enganam — respondeu Susana, passando o dedo pela foto. — Nunca houve felicidade. Pelo menos se houve, eu não me lembro.

— Você me disse que seu irmão Carlos faleceu — disse Mia, escolhendo as palavras para não parecer indelicada. — E seu outro irmão? O que aconteceu?

Susana guardou a fotografia e deu um longo suspiro.

— Uma tragédia. Pensando bem, hoje acho que tudo ocorreu para que meu pai finalmente decidisse nos deixar e voltar para a Alemanha.

☙

Elias retornou a Taquara após cinco dias internado em Porto Alegre. Aparentemente, o dr. Moreira era, de fato, muito bom, já que o rapaz parecia mais saudável.

Para surpresa da menina, quando a mãe e o irmão chegaram, estavam acompanhados do pai. Ao passo que Katrina despejava cuidados e recomendações a Elias, o pai observava tudo de longe, como um tipo de cuidador distante.

Quanto a Susana, ela estava feliz de ter o irmão mais velho de volta. Assim que pôde, o encheu de perguntas sobre o hospital — queria saber de todos os detalhes, como se Elias tivesse retornado de uma grande aventura.

— É um lugar que com certeza tu não gostaria de estar — ele disse. — Mas pelo menos me fez bem, estou me sentindo melhor.

A menina se alegrou com isso. Alegrou-se também ao ver a mãe mais aliviada; ela parecia até mais feliz, desdobrando-se entre as costuras e os cuidados com Elias.

O pai permaneceu alguns dias com eles, o que não significou que estava presente. Sua ausência seguia constante, motivada, segundo escutara a mãe falando para Mariazinha, por trabalhos de contabilidade para colegas.

Pelo menos, retornava à noite para casa — calado, com um cigarro preso aos dedos. Sentava-se na mesa de jantar após todos terem comido e fazia a refeição sozinho. Depois, abria a garrafa de conhaque e começava a beber.

Desde o ocorrido com o casaco, a menina procurava manter uma distância segura do pai. Ele tampouco parecia se importar com a ausência da filha — ao longo dos dez dias em que ficara em Taquara, seguiu a rígida rotina de sair pela manhã e voltar somente à noite, quando se entregava ao cigarro e ao conhaque.

Finalmente chegou o dia em que ele anunciou à mãe que iria embora. Tinha que voltar para o trabalho em Charqueadas. Fez isso logo pela manhã de sábado, quando todos estavam à mesa tomando café.

A mãe não se opôs.

— Tu precisa que arrume algo? — ela perguntou, enquanto cortava algumas fatias de pão caseiro.

— Separa algumas camisas — ele disse, terminando o café preto.

A mãe assentiu.

— E tu — disse, dirigindo-se a Elias —, te cuida. Siga as orientações do médico e tome direito os remédios. Nada mais de sustos.

— Sim, senhor — falou o rapaz.

— Comportem-se. Ajudem tua mãe — dizendo isso, o pai levantou-se da mesa e caminhou para o quarto.

Na ponta oposta da mesa, a menina sentiu o peito esvaziar; novamente, nenhuma palavra, nenhuma recomendação. Até uma bronca seria bem-vinda, pensou. Mas nada.

Pouco tempo depois, o pai passou por eles segurando a mala. Despediu-se à distância e saiu pela porta. A menina observou a mãe parada junto ao batente; Katrina ficou olhando para fora por alguns segundos, e, então, entrou. Não havia lágrimas ou qualquer sinal de tristeza. Somente um olhar indiferente.

Aos poucos, a rotina foi retornando à casa — o pai trabalhando longe, os irmãos dividindo o tempo entre a escola e o trabalho na fábrica de sapatos, e Susana auxiliando a mãe nas costuras, quase sempre com a presença de Mariazinha.

Gostava muito quando a vizinha conseguia vir para ajudá-las. Primeiro, porque se sentia bem na sua presença; Mariazinha parecia sempre ter uma palavra de conforto ou um gesto que a fazia se sentir pertencente a algo ou alguém. Em segundo lugar, porque, quando a vizinha estava presente, a mãe conversava; às vezes, falava tanto que a menina chegava a estranhar.

Estavam sempre conversando — ou sobre as costuras ou sobre os acontecimentos da cidade. Não se ouvia qualquer menção ao pai ou à sua ausência.

Mesmo para a menina, a figura austera do pai estava se tornando mais distante, apagada. Isso era bom? De certo modo, era inevitável que comparasse sua realidade com a de outras colegas, que tinham os pais mais presentes. Nem todos eram amorosos, alguns eram bravos demais, bebiam muito, havia sempre brigas. Mas eles estavam *lá*.

Para ela, aquele silêncio indiferente ecoava e era mais doloroso do que as brigas.

Dentro da rotina, os irmãos chegavam da escola esfomeados, comiam rápido e iam para o trabalho. Tanto ela quanto a mãe sentiam-se aliviadas em ver Elias bem-disposto, falante. Quase sempre contava sobre o serviço e sobre como prospectava uma promoção a um cargo mais importante assim que tivesse idade e concluísse os estudos.

Naquele almoço de outubro, ele falou, empolgado, que tinha o sonho de montar um negócio para si.

— O sr. Wensel me elogiou ontem de novo — ele disse, mastigando o arroz com frango. — Disse que vai me ajudar no que precisar quando me formar e que gostaria que eu continuasse trabalhando com ele.

— Não fale de boca cheia! — retrucou a mãe, áspera.

— Eu acho que quero continuar trabalhando lá. Posso ganhar mais e ajudar mais aqui em casa também. Ajudar o pai com as coisas.

A mãe assentiu.

— Seria ótimo. Estamos passando aperto aqui e o que teu pai ganha mal dá para manter uma vida de verdade — ela bufou, tirando o prato vazio de Elias e levando-o à pia.

— O sr. Wensel diz isso porque tu é um puxa-saco — resmungou Carlos, obviamente sentido por não receber a mesma atenção.

Elias sorriu e levantou-se. Carlos o seguiu, e ambos saíram para o trabalho, despedindo-se da mãe e da menina.

— Termina logo tua comida que temos costuras — disse a mãe, ocupando-se com a louça.

Elias tinha dado uma boa notícia — de que o sr. Wensel iria ajudá-lo —, mas, ainda assim, a mãe não estava feliz. O que estava havendo?

Ela não compreendeu até que, à tarde, toda dor que pairava sobre a casa como um temporal em formação desabou.

Carlos entrou pela porta, em prantos. A menina nunca se esqueceria; ela estava ocupada com a linha e a agulha, enquanto a mãe operava a máquina de costura.

— Mãe! — gritou Carlos. — Elias!

Tudo veio abaixo. Entre lágrimas, o irmão contou que Elias havia passado mal na fábrica e que havia sido levado às pressas ao Hospital de Caridade.

— As pessoas da fábrica o socorreram. Ele ficou pálido, começou a puxar o ar... teve uma crise... caiu no chão como se estivesse morto. Eu não pude fazer nada! — repetia Carlos, abraçado à mãe.

Deixando a máquina de costura para trás, a mãe pediu a Carlos que fosse chamar Mariazinha.

— E fique com ela e com tua irmã. Não saiam de casa — e, dizendo isso, a mãe saiu pela porta, às pressas.

Somente quando a mãe saiu é que a menina notou que ainda estava no mesmo lugar, segurando a agulha, presa a um botão de camisa. Chorava também, mas não conseguia se mexer.

Por que se sentia tão só? Até mesmo Carlos a ignorava.

Cumprindo as ordens da mãe, ele chamou Mariazinha. Quando ela chegou à casa, tratou de abraçar a menina com força — Susana ainda não havia saído do seu canto e segurava a agulha como se o tempo tivesse congelado.

— Oh, guria... vai dar tudo certo — disse Mariazinha, aconchegando-a em seu peito.

Chorando, a menina não se sentiu confortada. Era a primeira vez que as palavras de Mariazinha não surtiram efeito sobre ela; talvez, em seu íntimo, ela soubesse o que estava por vir.

Em torno da casa, a tempestade de dor desabava, indiferente às palavras de conforto.

CAPÍTULO 21

As férias de verão chegaram e Jonas pôde se dedicar integralmente ao trabalho no escritório e a Patrizia.

Após a inesperada visita policial à sua casa, as coisas pareciam estar voltando à normalidade.

Ingo fora liberado, mas não voltou imediatamente ao trabalho. Segundo Jonas ouvira, ele havia sido submetido a todos os tipos de abusos físicos e emocionais e somente quando as autoridades se convenceram de que não havia qualquer indício para mantê-lo preso é que fora liberado — sem qualquer pedido de desculpa ou indenização.

Quando por fim voltou ao escritório, Ingo ainda tinha alguns hematomas no rosto, mas o que chamava realmente a atenção de Jonas era seu olhar apagado; era como se algo dentro dele estivesse ausente, e, de imediato, ele se lembrou de Casper e de sua expressão moribunda.

Aquilo doeu bastante em seu íntimo, alimentando uma revolta silenciosa.

Às vezes, desabafava com Patrizia. Em outras, calava-se. Sabia que a namorada temia que ele se metesse em encrencas e não podia culpá-la.

Por sorte, o verão transcorreu sem sobressaltos. O humor do pai seguia oscilante, sempre atrelado a problemas no banco; Michael crescia e mostrava sinais de um temperamento forte, assim como Jonas. O pequeno Franz estava bem e já engatinhava pela casa, fazendo com que

Ana se desdobrasse entre os cuidados com o bebê e consigo, já que estava novamente grávida.

Dieter retornara para casa nas férias de verão, mas passava a maior parte do tempo debruçado nos livros de medicina. Parecia mais maduro. Havia encorpado e sua expressão infantil sumira quase que por completo, dando lugar a uma feição adulta que apontava para o nascimento de um homem realmente bonito — uma beleza serena e madura, diferente da beleza rebelde de Jonas.

Quando não estava estudando, Dieter ajudava Ana com Franz e passava horas falando sobre anatomia e fisiologia.

— O dr. *Spätzle* não sabe quando calar a boca, já que está ficando chato e inconveniente, Ana — brincava Jonas, interrompendo a verborragia do irmão mais velho.

— Vai pros seus números e deixe quem quer estudar de verdade em paz, merdinha — retrucava Dieter, empurrando Jonas.

As coisas entre eles haviam se acertado após a briga. Fosse como fosse, eles se amavam e, ainda que não conseguisse assumir em voz alta, Jonas admirava a garra e a serenidade do irmão, algo que não conseguia reconhecer em si.

Jonas passara a visitar Casper com certa regularidade, e, ainda que o amigo parecesse melhor — já andava e conseguia pronunciar algumas palavras com dificuldade —, doía saber que a pessoa que havia conhecido tinha morrido.

Casper nunca mais seria alguém "normal" e "funcional", e Jonas era consumido pela culpa todas as vezes que visitava o amigo. Ainda assim, uma vez por semana, ia à casa dos Müller, como se fosse um tipo de penitência a que tinha que se submeter.

Por fim, o verão deu lugar à primavera e ao retorno das aulas. Esconder seus sentimentos por Patrizia estava se tornando cada vez mais difícil, de modo que ele tinha vontade de gritar ao mundo que estava apaixonado pela menina mais inteligente da classe — quiçá, de toda a escola.

Ela, a garota prodígio, havia escolhido o rapaz truculento e displicente para ser seu namorado e ele se orgulhava muito disso. Mais ainda, queria zelar por aquele sentimento, colocando-o acima de tudo.

Ainda que o retorno à rotina significasse que veria menos Patrizia fora da escola, o calor em seu peito não diminuía. Pelo contrário, consumia-o, enquanto elaborava planos para deixar Neumarkt no ano seguinte e ir para o Norte com ela.

Assim que o professor de literatura alemã entrou na sala, todos os alunos se levantaram, em saudação. *Herr* Spiz era um homem esguio, calvo, e com um fino bigode sobre os lábios igualmente finos.

Sempre se vestia com um terno preto e camisa branca, e os gestos lentos e a fala pausada pareciam, a Jonas, uma afronta contra seus próprios hormônios, que estavam à flor da pele.

— Hoje — o professor começou a dizer, enquanto arrumava a pilha de livros sobre sua mesa —, temos uma visita especial e gostaria que todos fossem respeitosos e escutassem com atenção o que esses cavalheiros têm a dizer.

De imediato a atenção de todos se voltou para os dois homens que entraram na sala de aula. Jonas reconheceu prontamente um deles; o homem grande, com sua farda azul-escuro e caminhar imponente.

Diante daquela figura, sentiu o coração gelar. *O que ele estava fazendo ali?*

Instintivamente, abaixou a cabeça, na tentativa de não cruzar o olhar com o policial que espancara Ingo e invadira sua casa à sua procura.

— Alguns de vocês devem conhecer *Herr* Haus, comandante da polícia de nossa cidade — disse Spiz, colocando-se em pé ao lado do grandalhão.

Então o professor dirigiu-se ao outro sujeito, um homem loiro com cabelos engomados e que usava um terno moderno cinza-claro e tinha um aspecto delicado, quase feminino. Segurava uma pasta de couro marrom e levava a mão constantemente ao nó da gravata, como se quisesse ajustá-lo à perfeição. — Este é *Herr* Mallmann.

O homem loiro assentiu, cumprimentando a classe com um largo sorriso. Novamente levou a mão ao nó da gravata.

— *Herr* Mallmann veio de Berlim para falar com vocês, então, sintam-se honrados. Ele trabalha no Gabinete de Ciência, Educação e Cultura do governo e veio a Neumarkt especialmente para conversar com nossos estudantes.

Os estudantes repetiram a saudação. Um incômodo crescente, quase palpável, dominava Jonas.

— Sinto-me muito feliz e honrado pela oportunidade que nosso *Führer* Adolf Hitler e o ministro *Herr* Rust[16] me concederam, de modo que, hoje, posso estar aqui com vocês nesta bela cidade, que tanto representa para a nossa Alemanha — Mallmann começou a dizer, em eloquência. — Na verdade coube a mim visitar várias cidades da região de Oberpfalz[17] e da Baviera, o que me deixa feliz, já que sou bávaro também. Cresci nas redondezas.

Após uma pausa proposital, ele continuou, como se analisasse a reação dos estudantes:

— Eu costumava visitar esta região com meus pais e irmãos, mas isso foi há muito tempo — ele deixou a pasta de couro sobre a mesa do professor Spiz e arrumou o nó da gravata. — Só que não estou aqui para contar isso a vocês, não é? De todo modo, é um prazer falar sobre os tempos em que

---

16. Benhard Rust, ministro da Ciência, Educação e Cultura do Terceiro *Reich* colocado no cargo em 1934 e por quem Hitler nutria uma grande amizade.
17. Região administrativa à qual pertence Neumarkt.

a Alemanha era grande, e, acreditem, com o novo governo, voltaremos a ser grandes outra vez. As reformas necessárias para limpar nosso Estado dos vícios antigos já estão em andamento e muitas outras virão. Mas não adianta nada ter um país grande e um povo fraco; isso mesmo. A fraqueza é uma doença, uma das piores que pode existir, que nos consome por dentro e acaba matando a pessoa pouco a pouco. O mesmo acontece com uma nação. Por isso, a força de nosso país está *aqui* — apontou para os alunos, que, àquela altura, olhavam para ele fixamente, sem piscar. — Está em *vocês,* jovens e verdadeiros alemães.

A cada frase dita pelo homem de Berlim, o professor Spiz e o comandante assentiam, meneando a cabeça.

— Talvez — seguiu Mallmann, após limpar a garganta —, e digo *talvez*, seus pais e parentes, ou mesmo vizinhos, ainda possuam a cabeça e o espírito da velha Alemanha. O país que foi derrotado e humilhado pelos inimigos em 1918. Até hoje, vocês, e eu também, assim como tantos irmãos alemães, pagamos o preço pelos erros do passado, mas não pagaremos mais. Acabou. E como vamos trilhar um novo caminho?

Mallmann enfiou a mão na pasta de couro e tirou um punhado de papéis.

— Eu respondo: o primeiro passo é justamente o que vocês estão fazendo; estudando, se formando. No ano que vem, se tornarão estudantes de faculdades e universidades, aprendendo uma profissão. Conhecimento é algo que *Herr* Rust, obviamente guiado e influenciado pelos ideais do *Führer*, mais preza. E humildemente estou aqui em nome de ambos para trazer a vocês, jovens alemães, o novo espírito que guiará este país. No entanto, há um segundo alicerce: ordem, obediência. Tomem como exemplo a casa de vocês.

Jonas ergueu os olhos e notou que o comandante Haus varria a sala com seu olhar. Por um momento, teve a nítida impressão de que os olhos azuis penetrantes do policial haviam se detido no fundo da sala; mais especificamente, *nele*.

Ou seria impressão? De todo modo, Jonas teve a certeza de que algo ruim estava por vir. Toda a paz que reinara durante o verão estava rachando e a insegurança voltava com força.

Jonas procurou Rolf com o olhar, mas o amigo se mantinha imóvel, com os olhos fixos nos dois homens à frente.

Deve estar com medo também, deduziu.

— Na casa de vocês, certamente há muito amor e carinho. Os pais amam seus filhos — disse Mallmann, repetindo o tique e arrumando o nó da gravata. — Mas também há ordem. Há os pais, que mandam, e vocês, filhos, que obedecem. Nem sempre concordamos ou gostamos, mas é assim que as coisas são. A casa precisa de ordem para que tudo não vire uma bagunça. Meu pai era bastante rígido e até hoje eu o agradeço pela formação que me deu. Então, posso afirmar, com conhecimento da causa, que a ordem é essencial para que formemos bons cidadãos; cidadãos do futuro. *Vocês*. Por isso...

Mallmann colocou a mão sobre o ombro do comandante Haus.

— Pedi que nosso *Kommandant* Haus, que tem cuidado bem da população de Neumarkt, estivesse comigo nesta visita. Porque ele representa a ordem. Enquanto o governo trabalha duro para reconstruir este país à altura da dignidade e grandeza do nosso povo, homens como o *Kommandant* asseguram a ordem. Felizmente, ele compartilha de nossa visão sobre um grande futuro da Alemanha. Muito obrigado pelos seus serviços, *Kommandant*.

Haus assentiu, aparentemente orgulhoso por ter seu ego massageado.

— Trago comigo boas notícias também — Mallmann ergueu o braço, suspendendo os papéis que tinha em mãos. — Não é segredo que nosso partido, que hoje governa a Alemanha, sempre privilegiou a participação de jovens em suas colunas. É uma batalha constante, e os velhos irão embora, mas vocês, jovens, ficarão e, logo, assumirão as rédeas do país. Por isso, peço ao professor Spiz que gentilmente ajude a distribuir estes papéis a vocês.

Como um cordeirinho obediente, *Herr* Spiz começou a entregar os papéis, aluno por aluno.

— Como podem ver, são explicações muito simples sobre como vocês, mesmo jovens, podem contribuir com o futuro da Alemanha engrossando as fileiras de nosso partido. E há muito trabalho, trabalho para todos. Ao final, há espaço para que preencham seus nomes e os nomes de seus pais, caso se interessem em participar da reconstrução de nosso país. As folhas — Mallmann começou a andar pela sala, observando a reação dos alunos, que tinham os olhos presos aos papéis — devem ser entregues na chefatura, aos cuidados do *Kommandant* Haus. Claro, ninguém é obrigado a fazer parte do nosso partido, contribuindo como puder, mas, quando a Alemanha for grande de novo, haverá neste país dois tipos de pessoas: aqueles que participaram do renascimento da nossa nação e aqueles que se tornaram um peso morto, sendo carregados nas costas pelos que realmente fizeram a diferença.

Jonas pegou a folha e leu rapidamente.

No cabeçalho, havia estampado o símbolo da suástica do Partido Nacional-Socialista dos Trabalhadores Alemães. Em seguida, um texto motivador, conclamando os jovens a fazerem parte da nova geração de alemães no poder.

O próximo tópico era uma série de diretrizes que, aos olhos de Jonas, pareciam assustadoras.

- *Informe-se sobre o que pensa o Partido Nacional-Socialista dos Trabalhadores Alemães sobre o futuro da Alemanha.*
- *Seja ativo, dedicando seu suor e sua força às nossas fileiras.*
- *Como um jovem do Partido Nacional-Socialista dos Trabalhadores Alemães você receberá não somente instruções políticas sobre nossas diretrizes, como também terá acesso a práticas esportivas e de bem-estar. Acreditamos que um corpo sadio enobrece uma mente sagaz.*
- *A participação ativa na política é o melhor meio de construir uma nação. E o Partido Nacional-Socialista dos Trabalhadores Alemães é a única via para que os jovens alemães exerçam seu direito e cidadania.*
- *Esta oportunidade é exclusivamente para jovens de origem alemã, excluindo judeus, eslavos e estrangeiros de outras nações europeias.*
- *Um verdadeiro alemão orgulhoso de suas origens não tolera fraqueza — construímos esta nação sendo fortes, mesmo sob os olhares de nossos inimigos externos. Por isso, se você conhece algum inimigo da Alemanha, saiba que este indivíduo está cometendo um grave crime contra nosso país e as autoridades devem ser notificadas.*

Assim que o professor Spiz terminou de distribuir os folhetos, Mallmann retomou seu lugar à frente da sala e disse:

— Estou à disposição de quem tiver alguma dúvida ou quiser saber mais sobre nossas fileiras de jovens. Tenho todo o tempo do mundo. O convite se estende em especial aos rapazes, mas as meninas também são bem-vindas à nossa causa. Temos espaço para todos os que quiserem, de fato, ajudar a nova Alemanha a nascer.

Um após o outro, os estudantes erguiam as mãos, cuspindo perguntas sobre modos reais de participarem. Em sua maioria, eram os rapazes que se manifestavam, enquanto as garotas trocavam olhares, instigadas com a beleza do homem de Berlim.

Ao mesmo tempo que Mallmann dirigia-se aos jovens, o comandante Haus seguia com os olhos fixos em Jonas. Possivelmente, esperava alguma manifestação do rapaz, que não veio.

Ao final da saraivada de perguntas Mallmann e o comandante Haus agradeceram e deixaram a sala. Em meio ao murmurinho e excitação dos alunos, o professor Spiz sentou-se atrás de sua mesa e abriu o livro.

Aos poucos, a normalidade retornou à sala de aula, mas Jonas tinha a sensação de que o espírito daqueles dois homens ainda pairava por ali, observando-os. Pegou a folha e teve o ímpeto de amassá-la. Todavia deteve-se; não podia causar mais problemas. Se saísse da linha, não somente sua família poderia se prejudicar como seu futuro com Patrizia correria risco. E ele precisava, muito, reconquistar a confiança de *Herr* e *Frau* Finkler.

Ao longe a voz enfadonha do professor Spiz falava sobre *Effi Briest*,[18] de Theodor Fontane, mas a mente de Jonas estava bem longe do romancista alemão e da história da infeliz protagonista de sua obra-prima.

---

18. *Effi Briest* é um romance realista cuja história narra um caso de adultério da protagonista, que dá nome à obra. Foi escrito entre 1894 e 1895 por Theodor Fontane, um dos maiores nomes da literatura alemã do século XIX. A importância de Fontane na literatura alemã é equivalente à do francês Gustave Flaubert (autor de *Madame Bovary*) na literatura francesa.

CAPÍTULO 22

Elias foi transferido de ambulância para Porto Alegre. O hospital de Taquara não possuía recursos para ajudá-lo, de modo que, assim que filho foi removido, a mãe tomou um ônibus e seguiu para a capital para acompanhá-lo.

Foram três dias de agonia. A menina, que raramente ficava doente, caiu de cama com uma forte gripe e febre alta. Mariazinha não saiu do seu lado, cuidando dela como se fosse sua mãe legítima.

A dor que pairava sobre a casa finalmente eclodiu quando a mãe retornou. Nitidamente havia perdido peso. Seu semblante austero ruíra, expondo uma fragilidade que a menina desconhecia.

Estava acompanhada pelo irmão, que morava na capital. Katrina se arrastou até a cadeira da mesa da cozinha e soltou o corpo, recostando-se. Ao seu lado, o irmão pousava a mão sobre seu ombro, sem nada dizer.

Ao saber que a mãe estava em casa, a menina, com o corpo dolorido e febril, insistiu em se levantar. Todos estavam reunidos para ouvir a notícia de que Elias havia falecido.

Mariazinha chorava, abraçada à pequena. O tio se mantinha firme e, com os olhos marejados, seguia ao lado da irmã. A mãe, por sua vez, não derramou uma lágrima. Parecia absorta, mergulhada em outra realidade. Ou talvez já tivesse chorado o bastante para que as lágrimas secassem.

Carlos foi o último a chegar e se unir à família. Fora avisado na fábrica e correra para a casa. Ao ver a cena, o rapaz entendeu rapidamente que o irmão havia partido.

— Jonas está vindo com o corpo de Porto Alegre — anunciou Katrina, movendo os lábios e olhando para o vazio.

Até aquele dia, a menina não conhecia tamanha dor. Nas horas seguintes, sua febre voltou a subir e, de modo surpreendente, a mãe parecia preocupada.

Katrina levou a filha mais nova para a cama e recomendou que ficasse deitada. Preparou chá e orientou que a menina tomasse com o medicamento. Então, sentou-se ao lado da cama da filha, em silêncio.

Susana não se lembrava de a mãe já ter cuidado dela daquela maneira. Era um gesto de carinho silencioso que, até então, desconhecia por completo. Por fim, a mãe deixou o quarto e voltou para a sala, onde os demais esperavam o corpo do irmão mais velho.

Havia um silêncio assustador ao redor, como se não fosse apenas a vida de Elias que fora embora, mas a de todos ali.

No final da tarde, um Chevrolet grande e preto estacionou em frente à casa dos Schunk. Pessoas se aproximavam, prestando condolências.

Ao notar a movimentação a menina saltou da cama e, contrariando as orientações da mãe, uniu-se ao grupo. Conhecidos abraçavam Katrina, que ainda parecia anestesiada. Aninhado em um canto do jardim, Carlos chorava, abraçando os joelhos. Era uma tristeza que parecia não ter fim.

Foi então que a menina viu a figura do pai. Ele desceu do Chevrolet, arrastando-se pela calçada. Parecia outro homem; em nada lembrava o homem alto (para ela, o pai sempre fora alto) e austero. Sua feição derretia em lágrimas e seus ombros se moviam em espasmos.

Ignorando os cumprimentos, abraços e condolências, o pai apoiou-se à cerca de madeira defronte à casa e sucumbiu. Ele estava chorando como uma criança frágil e indefesa.

Naquele momento, a menina se esqueceu de Elias e da mãe. Sua atenção estava unicamente voltada àquele homem irreconhecível que parecia um menino.

O pai afastava de si todos os que tentavam consolá-lo. Quando o choro deu uma trégua, ele puxou um cigarro do maço e fumou, olhando para o nada. Depois, quando terminou, acendeu outro. Então, novamente, tombou a cabeça e entregou-se ao choro.

A mãe conversava com as pessoas ao seu redor. O Chevrolet levaria o corpo para a Igreja Luterana, onde seria velado e, depois, seguiria para o cemitério.

Tudo se passava ao redor da menina, mas seus olhos ainda seguiam fixos no pai — uma sombra isolada dos demais, que negava qualquer gesto de carinho e sofria de modo solitário.

Seguindo as ordens da mãe, e a contragosto, a menina foi para a casa de Mariazinha. A febre insistia em não ceder, e ela deveria ficar de resguardo. Contudo, a ideia de não ver o irmão, não se despedir dele, a assombrava.

— Ficarei contigo — disse Mariazinha, acomodando a menina em sua própria cama.

— Quero ver Elias.

Com carinho, Mariazinha afagou os cabelos da menina e falou:

— Tu está doente. Não vai ser bom. E tua mãe mandou que ficasse comigo.

— Mas todo mundo vai à igreja...

— Eu não irei. Ficarei contigo — Mariazinha esforçou-se para sorrir. — Olha, guria, tu pode se despedir do teu irmão em pensamento. Ele não está mais aqui, está com Deus. Se pensar nele, com certeza ele também vai sentir que tu está do lado dele, entendeu?

Era uma explicação simples que não a satisfazia.

— Tua mãe vai precisar muito de ti — seguiu Mariazinha. — Então, tu precisa ser forte.

A ideia de que a mãe precisaria dela animou-a por alguns segundos, mas não o bastante para que aceitasse a ideia de ficar na cama enquanto todos estariam no enterro do irmão.

Mariazinha preparou chá e pediu que a menina tomasse.

— Vai abaixar tua febre e te fazer dormir um pouco — ela disse, observando a menina beber em pequenos goles. — Eu estarei aqui.

De fato, não demorou para que o sono chegasse e a engolisse por completo. Adormeceu com a imagem do pai, derrotado, entregando-se ao choro enquanto se agarrava à cerca.

E se fosse ela que tivesse morrido? Será que sofreriam assim? Será que o pai a amava como amava Elias? Seria possível trocar de lugar com o irmão?

Aprendera que Deus era capaz de tudo, então, se pedisse, poderia sonhar e, quando acordasse, tudo seria diferente. Ela teria morrido, e o pai, em prantos, estaria agonizando pela perda da filha caçula.

Quando abriu os olhos, sua mãe a observava. Tinha os olhos vermelhos e o semblante cansado. Sem nada dizer, ela colocou a mão na testa da menina e disse:

— A febre baixou. Vamos para casa.

Então, a menina se deu conta de que tudo havia acabado. O velório, o enterro, tudo. Elias não existia mais, ainda que a imagem dele saindo de casa, sorrindo e falando sobre o trabalho estivesse mais viva do que nunca. Não veria mais o irmão.

— Quero ficar aqui — disse a menina.

A mãe não retrucou. Apenas meneou a cabeça, assentindo. De algum lugar do quarto, a voz de Mariazinha disse:

— Pode deixá-la aqui, Katrina.

Resignada, a mãe afastou-se da cama e saiu do quarto.

— Eu vi meu pai chorar duas vezes — disse Susana, olhando para as xícaras sujas de café sobre a bandeja. — Quando nossa cadelinha foi sacrificada e quando Elias morreu, mas foram choros totalmente diferentes. Pensando bem, a morte do meu irmão acabou com meu pai. Era impossível que continuasse vivendo conosco depois de tudo.

Observando, Mia procurava as palavras corretas a serem ditas, mas não encontrava nenhuma.

— Aquela é a última imagem que guardo dele. Vinte e quatro de outubro de 1961, dia do enterro de Elias. Um homem derrotado, chorando abraçado à cerca de nossa casa. Quando Mariazinha me levou embora no dia seguinte, ele já tinha voltado para Charqueadas. Apenas minha mãe e Carlos estavam em casa. E foi assim por alguns anos; apenas nós três. Até ele escrever dizendo que estava na Alemanha, não tivemos mais nenhuma notícia dele.

— E como sua mãe reagiu quando soube que ele tinha vindo para cá? Se é que posso perguntar, não quero ser indiscreta...

— Tudo bem — Susana respondeu. — Ela simplesmente nos contou que o pai estava na Alemanha. Simples assim. Sem qualquer emoção ou dor. Acho que, no seu íntimo, já não esperava mais revê-lo. Ele já havia se tornado ausente há muito tempo.

Susana remexeu a lata de memórias e tirou um envelope. Abriu e retirou dele uma folha dobrada em quatro partes.

— Esta foi a segunda carta que recebi dele, no meu aniversário de onze anos, em 1962. Posso ler?

Mia assentiu, em silêncio.

Então, Susana disse em voz alta as palavras escritas no pedaço de papel:

Espero que todos estejam bem.

Novamente, escrevo com o desejo de que a carta chegue a você antes do seu aniversário.

Neste ano, não consigo mandar marcos a você. As coisas continuam difíceis. Estou trabalhando em algumas obras nos arredores de Frankfurt, mas não consegui dinheiro para mandar para o Brasil. Espero que a situação melhore logo e que você se encontre com saúde.

Seu Jonas

Susana guardou a carta.

— No ano seguinte — ela disse —, ele mandou outra carta, dessa vez, com dinheiro. Disse que as coisas tinham melhorado e que era para eu dividir o dinheiro com Carlos.

— As cartas eram sempre assim, curtas? — Mia perguntou.

Susana assentiu, compreendendo o que ela queria dizer.

Curtas era um eufemismo para *frias*.

— Acho que ele me escrevia por obrigação. Ou peso na consciência. Não sei. Acho que nunca irei saber.

Em um gesto que a surpreendeu, Mia estendeu o braço e colocou a mão sobre a sua.

— Ou, talvez, ele amasse você do modo dele. Não sei também. As pessoas são complicadas, não é mesmo? Pelo que me lembro do seu pai, ele era um homem fechado, e havia muita dor em seu olhar. Talvez você não tenha essa lembrança, mas eu tenho.

— Ele falava da gente para você e sua mãe? — perguntou Susana.

— Não me recordo disso — Mia respondeu. — Mas lembro que minha mãe me contou, depois que seu pai faleceu, que ele sempre mandava para ela coisas do Brasil. Café, chocolate, coisas que, na época, não podíamos ter, porque também vivíamos tempos duros. Eles se correspondiam bastante. Não sei se deveria contar isso a você, claro. Peço desculpas. Ele estava casado, tinha a família no Brasil, mas ele e minha mãe sempre trocaram cartas.

— Eu sei. Quero dizer... — Susana mordeu o lábio inferior. — Minha mãe achou as cartas que sua mãe mandava para ele. Ele guardou todas, e deixou tudo para trás quando veio para a Alemanha. Como se não se importasse se descobriríamos a verdade ou não.

Mia afastou a mão e recostou-se.

— O que quero dizer é que, talvez, um homem capaz de amar assim tenha algo de bom dentro dele. Algo que não mostrou a vocês, e isso é triste. É duro para você ouvir isso, e também é duro, para mim, falar, acredite. Mas possivelmente seja algo a se considerar, não acha?

Susana não sabia o que responder.

Fosse como fosse, havia feito aquela viagem para descobrir quem, de fato, era seu pai. Achava-se adulta o bastante para encarar o que viesse a descobrir, mas conforme as casquinhas da ferida eram removidas, o ferimento voltava a sangrar.

— Veja — Mia retirou uma carta de dentro de sua caixa de madeira e a entregou a Susana. — Minha mãe guardou algumas cartas também. Segundo ela, as cartas sempre vinham com algum tipo de coisa do Brasil.

Susana desdobrou a folha amarelada e leu, traduzindo mentalmente o que estava escrito. Sem dúvida, era a letra do seu pai. Observou a data: 15 de maio de 1958. Ela tinha sete anos na época.

Cara Patrizia,

Fico feliz de receber notícias suas. Desta vez, mando dois pacotes de café com esta carta. Espero que aprovem.

Às vezes me pergunto por que não me considero um homem de sorte pela família que tenho aqui. Meus filhos são realmente ótimos. Mas ainda assim me sinto infeliz. Talvez porque meu coração sempre esteve aí. Não consigo estar realmente com eles, e essa é uma culpa que só cresce e me devora.

Espero que a dor de ter perdido seu marido passe também. Desejo sempre o melhor a você e à sua filha.

Em breve escreverei de novo e, se possível, envio mais alguma coisa do Brasil a vocês.

Fiquem bem. Estejam bem.

Jonas

Quando Susana fechou a carta notou que chorava. As lágrimas caíam sobre o papel e sobre seu colo. Caindo em si, percebeu que Mia a abraçava.

Era a primeira vez que lia uma carta de seu pai escrita a Patrizia. Deveria de fato ter lido? Não sabia. Mia realmente não teve maldade ao lhe mostrar aquilo — fora ela mesma, afinal, que abrira a caixa de Pandora.

— Desculpe — disse Susana, limpando as lágrimas com a manga da blusa. — Para mim tudo isso é inédito.

— Eu que peço desculpas. Não queria...

— Tudo bem — disse, suspirando. — Na carta ele diz que tem filhos ótimos. Ele nunca disse isso para a gente. Me dói saber que Elias morreu sem ter ouvido essas palavras dos lábios do meu pai. Carlos também.

Mia guardou a carta e fechou a caixa de madeira.

— Posso fazer uma proposta?

Susana assentiu.

— Você está em Marburg e ainda não conheceu a cidade. Convido você para almoçar e depois podemos caminhar um pouco. Esquecer um pouco tudo isto. Acho que vai te fazer bem.

Susana aceitou sem pensar muito. Na verdade, queria sair daquele apartamento, respirar.

— Ótimo! Podemos ir de carro. Tenho um Volkswagen velho que não uso muito, costumo fazer tudo a pé ou de ônibus, é mais prático. Mas acho que de carro podemos nos deslocar melhor. Pode ser?

Novamente, Susana assentiu.

— Depois, se você quiser, voltamos às memórias — Mia disse, sorrindo.

— Assim, aproveitamos um pouco do tempo também. Não saio muito, será bom.

Enquanto Mia se preparava para sair, Susana, em pé, observava a vista através da porta de vidro que dava acesso à sacada. Por mais que desejasse, não conseguia se sentir totalmente só. A *sombra* estava ao seu lado, ansiosa por falar com ela.

O que ela não compreendia era o que ainda poderia ser dito depois de todos aqueles anos. De todo modo, se queria respostas, elas estavam naquelas cartas, naquela cidade, em Mia. Havia ido longe demais para retornar; era tarde.

CAPÍTULO 23

— Besteira, lixo nazista — havia dito Jonas a Patrizia, amassando o papel entregue por Mallmann e lançando-o para longe.

Eles haviam se encontrado atrás do cinema, mas a conversa tinha que ser breve. Era aniversário do irmão mais novo da moça e ela devia retornar logo para a casa a tempo de ajudar a mãe.

Então usaram o tempo que tinham para juras de amor e para conversar sobre planos.

— Pensou no que disse sobre irmos embora?

— Você sempre me pergunta isso. Eu não sei, Jonas — ela respondeu, enquanto afagava os cabelos dele.

— Tem todo tempo do mundo para pensar — ele disse. — Digo, todo tempo até o ano que vem.

O beijo de despedida foi longo, demorado. Jonas voltou para a casa amaldiçoando o pouco tempo que tiveram juntos, mas, se era essa a realidade, ele estava disposto a encarar.

Os dias que se seguiram trouxeram decepções. Vários colegas, incluindo Rolf, haviam preenchido o papel de Mallmann, mostrando interesse em colaborar com sangue novo para a causa nazista.

Jonas não contestou a decisão do amigo; isso apenas indicava que o elo entre ambos havia se desfeito de modo irreversível e que, a partir daquele momento, estavam em lados opostos. Contudo, não se sentia só; tinha Patrizia, o trabalho e as coisas em casa iam relativamente bem. Portanto, não havia do que se queixar.

Todavia, cerca de um mês após a visita do homem de Berlim, os caminhos se mostraram bastante diferentes do que ele imaginava. O professor Hassler, de matemática, dirigiu-se a Jonas assim que pisou na sala de aula, informando que o diretor Braun queria vê-lo.

Jonas seguiu pelo corredor e desceu o lance de escada até a sala de *Herr* Braun. Parou diante da porta de madeira, quase sempre mantida fechada e inacessível aos alunos. Bateu e aguardou.

O próprio diretor abriu a porta e o recebeu. Era um homem obeso de respiração ofegante, bigodes fartos e olhos miúdos. Cheirava a fumo de cachimbo e suor.

— Entre, Schunk — disse, de modo direto.

Jonas passou pela antessala, onde normalmente ficava a secretária de *Herr* Braun, uma mocinha loira e muito magra de cujo nome não se recordava. O diretor o conduziu até seu escritório e, assim que entrou, fechou a porta atrás de si.

Foi então que Jonas reconheceu a figura do homem que estava sentado no sofá de couro preto que compunha a mobília austera do ambiente. Em seu uniforme, o comandante Haus o recebeu com um sorriso cínico.

— O *Kommandant* Haus quer falar com você. Vou deixá-los sozinhos — informou o diretor, abrindo a porta. — *Kommandant*, fique à vontade em meu escritório.

O grandalhão assentiu. Ele *já* estava bastante à vontade.

— Sente, Schunk — disse o comandante.

Jonas puxou a cadeira e acomodou-se.

— Ainda tem visto seus amigos comunistas? — perguntou o comandante, acendendo um cigarro.

Jonas negou, balançando a cabeça.

— Muito bom. Mesmo porque eles, em breve, não existirão mais. Não há lugar neste país para comunistas e anarquistas, mas acho que já sabe disso — Haus tragou e soltou a fumaça, que subiu fazendo rodopios no ar. — A questão é que, mesmo você não tendo os visto mais, como afirma, não recebi seu papel na chefatura. Você se lembra, correto? Aquele que *Herr* Mallmann entregou.

Jonas assentiu.

— Procurei seu nome com particular interesse devido ao seu histórico, Schunk. E confesso que fiquei frustrado. Achei que tinha entendido as coisas, mas parece que não.

Haus inclinou o corpanzil na direção de Jonas.

— Vou ser franco e direto, pode ser?

Novamente, Jonas assentiu.

— Ótimo — o comandante voltou a soltar a fumaça do cigarro e prosseguiu: — Lido diariamente com baderneiros, Schunk. Gente ruim. Que não presta e que não faria a mínima falta para esta cidade e para este país. Seu pai pode ser um cidadão respeitável e de uma linhagem importante em Neumarkt, mas você, rapaz, é uma maçã podre. É irônico, porque, de algum modo, isso contradiz a passagem bíblica que fala que uma boa árvore não dá maus frutos. Acho que *Herr* Schunk teve muito azar nesse sentido. Ou talvez não.

Haus espichou-se para apagar o cigarro no cinzeiro de vidro sobre a mesa do diretor.

— Seu pai é um homem de ideias liberais. É inteligente, sem dúvida, mas também é um tolo. De algum modo, pela minha experiência, todo homem metido a sábio comete tolices. Talvez a tolice de seu velho tenha sido incutir bobagens em sua cabeça. De qualquer forma, isso não faz diferença. Você deve estar se perguntando por que estou aqui, não é?

Jonas sentia o sangue ferver. Sem que notasse, suas mãos estavam agarradas às laterais da cadeira e seus dedos pressionavam a madeira como se desejasse parti-la.

— Obviamente terei uma conversa com *Herr* Schunk, mas primeiro queria falar com você — disse Haus, voltando a se recostar no sofá. — Queria dizer que estou de olho em você, rapazinho. E isso significa que está encrencado. E que nada que seu velho faça vai livrar você das consequências. E essas consequências não serão apenas suas, Schunk. Elas recairão sobre sua família também. Gente da sua laia não é bem-vinda neste país. Você pode ainda ser uma criança, mas sabe como as coisas são. Se não se endireita a pessoa enquanto ainda há idade para isso, devemos ser mais drásticos. Ainda tem o papel que *Herr* Mallmann entregou, não tem?

Somente então Jonas falou:

— Joguei fora.

Jonas pronunciou a frase com orgulho e medo, mas era fato, não iria se dobrar. Não ali. Não iria chorar como uma criança que havia recebido uma bronca. Era tarde para isso.

O grandalhão assentiu, meneando a cabeça.

Com esforço, o comandante Haus se levantou. Caminhou em direção à porta, ainda com os olhos em Jonas.

— Gastei meu tempo precioso somente para vir até aqui dar esse recado a você. Espero que entenda. E que mude sua postura. Ainda há tempo, seu comunistazinho de merda. Pelo seu bem e de seu velho. Se é que se importa com ele.

O policial saiu pela porta deixando Jonas sozinho. Suas mãos e braços tremiam, e o rapaz não sabia dizer se era medo ou ódio. Ou ambos.

Somente quando o diretor retornou é que Jonas deixou a sala. Trôpego, caminhou pelo corredor em direção ao banheiro. Debruçando-se sobre o vaso, vomitou o café da manhã. Permaneceu ali, sentado, por alguns minutos. Aquilo havia sido uma ameaça direta ao seu pai e à sua família. E o que ele poderia fazer? De repente, sentiu-se pequeno, inútil. Toda ousadia havia dado lugar ao medo.

Havia sido isso que fizera com que Rolf se alistasse naquela insanidade? Medo? Uma tentativa de apagar o fato de ter participado das reuniões da *Sozialistische Jugend*?

No entanto, ele não era Rolf. Tinha dezessete anos e plena consciência de seus atos.

Depois de lavar o rosto, voltou à sala de aula. Após a manhã se arrastar em aulas enfadonhas, deixou a escola o mais rápido que pôde, evitando cruzar com os colegas e com Patrizia.

Passaria no escritório de *Herr* Feldmann e avisaria que não poderia trabalhar; que não se sentia bem. Em seguida, iria para casa e conversaria com o pai quando ele retornasse do banco.

Chegava a ser irônico que justamente ele, sempre audacioso, estivesse ansioso pela ajuda do pai.

Pedalando o mais rápido que podia, afastou-se do imponente prédio da escola em direção ao escritório.

Porém, não conseguiu chegar muito longe. Após virar em uma rua estreita em aclive viu-se cercado por três rapazes.

Eram um pouco mais velhos do que ele, talvez um ano ou dois. Prontamente reconheceu o mais alto: Klaus Benedict, filho mais velho de *Herr* Rudolph Benedict, que, por sua vez, era o maior comerciante de Neumarkt — e também o mais rico. Era membro declarado do Partido Nazista e não escondida sua simpatia por Adolf Hitler e suas ideias racistas.

Jonas freou a tempo de não colidir com um dos rapazes, um menino ruivo com o rosto coberto por sardas. Estava cercado.

— Jonas Schunk — disse Klaus, segurando o guidão da bicicleta. — Se não é o menino comunista que pensa que vai mudar o mundo segurando uma bandeira vermelha.

Jonas sabia que estava encrencado. Também sabia que a emboscada não era, de modo algum, coincidência.

Em um gesto brusco, Klaus empurrou o guidão, fazendo com que a bicicleta tombasse, levando Jonas ao chão.

— Faz tempo que queria falar com você — disse Klaus, aproximando-se de Jonas, ainda caído. — Meu pai diz que comunistas são como tumores e que precisamos nos livrar deles.

Dizendo isso, acertou o primeiro chute em Jonas.

Por que ele não reagia? Por que estava aceitando tudo aquilo calado? Os outros dois rapazes riam. Jonas escutava as risadas e lutava para se conter. Não queria encrenca; as palavras do comandante Haus ainda circulavam em sua cabeça, nítidas. Se aquilo era uma provocação, ele teria que aguentar.

Pensou em Casper, em seu olhar vazio. Na culpa que sentia.

Um segundo chute veio, mais forte. Jonas se contorceu, encolhendo o corpo na tentativa de se proteger.

— Sabe, Schunk, você tem fama de briguento, mas agora parece uma menininha assustada — Klaus disse, rindo. — Acho que só é valente quando está do lado de seus amigos comunistas, sua cadelinha.

Outro chute. Jonas gemeu e pressionou os dentes contra os lábios para não gritar.

— Acho que ficou covarde de tanto andar com a laia comunista e com aquele idiota do Müller. Fiquei sabendo que ele virou um retardado de tanto apanhar — disse Klaus, afastando-se alguns passos. — Mas pelo menos ele teve coragem, não é, Schunk? Não é um covarde como você.

Novamente as risadas dos três ecoaram.

— Ou talvez você tenha virado um maricas de tanto andar com a Patrizia Finkler.

Ouvir o nome de Patrizia o pegou de surpresa.

— Ela é realmente bonita. Um conhecido viu vocês juntos perto do cinema. E, honestamente, não sei o que ela viu em você, Schunk.

Jonas esforçou-se para ficar de joelhos. Seu corpo doía.

— Será que você já trepou com ela? Puxa, fico pensando...

Escutar aquilo fez com que uma corrente de ódio tomasse o corpo de Jonas. Aquele lixo não tinha o direito de se referir a Patrizia daquela maneira. Ele não conseguia mais se conter.

— Você, um merda tão grande, e, ainda assim, trepou com a gracinha da Finkler. Chego a sentir inveja de você, Schunk.

Não dava mais. Ainda cambaleando, Jonas ergueu o olhar na direção de Klaus. O rapaz ria.

— Eu só vou dizer uma coisa, filho da puta... — Jonas murmurou. — Se você quer brigar, eu *sei* brigar.

Então, tudo aconteceu de modo rápido. Jonas partiu para cima de Klaus, que, pego de surpresa, não teve tempo de reagir. O primeiro golpe acertou as costelas do rapaz e o segundo foi um soco em seu queixo.

Com Klaus no chão, Jonas pisou sobre o braço de apoio dele. Não sabia se havia quebrado algum osso ou não, mas o rapaz gritou alto o suficiente para Jonas saber que havia doído. Os outros dois rapazes, que, até o momento, assistiam a tudo passivamente, seguraram Jonas e o lançaram ao chão. Chutes e socos eram desferidos sobre ele até que, satisfeitos, os dois se afastaram. Tudo havia ficado em silêncio.

Lentamente, Jonas se levantou. Sangrava. Estava bastante machucado. O supercílio cortado fazia com que o sangue cobrisse seu olho esquerdo. Eles haviam ido embora e o deixado no chão. Tinha perdido.

Ensaiando alguns passos, caminhou até a bicicleta. Tentou montar, mas não conseguiu. Decidiu caminhar diretamente para sua casa, empurrando a bicicleta ao seu lado.

Quando chegou ao sobrado, deixou a bicicleta na calçada, encostada no muro, e subiu as escadas devagar. Só se recordou de ter aberto a porta e caído. Tudo ficou escuro.

CAPÍTULO 24

Mia conduziu o velho Volkswagen pelas ruas antigas do centro de Marburg. Era visível que ela tinha pouca experiência ao volante e Susana agradeceu silenciosamente o fato de o trânsito da cidade ser tranquilo e a maioria das pessoas optar pelo transporte público.

Entraram em um restaurante turco chamado Sultan, onde foram recebidas por uma simpática garçonete loira com olhos azuis vibrantes. Susana notou que a moça usava um broche que estampava as bandeiras da Alemanha e da Polônia — deduzindo, então, que a atendente era polonesa e fluente em ambos os idiomas.

Após escolherem os pratos, a garçonete retirou os cardápios e Mia pôs-se a falar um pouco mais sobre a história de Marburg. Dedicou vários minutos explicando que a cidade era, desde o século XVI, um importante centro luterano, tendo sido a sede da primeira universidade luterana do país.

— Até hoje, Marburg é conhecida como uma cidade de estudantes — ela disse, abrindo espaço para que a garçonete servisse o *Menemen*.

Assim que a mocinha se afastou, Mia disse:

— Cuidado, é apimentado. Coma com pão turco, é melhor.

Susana experimentou uma porção e realmente estava delicioso.

Enquanto comiam Mia voltou a falar sobre Marburg. Parecia se esforçar para tirar o foco da conversa sobre o passado e desviar o assunto para temas mais leves.

— Se você procurar na internet, verá que Marburg também está associado a *Marburgfieber*.[19] Eu me lembro pouco dessa época, foi nos anos 1960. Causou muito pânico por ser uma febre hemorrágica. Disseram que estava associada à pesquisa com macacos, várias pessoas morreram — contou. — Ainda assim, é fácil encontrar sobre o tema na internet.

— Minha filha me ajudou a pesquisar um pouco sobre Marburg antes da viagem — disse Susana. — Confesso que estava assustada em viajar para um local totalmente desconhecido.

— Sua filha trabalha com computadores?

Susana fez que não, balançando a cabeça.

— Juliana é arquiteta. E das boas. Tenho muito orgulho dela.

— Isso é bom — disse Mia, servindo-se de mais um bocado. — Quando terminarmos, quero levar você para conhecer alguns pontos turísticos. Não sou guia, mesmo assim, tentarei mostrar aquilo que acho bonito na cidade. Temos várias igrejas medievais, mas normalmente os turistas se concentram mais na Igreja Santa Elizabete, que foi a primeira igreja da Alemanha construída em estilo gótico. Gosto de imaginar que, hoje, ocupamos um espaço que, realmente, não nos pertence, sabe? Não fomos nós que construímos esses prédios e igrejas, no entanto, vivemos nosso dia a dia passando por eles sem nos dar conta de que são heranças, de que estamos usufruindo de algo que não é nosso.

— Ponto de vista interessante — disse Susana. Não comera metade de seu *Menemen*, mas já se sentia satisfeita. Mia, ao contrário, devorava a refeição com avidez.

---

19. Febre de Marburg.

— O jardim botânico também é lindo — prosseguiu, passando o guardanapo nos lábios. — Pena que esta época do ano não é a melhor para visitar. Na primavera, fica realmente maravilhoso.

Após terminarem o almoço, e depois de um breve impasse sobre quem pagaria a conta em Euros, Mia e Susana percorreram Marburg. O primeiro ponto foi a Igreja Santa Elisabete, e, em seguida, dirigiram-se à Universidade de Marburg, ambas em estilo gótico. Susana passou os olhos pela fachada, sentindo-se pequena diante de tanta história.

Mia estacionou o carro perto do jardim botânico, e ambas deram uma curta caminhada pelo local.

Quando veio a Marburg, Susana não havia pensado em fazer turismo pela cidade. Seu pensamento, em ordem prática, estava focado em encontrar-se com Mia e descobrir o máximo possível sobre o passado do pai. Todavia, percorrer aquele município medieval mostrou-se algo aprazível, que lhe trazia um pouco de leveza.

Ainda pensava no pai; se ele havia caminhado por aqueles lugares, pisado naquelas ruas. Contudo, não havia peso naquele pensamento, tampouco a *sombra* que pairava sobre si estava presente. Havia algo leve, algo que Susana sentia pela primeira vez desde que pisara em solo alemão.

Mia estava se esforçando bastante para tornar tudo ainda mais agradável e, com simpatia, remexia a memória para relatar a Susana informações sobre os pontos turísticos.

Do banco de uma praça, após terminarem um sorvete italiano enquanto observavam o vai e vem dos estudantes, Mia perguntou o que Susana gostaria de fazer a seguir.

— O passeio está excelente — ela respondeu. — Mas gostaria de voltar ao apartamento. Muita coisa para um dia só.

Mia concordou e, novamente a bordo do Volkswagen, retornaram ao conjunto de prédios.

— Agora você conhece um pouquinho de Marburg, mas o ideal é tirar um dia inteiro para passear. Por exemplo, tem o museu, que não fomos. Vale passar uma tarde inteira lá, caso você goste desse tipo de passeio — disse Mia, fechando a porta.

— Quero conhecer, sim, mas, por hoje, foi o suficiente — falou Susana. Era de fato impossível não se sentir à vontade ao lado de Mia Richter; o acolhimento que estava recebendo, ainda que envolto em certa formalidade germânica, gradualmente criava um laço invisível entre ambas. Quiçá, de uma amizade.

— Vou fazer um Nescafé — informou Mia, colocando a maquineta para funcionar.

Mia serviu o café. Beberam em silêncio e, então, quando terminaram, Mia perguntou:

— O que gostaria de ver agora?

— Acho que gostaria de ver mais cartas que meu pai enviou à sua mãe — respondeu Susana. — Foi uma experiência diferente ler aquela que você me deu. Como se, de repente, eu estivesse diante de um homem totalmente diferente da pessoa que conheci.

— Eu entendo — disse Mia, abrindo a caixa de madeira sobre o colo. — Como disse, não sei se tenho todas as cartas que trocaram. Faz tempo e, quando minha mãe morreu, me desfiz de muitos papéis. Documentos e coisas do tipo, mas o que estava nesta caixa eu mantive, porque achei que era importante para ela.

— E você nunca teve a curiosidade de olhar?

Mia negou.

— Sempre senti que estava invadindo algo muito pessoal ao mexer nisto. Sabe como é... Tivemos uma educação diferente das crianças do dia de hoje. O que era dos pais era sagrado e inacessível. Ainda hoje penso assim, de certo modo. Ainda assim, está sendo bom ajudar você mostrando tudo isto. Se serve para compreender sua história, então, tem um sentido, não é mesmo?

Susana assentiu.

— Tome — disse Mia, entregando-lhe a caixa. — Veja o que quiser. Mamãe não está mais aqui para nos censurar mesmo.

Em seguida sorriu. Após alguma hesitação, Susana pegou a caixa e a colocou ao seu lado sobre o sofá. Realmente era indelicado vasculhar a intimidade de outra pessoa, ainda que estivesse morta.

Mas eu não viajei até aqui para desistir, pensou, suspirando.

Dentro da caixa, além das cartas, havia alguns objetos pessoais de Patrizia, como broches, brincos e algumas fotos. Susana conferiu as imagens; várias delas mostravam uma mulher muito bonita em uma zona rural, provavelmente, a colônia luterana onde Mia crescera; outras, Mia, ainda menina nova, aparecia ao lado da mãe e de outras pessoas, sobretudo mulheres. Uma foto mais antiga e gasta mostrava uma família reunida: dois adultos e quatro crianças — dois meninos e duas meninas.

— Essa é a família de minha mãe. Foi tirada em Neumarkt, onde ela e seu pai se conheceram. São meus tios e meus avós. Minha mãe é a menina mais alta, de laço no cabelo.

— Não há nenhuma foto dela com meu pai — Susana observou.

— Pelo que me lembro, Jonas odiava ser fotografado — Mia riu.

Susana conferiu novamente a foto em que o pai aparece ao lado do avô. Ao fundo, notou uma floreira que ornamentava uma janela de madeira.

— Esta foto foi tirada em nossa casa — disse Mia. — Como expliquei, seu avô veio nos visitar algumas vezes.

— Ela ainda existe? Digo... a casa?

Mia confirmou.

— Sim! Existe, sim. Se quiser, amanhã levo você lá. Já que está atrás do passado de seu pai, acho que gostará. Foi lá que ele e minha mãe viveram a maior parte do tempo em que estiveram juntos. E, claro, eu estava lá também.

— Eu adoraria — respondeu Susana, guardando a fotografia e pegando um dos envelopes que datava de 1952. — Posso abrir?

— Fique à vontade — assentiu Mia.

Susana tirou a carta do envelope e leu. Novamente a caligrafia do seu pai estava diante dos seus olhos. Demorou um tempo para traduzir alguns trechos, mas, ao final, compreendeu o conteúdo.

Cara Patrizia,

Espero que você e sua filha estejam bem. Sinto pelo seu marido.

Tomo a liberdade de escrever de novo, porque realmente me preocupo com o bem-estar de vocês. Sempre espero notícias suas.

Mês passado meu filho mais velho, Elias Jonas, fez aniversário de oito anos. É um rapaz inteligente, mas seu problema de saúde me preocupa bastante. De certo modo, enxergo-o como um menino frágil, ainda que tenha que ensiná-lo a ser forte.

Carlos e Susana estão bem e crescem com saúde.

Sou um homem afortunado, mas que, no íntimo, sente-se o pior de todos, porque não consigo tomar posse da família que a vida me entregou. Isso é um erro? Faz de mim uma pessoa má? Eu não sei. Talvez eu nunca tenha sido uma pessoa boa de verdade. Você se lembra, eu sempre estava envolvido em brigas.

Por vezes penso que me casei com Katrina unicamente para esquecer você. Esquecer de Neumarkt, de minhas origens. De tudo. Mas, quanto mais brigo comigo mesmo, mais isso me parece impossível.

Se resta alguma bondade em meu coração, ela não está aqui. Se me permite confessar, ela está aí, na Alemanha. E com você, onde quer que esteja.

Novamente, perdão por escrever essas coisas. Mas é o que sinto.

JONAS

Susana guardou a carta.

Um homem apaixonado, pensou.

Em um primeiro momento, sentiu uma raiva crescente dominar seu peito. Seu pai traíra sua família; traíra ela, sua mãe e seus irmãos. Elias e Carlos morreram sem conhecer carinho de verdade, ainda que, em palavras, ele admitisse que os filhos eram importantes.

Contudo, em seguida, notou a raiva ceder. Agora, seus pensamentos estavam no sofrimento armazenado no peito daquele homem amargo.

A imagem do pai chorando compulsivamente, agarrado à cerca de madeira com se aquele pedaço de pau fosse a única coisa a mantê-lo em pé, voltou com força. A imagem de alguém que sofre.

— Mais café? — ofereceu Mia.

— Não, obrigada — disse Susana, pegando outra carta.

CAPÍTULO 25

Jonas recebeu os cuidados em casa, atendido pelo médico da família. Ganhara três pontos no supercílio e ataduras na mão esquerda. De resto, a maioria dos ferimentos se tratava de escoriações que cicatrizariam com o tempo.

No final do dia, quando o pai chegou, o filho já perambulava pela casa, impaciente. Contou tudo o que havia acontecido, desde a conversa com o comandante Haus, até a emboscada liderada por Klaus Benedict e seus amigos. O pai ouvira tudo em silêncio, exibindo unicamente um semblante de preocupação. Por fim, quando Jonas terminou o relato, ele disse:

— Por mais que tente, você não consegue se manter longe de encrencas.

— Mas não fui eu que provoquei — disse Jonas, em sua defesa. — Eu até tentei não reagir para não piorar as coisas. Aquele policial ameaçou o senhor e nossa família. Eu juro que não queria problemas ou deixar tudo ainda pior.

Otto suspirou, apoiando o cotovelo sobre a mesa e entrelaçando os dedos.

— Tudo aconteceu porque não entreguei aquela porcaria de papel — seguiu Jonas. — Eles querem obrigar os rapazes a se filiarem ao partido, e eu não quis.

O pai assentiu. Esboçando um sorriso discreto, falou:

— De certo modo, tenho orgulho de você.

Aquilo pegou Jonas de surpresa. Esperava uma repreensão mais forte, não palavras de consolo.

— Eu também não assinaria — prosseguiu o pai. — Mas isso não significa que seu comportamento seja justificável. Não posso tolerar violência quando acredito no diálogo e na paz.

Jonas mordeu os lábios. Lembrou-se do que Klaus havia dito, das provocações, da menção a Casper e, sobretudo, a Patrizia.

— Eu juro que não quis reagir. Até aguentei a surra calado. Mas aquele desgraçado do Benedict é um nazista filho da mãe! Ele insultou Casper e, pior... — o rapaz escolheu as palavras antes de falar: — Ele ofendeu Patrizia. Patrizia Finkler.

O pai suspendeu o cenho por trás das lentes grossas.

— Pai, Patrizia e eu estamos juntos. Quer dizer... — Jonas abaixou o olhar, envergonhado. — Eu a pedi em namoro, ela aceitou. O desgraçado do Benedict disse coisas sobre ela, a ofendeu... eu não aguentei. Queria que o senhor entendesse.

Otto tirou os óculos e, usando uma flanela, limpou as lentes. Arrumou novamente a armação sobre o nariz e encarou o filho.

— Eu entendo, mas nada justifica. Amanhã vou à chefatura de polícia falar com Haus. Espero que adiante.

Ao se levantar, tocou o ombro do filho.

— Siga as orientações médicas e faça repouso. Escreverei uma carta à escola amanhã para justificar sua ausência e pedirei que Michael a entregue. Aproveite esses dias para pensar sobre as consequências de seus atos, Jonas.

Sozinho, sentado à mesa da sala de jantar, Jonas sentiu-se desolado. A conversa com o pai havia tido contornos amenos, mas algo em seu íntimo insistia em não baixar a guarda.

Somente no dia seguinte entendeu por que se sentira tão aturdido. Assim que chegou em casa, Otto chamou o filho para o escritório. Estava tenso e visivelmente consternado.

— Sente-se — disse, dirigindo-se ao filho.

O ferimento sobre o olho esquerdo estava inflamado e o corpo ainda doía bastante. Jonas obedeceu, sem nada dizer.

— Estive na chefatura hoje — Otto começou a dizer. — Parece que *Herr* Benedict deu queixa contra você, argumentando que agrediu Klaus. O garoto chegou em casa bastante machucado e com o braço quebrado. Foi isso mesmo?

Jonas ameaçou levantar-se, mas conteve o ímpeto.

— Eles me agrediram. Eles provocaram tudo.

O pai suspirou.

— Mas não é nisso que o comandante acredita. Esta é uma queda de braço que não podemos vencer, Jonas. Culpado ou não, a polícia está de olho em você; e em nós. Entenda que as consequências poderão recair não somente sobre você, mas sobre mim, Ana e Michael. Por isso...

O pai recostou-se na cadeia e olhou fixamente para o filho.

— Decidi que vou mandar você para passar um tempo na fazenda de *Onkel*[20] Karl em Wandsbek. Será bom você ficar longe de Neumarkt por algum tempo.

Jonas foi tomado pelo desespero.

— Wandsbek? Por quê? E a escola?

E Patrizia? Pensou em dizer, mas a pergunta ficou entalada em sua garganta.

— Jonas, não me diga que, de repente, você está preocupado com os estudos — o pai suspirou e meneou a cabeça. — De todo jeito, fatalmente,

---

20. Tio.

você perderá o restante do ano, mas devo priorizar sua segurança. Se ficar em Neumarkt, acabará detido... ou sofrerá algo *pior*.

— Pai, o senhor...

— Eu lhe dei todas as chances, Jonas — Otto ergueu a mão, fazendo com que o filho se calasse. — Não pode me acusar de estar sendo injusto. De todo modo, por mim, você pode pensar o que quiser. Sei que estou tomando a melhor decisão para você e para nossa família. Assim que as coisas se acalmarem, você retornará.

Wandsbek. No Norte. Em uma fazenda.

Os pensamentos de Jonas corriam a uma velocidade incrível.

— Entrei em contato com *Onkel* Karl e ele já aceitou recebê-lo. Pedi à minha secretária que comprasse as passagens, e você partirá amanhã no trem noturno para Hamburgo. Lá, irão acompanhá-lo para Wandsbek.

O pai levantou-se e saiu do escritório, deixando Jonas sozinho. Um turbilhão dominava seus pensamentos.

Ele não se juntou à família para o jantar, fingindo estar descansando e seguindo ordens médicas. Na verdade, queria ficar sozinho para pensar.

Ana levou um prato de sopa com pão até ele, mas Jonas deixou a comida sobre a cômoda.

Wandsbek.

Naquela noite, ele não conseguiu pregar os olhos. Deixou o quarto somente quando o pai saiu para trabalhar e, esgueirando-se para não ser visto, saiu do sobrado e caminhou o mais rápido que seu estado físico permitia em direção à escola. Com certeza Ana ficaria desesperada ao notar que ele não estava em casa e, possivelmente, mandaria avisar o pai. Pouco importava. Havia algo importante que precisava fazer, e ninguém, nem mesmo o pai, podia impedi-lo.

Tentando não ser notado, Jonas esperou nos arredores da escola até que o período letivo terminasse. Conforme os estudantes iam deixando o prédio de bicicleta ou a pé, seus olhos procuravam Patrizia.

De longe seguiu a garota sem ser notado. Quando Patrizia distava um quarteirão de sua casa, apertou o passo até que estivesse próximo o bastante para que ela o percebesse.

— Jonas! — ela exclamou. — Meu Deus, quase me matou de susto.

Os olhos de Patrizia correram pelos ferimentos de Jonas e, balançando a cabeça negativamente, disse:

— O que aconteceu? Por que está com esses curativos? Na escola disseram que estava doente, mas...

— Eu briguei — ele disse. — Uns rapazes nazistas me fizeram uma emboscada, e eu tive que brigar.

— Você...?

— Patrizia, meu pai quer me mandar para o Norte, para a casa do meu tio. Não sei quando poderei voltar.

— Para o Norte?

— Para Wandsbek. Fica perto de Hamburgo. É um fim de mundo — ele respondeu. — Eu já falei desse tio quando propus que saíssemos de Neumarkt, lembra?

Ela assentiu.

— Eu achei loucura. E ainda acho.

— Não é mais *loucura*. Está acontecendo — ele afirmou. — Meu pai está irredutível, disse que teme pela minha segurança. Eu...

Jonas mordeu os lábios e deu um longo suspiro.

— Eu quero que venha comigo.

A primeira reação de Patrizia foi rir. Depois, notando que o rapaz falava sério, disse:

— E a escola?

— Você é inteligente. Vai recuperar o tempo perdido. Podemos ficar juntos lá. Eu contei para meu pai o que sinto por você, que estamos juntos. Se falar que você irá para Wandsbek comigo, ele não vai se opor. Posso convencê-lo pelo menos disso.

Patrizia estava atônita.

— Eu parto hoje à noite. Dá tempo de organizarmos tudo. Falo com *Herr* Finkler se for necessário. Estou disposto a tudo, eu...

— Eu não posso, Jonas. Meus pais nunca vão concordar com isso. É loucura.

Patrizia se afastou alguns passos. Jonas tentou segurá-la pelo braço, mas, ao notar a reação da garota, recuou.

— Patrizia...

— Quanto tempo ficará lá?

— Não sei — ele disse. — Até o comandante Haus e os Benedict me deixarem em paz, acho. É temporário.

— Então tudo pode voltar ao normal quando você retornar.

Rendido, Jonas suspirou.

— Eu estarei esperando por você — ela disse, sorrindo. — Eu me preocupo e quero que fique bem. Se é para sua segurança, seu pai está certo. É o melhor a fazer. Quando voltar, quem sabe até poderei ajudá-lo com as tarefas da escola novamente?

Jonas concordou. Não tinha o direito de tirar Patrizia do seu mundo, criar mais problemas do que já havia feito.

— Você pode me escrever — ela disse, voltando a sorrir.

— Irei escrever.

— Estarei esperando.

Jonas segurou a mão de Patrizia com força. Desejava que aquele contato nunca terminasse. Beijou de leve seus lábios e, com dor no coração, soltou a mão da garota.

— Eu amo você — disse. — Não se esqueça.

— Não irei esquecer — ela disse, acariciando seu rosto. — Agora preciso entrar antes que alguém nos veja. Estamos no meio da rua.

Jonas não se importava mais se alguém os visse, mas concordou.

Resignado, voltou para casa a passos lentos. Quando entrou, Ana veio ao seu encontro.

— Onde estava? — perguntou, exasperada, trazendo Franz no colo.

— Precisei sair. Pode contar para meu pai se quiser, Ana — disse o rapaz, soltando-se sobre o sofá.

Ana sentou-se ao seu lado e sorriu.

— Foi se meter em encrenca de novo?

Ele negou, balançando a cabeça.

— Foi se encontrar com a menina Finkler?

Jonas encarou Ana com expressão surpresa.

— Seu pai me contou. Acho lindo que esteja apaixonado — ela disse. — Fez bem em se despedir dela. Logo estarão juntos de novo, acredite.

Ele não sabia o que responder.

— Talvez o amor possa dar um jeito nesse seu temperamento horroroso — Ana ainda ria. — E fique tranquilo. Não vou contar ao seu pai.

Jonas assentiu.

— Vou colocar Franz para dormir e arrumar sua mala. Venha me ajudar se quiser. Tudo ficará bem, Jonas. Você vai ver.

CAPÍTULO 26

Wandsbek era um distrito basicamente rural ao norte de Hamburgo. Após a família ter perdido o poder político depois da guerra, os Schunk espalharam-se pelo país em uma verdadeira diáspora.

Karl Schunk era o segundo na linhagem do avô Joachim e há muito tempo optara pela vida no campo em vez da realidade urbana. Isso não significava que seu padrão de vida havia sido de algum modo prejudicado; pelo contrário, pelo que Jonas sabia, o tio gozava de uma realidade financeira até melhor do que a de seu pai.

O trem chegou à estação central de Hamburgo no início da manhã. Ainda estava escuro e o brilho do sol no horizonte limitava-se a uma linha multicor quando Jonas saltou na plataforma suspendendo a mala com dificuldade devido aos ferimentos.

Fazia frio — mais do que em Neumarkt — e o jovem teve que fechar o casaco para bloquear o ar gelado que penetrava em sua roupa.

Conforme seu pai havia instruído, alguém o aguardava na estação — no caso, o primo Johan, único herdeiro de seu tio, que ficara viúvo quando o rapaz tinha quatro anos e nunca mais se casara.

Jonas havia encontrado Johan poucas vezes, nas parcas reuniões familiares que, normalmente, aconteciam em Neumarkt. A última lembrança do primo datava de seis anos antes, e, quando o viu caminhar em sua direção, constatou que Johan pouco havia mudado — apenas havia se convertido em um jovem de dezenove anos, mas mantinha o mesmo físico esguio, pescoço longo e orelhas de abano. Seu cabelo loiro e liso emoldurava sua cabeça como um tipo de capacete.

Para provar que a maturidade havia chegado, Johan sustentava um cavanhaque, que, por sinal, trazia várias falhas, indicando que o rapaz possuía uma barba rala.

— Bem-vindo, primo — Johan estendeu-lhe a mão. — No que andou metido? Briga? — perguntou, notando os curativos.

— Valentões nazistas.

Johan bufou.

— Estão em toda parte. Venha, deixa eu te ajudar com a mala.

Jonas entregou a mala ao primo e caminhou ao seu lado até o Wanderer W10 preto que os aguardava ao lado do prédio da estação.

— Este é Gus — disse Johan. — Ele é o braço direito do meu pai na fazenda e às vezes é motorista também.

Gus, que esperava ao volante, era um homem atarracado e sem pescoço. Usava uma boina de lã e sua barba branca lhe conferia um aspecto bastante rude.

— Este é meu primo Jonas — apresentou Johan, acomodando a mala sobre o banco.

Jonas cumprimentou Gus, que respondeu com um sorriso e um tipo de grunhido.

Assim que o Wanderer W10 deixou a zona urbana de Hamburgo para trás e tomou a estrada de cascalho, a paisagem modificou-se totalmente. Tapetes verdes se estendiam até o horizonte, sobre o qual os animais pastavam tranquilamente.

Vou enlouquecer aqui, pensou Jonas.

Ao seu lado, Johan falava sobre o dia a dia na fazenda, mostrando uma empolgação cujo motivo Jonas desconhecia. O rapaz fisgou um cigarro do maço guardado no bolso da camisa e acendeu. Depois, ofereceu um a Jonas.

— Não fumo.

Johan suspendeu o cenho.

— Nunca fumei — completou Jonas.

— Então não sabe se gosta ou não. E não vai saber se não provar.

Johan tirou o cigarro dos lábios e o entregou a Jonas. Ainda que hesitante, ele deu uma tragada e logo foi acometido por um acesso de tosse.

— É normal no começo — disse Johan, rindo. — Você se acostuma. Quer um ou não quer?

Jonas agradeceu e negou.

A fazenda de Karl Schunk ficava a pouco mais de uma hora do centro de Hamburgo. Quando entraram na propriedade ainda demorou alguns minutos para que Jonas avistasse a casa branca avarandada onde viviam pai e filho.

Depois de estacionar o carro, Gus encarregou-se de descer a mala de Jonas, enquanto Johan conduzia o primo até o estábulo das vacas onde se encontrava o tio.

O primo acendeu outro cigarro e tornou a oferecer a Jonas, que voltou a negar.

— Temos alguns empregados, mas meu pai gosta de se envolver pessoalmente em tudo — explicou Johan. — Isso inclui ordenhar as vacas. Acho que logo você se encarregará disso também.

Jonas sentiu-se desconfortável com a ideia de trabalhar na fazenda, mas não havia como escapar. Não poderia simplesmente se mudar para a casa do tio e ficar de pernas para o ar enquanto todo mundo trabalhava.

Ele contou um total de vinte e uma vacas assim que entrou estábulo. O tio estava agachado junto a um animal malhado; outros quatro funcionários trabalhavam no local.

— Pai, Jonas está aqui — anunciou Johan, pisando sobre o cigarro.

Com um sorriso, Karl Schunk levantou-se e, depois de limpar a mão no casaco, estendeu-a a Jonas. Era bem mais alto e mais magro do que Otto. Seus cabelos brancos eram ralos e o topo da cabeça já estava totalmente calvo.

— Cada vez mais a cara de sua mãe — disse Karl, sorrindo. — Seja bem-vindo. Seu pai me pediu para cuidar de você por um tempo. Afinal, somos da família.

Os olhos azuis do tio percorreram os curativos de Jonas, assim como Johan tinha feito.

— Seu pai também me disse que andou metido em confusão.

— Nazistas — disse Johan, passando a mão pelo cabelo liso.

— Uns merdas — ralhou o tio. — Felizmente, acho que essa doença chamada Adolf Hitler irá passar logo. Quando as sanções internacionais recaírem sobre o país, logo o povo perceberá que a fome e a inflação eram os menores de nossos problemas.

Jonas assentiu, mas não concordava. Pelo que via, e segundo seu pai, o nazismo era uma realidade que se alastrava pela Alemanha contaminando a todos. Pensou em Rolf, o amigo que o traíra, em Casper e em Klaus Benedict.

— Já comeu algo, Jonas? Venha — disse o tio, caminhando para fora do estábulo. — Tem pão, geleia e café. Já viajei de trem e sei que a comida que servem não é das melhores.

Os três seguiram para a casa principal. O interior era claro e bastante organizado, bem diferente do que Jonas imaginava de uma propriedade rural. Uma mulher de meia-idade espanava uma pesada cristaleira de madeira, mas deteve os movimentos assim que notou a presença do patrão.

— Esta é Dora. Ela que cuida de tudo aqui — apresentou o tio, e, em seguida, apresentou-lhe Jonas. — O rapaz está com fome, sirva algo para ele.

Karl acendeu um cigarro e serviu-se de um pouco de café preto.

O rapaz sentou-se à mesa enquanto Dora cortava um pedaço de pão e colocava diante dele um pote com geleia que, pelo aroma, Jonas deduziu ser de morango.

Enquanto comia, o tio explicou-lhe como funcionava o dia a dia na fazenda, desde a tarefa de ordenhar as vacas, até soltar os animais para o pasto. Em seguida, os cuidados com os bois, que ficavam em outro estábulo, próximo do qual havia um abatedouro.

— Também plantamos trigo. Parte da colheita é nossa, parte é de alguns colonos poloneses que arrendam um pedaço de terra. No caso, ficamos com 40%. Tudo o que produzimos, além de servir para consumo próprio, vendemos em Hamburgo e nas cidades próximas. É incrível como o campo pode dar mais lucro do que algumas empresas.

Jonas encarou o tio com surpresa.

— Seu pai não contou, mas estudei economia em Munique antes de decidir mexer com pastos e vacas — disse o tio, terminando o café. — Mas nunca gostei de livros; deixei isso para Otto. Estudar foi mais uma exigência do meu pai. Hoje tenho absoluta certeza de que prefiro viver entre animais de quatro patas do que perto daqueles que caminham sobre duas. Acho que me entende, já que é praticamente um homem formado.

Karl Schunk riu. *Aquele homem de jeitos grosseiros era totalmente diferente do pai*, pensou Jonas. Incrível que tivessem o mesmo sangue.

— Mostre tudo para seu primo — ele disse a Johan, caminhando para a porta da casa. — E nada de folgar. Temos muito trabalho.

O rapaz concordou e, logo que Jonas terminou de comer, ambos percorreram parte da propriedade, o que tomou o restante da manhã. Tudo era muito estranho para Jonas e, quanto mais mergulhava naquele novo mundo, mais sentia aumentar a saudade de sua família e de Patrizia.

É temporário, refletiu.

Após o almoço, em que foi servido carne de porco, arroz e batatas, Johan levou Jonas para o pasto e o ensinou o básico sobre lidar com vacas. Depois, alimentaram os porcos. Jonas chegou a achar que não aguentaria o mau cheiro, mas conteve-se, tentando não ser grosseiro.

Quando o sol estava se pondo e o frio aumentando, Johan levou Jonas de volta para a casa principal. Após lavarem o rosto, as mãos e os antebraços, sentaram-se à mesa, onde Karl já se encontrava esperando ser servido por Dora.

— Aqui almoçamos cedo — comunicou o tio. — E nos levantamos antes do sol. Vai se acostumar rápido.

Jonas não teve certeza se aquele comentário era um incentivo ou um tipo de ordem. Dora serviu sopa e pão a todos e se retirou.

Karl Schunk abriu uma garrafa de vodca e encheu seu copo. Em seguida, passou a garrafa para Johan, que fez o mesmo. O primo também serviu Jonas, que se sentiu envergonhado de dizer que nunca havia experimentado o destilado.

A família comeu em silêncio. Ao final da refeição, Karl havia tomado três doses de vodca e, Johan, duas.

— Faça companhia para seu primo. Eu vou me deitar — disse o tio, empurrando a cadeira e ficando de pé.

Tão logo o pai saiu, Johan pegou a garrafa de vodca e conduziu Jonas para o lado de fora da casa. Fazia muito frio e ambos se sentaram sobre a estrutura de madeira da varanda, olhando para o breu que engolia a propriedade.

— Não se preocupe, primo, vai se acostumar — disse Johan, entornando a bebida no gargalo. Depois passou a garrafa para Jonas, que fez o mesmo.

Ele teve que se segurar para não cuspir.

— Não há coisa melhor contra o frio do que vodca. Meu pai me ensinou a tomar quando fiz treze anos. Vai muito bem. Beba — incentivou o primo.

Jonas entornou um gole pequeno e devolveu a garrafa.

Naquele silêncio, a sensação de solidão o consumia ainda mais. Pensava em Patrizia, no toque de suas mãos e em seu beijo. Tudo parecia um pesadelo; um dia estava em seu habitat e, em outro, no norte do país, junto de parentes que eram um pouco mais do que estranhos para ele.

Quando entornou a vodca novamente, bebeu um gole maior. Para sua surpresa, começava a se sentir melhor, mais leve. Conforme o torpor dominava seu corpo, o vazio em seu peito diminuía. Até mesmo a dor dos ferimentos parecia ceder sob o efeito do álcool.

— Cigarro? — Johan estendeu o maço a Jonas que, dessa vez, não recusou.

Tragou uma, duas vezes. Ao final do primeiro cigarro já se sentia mais à vontade fumando. O pai nunca aprovara tabaco, mas o tio era bem diferente. Mesmo sobrenome, mesmo sangue, mas outra realidade.

— Viver no campo é bom — disse Johan, já alcoolizado. — Me sinto livre aqui. Não sei como me sentiria na cidade.

Jonas soltou a fumaça e ficou observando a nuvem desaparecer lentamente.

— *Onkel* Karl não se casou novamente? Digo, depois que sua mãe morreu? — perguntou Jonas, que já não sentia medo de ser indiscreto.

Johan cuspiu e limpou os lábios com a manga da blusa.

— Meu pai se diverte com as mulheres, se é que me entende. Mas não quis se casar. A fazenda já ocupa bastante tempo e, acho, eu também dei bastante trabalho quando criança. Eu só tinha quatro anos quando minha mãe morreu e ele teve que se virar. Acho que não quis arriscar passar por outra perda, mas, sendo honesto, nunca perguntei a ele. Está bom assim.

Jonas balançou a cabeça, afirmativamente. Quando sua mãe os deixou e desapareceu, o pai sofreu bastante. Então, veio Ana, que foi um bálsamo para a tristeza de Otto e lhe dera uma nova família. Hoje, ele achava que seria impossível o pai arrumar uma companheira melhor.

Quando voltaram para dentro da casa, Jonas sentia as pernas bambas. Após um banho quente, percorreu o corredor escuro à procura da porta do quarto que, até segunda ordem, passaria a ser seu.

Fechou a porta atrás de si e passou os olhos pelo ambiente. Dora havia se encarregado de arrumar as coisas que trouxera na mala e o ambiente cheirava a produto de limpeza. Além da cama, uma cômoda e um guarda-roupa de duas portas compunham a mobília.

Estirou-se na cama, mas não conseguia dormir devido a um barulho que vinha do quarto ao lado — o quarto do tio, cuja parede de madeira fazia divisão com o seu.

O rangido da cama e os gemidos o perturbavam. O arfar masculino se misturava com o gemido feminino. Ele reconhecia as vozes que falavam em sussurros. Uma era de seu tio e a outra era de Dora. Além de cuidar dos afazeres da fazenda, também servia sexualmente *Onkel* Karl.

Jonas sentiu-se bastante excitado. Obviamente já pensara em mulheres daquela maneira, mas, desde que Patrizia entrara em sua vida, seus pensamentos recaíram sobre ela e não envolviam sexo — pelo contrário, ele desejava respeitá-la até o final, como fazia todo homem que finalmente encontrava sua mulher especial.

Os rangidos, arfados e gemidos se tornaram mais intensos e altos. Johan não se importava com aquilo?

Jonas fechou os olhos e pensou em Patrizia. E foi sonhando em reencontrá-la que, finalmente, dormiu sua primeira noite em Wandsbek.

CAPÍTULO 27

Susana contou um total de quatorze cartas na caixa. Todas assinadas pelo pai e endereçadas a Patrizia. Todas estavam datadas, de modo que fora fácil perceber quando o contato entre ambos havia começado.

A primeira era de dois anos antes da carta que acabara de ler. 1950. Ela não havia nascido quando o pai começou a se corresponder com a mulher que amava e que estava do outro lado do Atlântico.

— Esta parece ser a primeira que meu pai mandou — disse, olhando para Mia.

— Fique à vontade para abrir e ler.

Susana não sabia se devia continuar com aquilo tudo. Ler aquelas cartas podia levá-la a um mundo que não sabia se estava pronta para encarar. Era como se parte dela, a parte que cabia à menina rejeitada, estivesse nascendo de novo, para uma nova realidade.

Podia trazer-lhe cura, mas, por outro lado, doía. Lembrava-se de que o obstetra que fizera o parto dos seus dois primeiros filhos lhe explicara que a dor do nascimento era a pior que um ser humano sentia em toda a vida. Os pulmões se enchendo pela primeira vez, a luz cegando os olhos, o barulho. Tudo junto, açoitando os sentidos do recém-nascido sem qualquer piedade.

Agora, ela sentia o que aquilo significava. De algum modo, Mia a estava induzindo a nascer de novo, e, ao mesmo tempo, provocando a morte de uma parte de si que insistia em querer sobreviver.

— Acho que basta de emoções por hoje — disse Susana, guardando a carta e fechando o tampo da caixa.

— Tem certeza? Não se preocupe. Como disse, para mim, está tudo bem você mexer nas coisas da minha mãe.

— Não é isso — Susana falou. Pensou em explicar como se sentia, mas resolveu calar-se. Precisava de um tempo.

Mia ficou pensativa. Então disse:

— Se é importante para você, proponho que leve a caixa e fique à vontade para dar uma olhada nas cartas.

Susana negou, balançando a cabeça.

— A decisão é sua, mas, por mim, está tudo bem. Essa caixa já ficou tempo o bastante no fundo do guarda-roupa. E tudo o que está aí parece ter mais valor para você do que para mim agora. Leve, dê uma olhada em tudo e combinamos de você me devolver. O que acha?

Susana ainda hesitava.

— Sabe, eu tive a felicidade de passar quase sessenta anos ao lado da minha mãe. Tenho lembranças bem vivas dela. Não serão fotos ou cartas que farão muita diferença. Claro, quero guardá-las com carinho até eu morrer. Ainda assim, se é que me entende, tudo isso agora tem um significado maior para você. E para seu pai também.

Susana passou os dedos sobre o entalhe em forma de rosa da tampa.

— Tem certeza? — perguntou.

— Absoluta. Quando terminar, a gente se reencontra e você me devolve.

— É muita confiança... — murmurou Susana.

Mia sorriu.

— Veja como se fôssemos meias-irmãs. Já disse que, de algum modo, enxergo você dessa maneira. Sempre estivemos conectadas, ainda que nunca tenhamos nos encontrado. Nossos pais criaram essa conexão e estou feliz por ter alguém assim do outro lado do mundo, no Brasil.

Finalmente Susana concordou. Colocou a caixa sobre a lata de memórias e ficou olhando para ambas. Uma vida inteira dentro daqueles dois recipientes.

— Se está bem para você, eu aceito — ela se levantou, acomodando a lata e a caixa debaixo do braço. — Não sei como agradecer a você, Mia.

Em pé, Mia caminhou até Susana e a abraçou. Foi só então que Susana notou que a alemã chorava.

— Fico feliz em ajudar. Só isso. Esse assunto perturbou você por tantos anos, está na hora de resolver essa questão.

Susana assentiu, deixando as lágrimas caírem também.

Mia ofereceu-se para levá-la, mas Susana optou por voltar de ônibus.

No caminho, quando finalmente deixou o conjunto residencial para trás, uma linha do tempo passava em sua mente; uma linha repleta de lacunas, que, uma vez preenchidas, revelaria um pai que nunca conhecera e, também, explicaria sua própria história.

Quando saltou no último ponto, próximo à pousada, Susana sentiu a *sombra* aproximar-se de novo. Engolindo o choro, caminhou até a pousada e foi direto para seu quarto. Deixou a caixa e a lata de memórias sobre a cama e desceu até a recepção, onde pediu para usar o telefone.

— Ligação internacional para o Brasil — informou.

A recepcionista, uma mulher morena de traços mediterrâneos, indicou o telefone sobre a bancada e explicou como proceder para fazer a ligação internacional. Após duas tentativas fracassadas, Susana conseguiu completar a ligação para a empresa de Artur.

A funcionária que atendeu informou que o marido estava em trabalho externo, em uma instalação. Susana conferiu o horário; passava das seis e meia, portanto, uma e meia no Brasil. Então ligou para o escritório de arquitetura de Juliana. Precisava desesperadamente ouvir uma voz familiar, reconectar-se com o presente e deixar seu passado um pouco de lado.

Juliana atendeu e parecia surpresa com a ligação.

— Como a senhora está? — perguntou, após trocarem algumas palavras de carinho.

— Bem. Mia, a pessoa que vim encontrar aqui, é muito receptiva. E teu pai? Tentei falar com ele...

— O pai está bem. Só reclama que sente saudade e que nunca ficou tanto tempo longe da senhora assim — disse Juliana. — Acho bonitinho ver ele todo borocoxô sem a senhora.

Susana sentiu um nó se formar na garganta.

— Também estou com saudade.

— A senhora conseguiu mais informações sobre o vô e sobre a mulher com quem ele viveu aí?

Susana refletiu. O que deveria dizer à filha?

— Consegui, sim. Ainda estou descobrindo muita coisa que não sabia, na verdade. Mas chega por hoje, estou cansada.

— Então a viagem está valendo a pena. Essa loucura toda... Mãe, tu sabe que foi uma loucura o que a senhora fez, não sabe?

— Sei, sim — respondeu Susana. — Mas não se preocupe. Está valendo a pena.

Mãe e filha trocaram mais algumas palavras e, então, Susana disse:

— Vou desligar, senão pagarei uma fortuna. Cuida do teu pai.

— E a senhora se cuide.

— Amo vocês, filha.

— Também te amo.

Susana colocou o telefone no gancho e limpou a lágrima que escorria. *Amo vocês.*

Algo que nunca escutara do pai ou da mãe, mas que adoraria ter ouvido.

CAPÍTULO 28

O inverno chegou e a rotina na fazenda havia mudado. O tio instruíra que a prioridade agora seria abater os animais que estivessem suficientemente crescidos, não apenas para estocar a carne para consumo, mas também para as oportunidades, uma vez que o frio costumava ser uma época de escassez, o que beneficiava o comércio de leite e carne na cidade.

Já que era impossível cuidar do campo, também teriam que aproveitar para fazer os reparos necessários na estrutura da fazenda, como reforçar os telhados dos currais e dos estábulos e trocar algumas cercas.

Ao longo dos dois meses em Wandsbek, Jonas aprendera muito. O abate dos bois e porcos não o impressionava mais e, conforme o tempo passava, tornava-se mais hábil em lidar com a rotina no campo.

O pai lhe escrevera uma vez, informando que mensalmente enviaria ao tio uma quantia em marcos para ajudar nas despesas — mas Jonas sabia que Karl tinha dinheiro o bastante para não precisar de tal ajuda.

Havia escrito duas cartas a Patrizia, mas ela não tinha retornado. Diante da frustração, aprendeu rapidamente que o álcool e os cigarros serviam como analgésicos. Agora andava com um maço no bolso e, sempre que era possível, dividia com o tio e com o primo o consumo de álcool — cerveja, conhaque e, quase sempre, vodca polonesa.

— A melhor coisa que a Polônia produz, além de bons braços para trabalhar — bradava o tio, quando estava alcoolizado.

Karl Schunk era bastante rígido na administração de sua fazenda, e nem Jonas nem o primo Johan escapavam das tarefas. Na verdade, eram tratados como qualquer um dos empregados do local. No entanto, às vezes, à noite, conforme o álcool fazia efeito no tio, ele se soltava e mostrava-se uma pessoa alegre, até mesmo brincalhona.

Todos os assuntos eram possíveis de serem abordados à mesa, desde mulheres até política.

Quando iam dormir, era comum Jonas ouvir os arfados animalescos do tio e os gemidos de Dora, mas nunca mencionara isso a Johan. Pelo menos duas vezes na semana os dois faziam sexo, ele contara.

Então, em um sábado, após o tio terminar a janta e se recolher, o primo veio falar com ele.

— Hoje vamos à cidade — disse. — Gus vai nos levar. Meu pai mandou que eu levasse você para se divertir um pouco e nos deu folga.

Jonas provou a vodca no gargalo, como se habituara a fazer, e questionou o primo sobre o que fariam.

— Diversão de homens para nós hoje, primo. Tome um banho e você verá.

Gus os conduziu até a pequena área urbana de Wandsbek de carro. Durante o trajeto, Johan parecia animado; ambos fumavam e o primo cantarolava músicas antigas.

O centro urbano de Wandsbek era minúsculo e pobre. Em nada lembrava a imponência urbana de Hamburgo, onde a vida parecia pulsar.

— Chegamos — disse Johan, quando o carro estacionou diante de um prédio isolado, em uma viela escura. Jonas leu a fachada da construção, que dizia *Marseille Kaffee*.

Os dois rapazes desceram do carro e Gus se aninhou junto ao volante, escondendo as mãos dentro do casaco.

— Bem-vindo ao único lugar de diversão em Wandsbek, primo — disse Johan, conduzindo Jonas para o interior do prédio.

A área interna lembrava um bar típico. Mesas, um balcão de madeira e o cheiro forte de álcool e suor. Sobre um pequeno palco, um jovem tocava saxofone. A clientela, toda do sexo masculino, dividia-se entre as mesas forradas com canecas vazias de cerveja.

Mulheres em vestidos insinuantes e bastante maquiadas perambulavam entre as mesas e os clientes, remexendo-se para atrair sua atenção.

— Já esteve em um lugar destes, certo? — perguntou Johan, aproximando-se do balcão. Jonas negou.

Johan pediu duas cervejas à mulher que cuidava do bar. Jonas calculou que a atendente já havia passado dos cinquenta anos e as olheiras profundas sob os olhos maquiados davam-lhe um ar bastante cansado.

— Então está na hora de começar a viver, primo — disse Johan, bebericando a espuma. — Sei que *Onkel* Otto é bastante rígido com algumas coisas, mas aqui é diferente. Meu pai me trouxe aqui pela primeira vez quando fiz quinze anos e nunca mais deixei de vir. Quando os homens querem se divertir, esta é a única alternativa em Wandsbek. Acredite.

Jonas bebeu e fumou bastante naquela noite, e, conforme o som melancólico do saxofone seguia, começou a se sentir mais à vontade. Era como se a música e o odor acre do lugar — uma mistura de álcool, perfumes adocicados e tabaco — lhe penetrassem pelos poros, fazendo com que algo nele se fundisse ao ambiente.

Pensava no que o primo havia dito. De fato, sentia que havia deixado Neumarkt como um garoto e se tornara homem em Wandsbek. Algo nele estava mudando.

— Boa noite, pedaço de mau caminho — disse uma mulher, aproximando-se repentinamente da mesa. Ela se dirigia a Johan, mas mantinha os olhos em Jonas. Era impossível ignorar o perfume forte e doce que exalava da mulher que, conforme calculara, já beirava os quarenta anos.

— Boa noite, Helena — disse Johan, suspendendo o copo de cerveja. — Este é meu primo Jonas. Veio da Baviera. — E explicou ao primo: — Helena cuida do lugar. Se quiser arrumar diversão de verdade, é com ela que deve falar.

— Boa noite, Jonas — disse Helena, com olhar malicioso. — Os rapazes estão sendo bem atendidos nesta noite?

— Na verdade eu sei me virar — respondeu Johan. — Mas meu primo aqui ainda não se divertiu de verdade. Consegue arrumar algo para ele, Helena?

Jonas terminou o cigarro e esmagou a bituca no cinzeiro sobre a mesa. Sentiu o estômago embrulhar, sabendo o que estava prestes a acontecer. Todavia, já estava mais do que mergulhado naquele ritual de passagem, e não havia como voltar atrás.

— Nadya está disponível — Helena respondeu, piscando para Jonas. — Ela tem fama de tratar bem os novatos e acabou de atender um cliente.

Pegando Jonas pela mão, Helena o conduziu pelo salão até um curto lance de escadas. O cheiro doce do perfume lhe causou enjoo — ou seria o nervosismo?

Pensou em Patrizia. Estaria traindo a mulher que amava? Era certo que a maioria dos homens iniciava a vida sexual em lugares como aquele, mas nunca imaginou que aconteceria com ele. Não em Neumarkt. Mas Wandsbek não era sua cidade natal e o tio e primo não eram a família que costumava conhecer.

Deixando-se levar e abraçando o torpor da bebedeira, Jonas foi conduzido por um corredor estreito. Contou seis portas, três de cada lado, e, então, pararam diante da última porta.

Helena bateu e, prontamente, uma mulher loira de feições delicadas atendeu. Usava um vestido vermelho provocante, que cobria um corpo com curvas sensuais, mas que também expunha alguns quilos a mais.

— Nadya, um cliente. É parente dos Schunk.

A mulher assentiu, como se soubesse o que aquilo significava. Abriu um sorriso e escancarou a porta, deixando Jonas entrar.

Helena desapareceu, e a porta se fechou. Jonas estava a sós com aquela mulher, que começou a andar pelo quarto em direção a uma pequena penteadeira.

— Desculpe, ainda nem tive tempo de me produzir de novo — disse, passando um batom vermelho nos lábios.

Jonas notou que Nadya tinha um sotaque diferente e deduziu que fosse estrangeira.

— Já esteve com uma mulher romena antes, moço? — ela perguntou, caminhando agora em sua direção. — Inesquecível! Vou fazer de tudo para que nunca se esqueça desta experiência.

Nadya laçou Jonas com os braços. Seu perfume também era doce, mas mais delicado do que o de Helena e não lhe causava enjoo.

— Se gostar do serviço, alguns marcos a mais são bem-vindos — disse Nadya, pegando a mão de Jonas e levando-a até seu seio esquerdo.

Então, essa é a sensação de tocar um seio?, pensou Jonas, enquanto Nadya tocava-o entre as pernas. Sentiu-se enrijecer e, naquele momento, qualquer hesitação havia desaparecido. Sou corpo desejava aquela experiência.

— Chegue aqui — disse Nadya, pegando-o pela mão e levando-o até a cama. — Suas mãos estão tremendo?! Está com medo?

Jonas fez que não. Era verdade, não sabia por que tremia.

Os lençóis tinham um odor azedo de suor. Jonas refletiu brevemente sobre quantos homens haviam se deitado naquela cama nos últimos dias — ou, possivelmente, naquela mesma noite.

De modo hábil Nadya abaixou suas calças. Agora seu sexo rígido estava exposto.

— Aqui vamos para sua primeira lição, jovem Schunk — disse ela, segurando seu membro ereto. — Você pode ficar parado e deixar tudo comigo. Preste atenção para aprender.

༄

Quando Johan e Jonas voltaram à fazenda, já estava amanhecendo. O primo simplesmente apagara no banco do carro, mas Jonas se mantinha acordado. Com os olhos fixos na paisagem, notou que uma mescla de sentimentos rodopiava em seu peito.

Ao mesmo tempo que pensava nos seios grandes e caídos e nos mamilos rosados de Nadya sentia-se culpado por ter se entregado daquela maneira. Outra parte de si, a que desejava liberdade e experiências, não sentia culpa. Se havia sido bom? Claro que sim. Não tardou para que se sentisse à vontade com a mulher romena, como se tivesse nascido para frequentar aquele tipo de ambiente.

Fechou os olhos e suspirou. Pensou em Patrizia. O que acabara de acontecer lhe conferira experiência no sexo, algo que era necessário a um homem.

Acendeu um cigarro e deixou a fumaça escapulir pelo vidro. Recostando-se no banco tentou se sentir completo e grato. Havia se tornado homem de verdade.

CAPÍTULO 29

A primeira carta de Patrizia chegou ao final de novembro. Era um texto curto, mas escrito com carinho. Ela dizia que sentia falta de Jonas e que os estudos estavam lhe tomando um tempo considerável. Contou também que havia decidido ser professora de crianças e ajudar na alfabetização.

Espero que consiga vir a Neumarkt no Natal.
Se vier, faça-me uma visita.
Com amor,

Patrizia

Jonas releu a carta várias vezes antes de guardá-la no envelope.

O inverno estava forte naquele ano e o trabalho na fazenda parecia não ter fim. Nos últimos dias, Johan e ele, juntamente a dois empregados, dedicavam-se a consertar o telhado do estábulo dos bois.

O tio parecia satisfeito com seu empenho e constantemente o elogiava.

E, claro, a satisfação do tio sempre era acompanhada de permissões para que ele e Johan fossem se divertir aos sábados na cidade.

Não tardou para que ele passasse a se sentir à vontade no *Marseille Kaffee* e, também, para que as primeiras confusões acontecessem. Quase sempre as brigas envolviam bêbados de outras cidades e começavam com provocações que nem ele, nem Johan estavam dispostos a deixar passar.

Logo os frequentadores perceberam que Jonas não se saía bem apenas com as putas, mas também nas brigas, e isso lhe conferiu certo status. Quando brigava, entre os socos que desferia e os que acertavam seu rosto, sentia-se aliviado. Era como se as memórias ruins de Neumarkt sumissem e sua revolta — por Casper, pelo comandante Haus e pela saudade de Patrizia — se esvaísse como uma cortina de fumaça.

Entretanto, em meados de dezembro, Jonas recebeu uma carta do pai pedindo que voltasse a Neumarkt para passar o Natal com a família. Seu coração se encheu de alegria com a ideia de reencontrar Patrizia e, na noite de 23 de dezembro, pegou o trem em Hamburgo rumo à Baviera.

Quem sabe seu exílio estava chegando ao fim? As coisas voltariam ao normal e ele poderia seguir com seus planos de namorar Patrizia e, no ano seguinte, assim que possível, casariam-se e deixariam Neumarkt.

Quando chegou ao sobrado da família no meio da tarde do dia vinte e quatro, véspera de Natal, foi recebido com um abraço caloroso de Ana. A barriga já estava bastante saliente e ela lhe contou que, se fosse outro menino, se chamaria Otto, como o marido; se fosse menina, Bernadette.

Franz já ensaiava os primeiros passos e Michael mostrava-se animado em contar sobre sua rotina na escola.

O pai e Dieter, que havia retornado de Munique para passar o Natal com a família, também o abraçaram. Os irmãos entreolharam-se, como se tentassem reconhecer um ao outro novamente. Ambos estavam mudados, mais velhos e mais maduros.

Dieter, particularmente, já exibia o semblante circunspecto típico de um médico — talvez, devido aos óculos para havia passado a usar.

À mesa, enquanto Ana se ocupava com a ceia, o pai, com o jornal na mão, comentava as últimas notícias da cidade e de Berlim. Ao contrário do tio, Otto mantinha-se informado sobre cada detalhe e saboreava a oportunidade de compartilhar sua visão com os filhos.

— Então as coisas não melhoraram? — perguntou Jonas ao pai.

— Pelo contrário. Quer dizer, os especialistas vomitam melhorias na economia e saúdam Hitler como o grande benemérito do povo, mas, na política, as coisas andam bastante assustadoras — Otto arrumou os óculos sobre o nariz. — A cada dia, mais pessoas são presas e perdem seus direitos políticos. No banco também as coisas não andam bem, várias poupanças foram confiscadas sob argumentos de irregularidades, mas a gente sabe a verdade. Todos os clientes prejudicados são judeus. *Todos*. Vira e mexe, inventam algum tipo de investigação ou intervenção. Não sei quanto tempo isso durará.

Jonas notou preocupação no semblante do pai.

— Esqueci-me de contar a você. Certamente você conhece *Herr* Kinsler — disse o pai.

Jonas se lembrava de Kinsler, o professor de História.

— Ele foi preso no mês passado. Simplesmente sumiu do mapa — disse o pai. — Os nazistas têm a Justiça em suas mãos e se comportam como juízes de fato. Vale lembrar que, desde o dia 5, não temos mais sistema jurídico; Hitler fechou todas as Secretarias de Justiça das províncias e prendeu vários juízes de carreira. Uma afronta!

O que aquilo significava? Que seria impossível a ele retornar a Neumarkt?

A esperança que viajou com Jonas no trem para a cidade havia desaparecido. O pai nem precisava explicar; certamente, ele retornaria a Wandsbek antes do final do ano.

Dieter explicou que as coisas em Munique não estavam melhores — pelo contrário, a turbulência política era bem mais palpável na metrópole. Diversos professores e escritores haviam sido presos; declarar-se opositor ao governo de Hitler tornara-se ilegal.

Quando a noite começou a cair, Jonas saiu e, diante do sobrado, fumou alguns cigarros. Perguntou-se se o pai havia notado o cheiro de tabaco, mas não se importava. Otto não permitia que fumasse dentro de casa, mas na rua poderia fazer o que bem entendesse.

Então caminhou vagarosamente até a casa de Patrizia. Mantinha a cabeça baixa e evitava olhar diretamente para as pessoas.

Como um fugitivo de merda, pensou.

Quando chegou à casa dos Finkler tocou a campainha. *Frau* Finkler atendeu a porta e o recebeu com carinho, mandando que entrasse. Após alguma resistência, ele cedeu.

— Está diferente! Quase não reconheci você, Jonas — ela disse. — Patrizia contou que está ajudando um tio no Norte e por isso deixou a escola. Uma pena, não abandone os estudos.

Jonas passou pelo curto corredor e esperou na sala, onde os irmãos de Patrizia e *Herr* Finkler ocupavam-se com os enfeites de Natal. Na parede, fotos de gerações da família estavam emolduradas.

Finalmente Patrizia saiu da porta da cozinha e o saudou com um sorriso.

— Jonas! Que surpresa!

Por alguns segundos ambos pareciam não saber como agir. Abraços, toques, beijos? Tudo estava fora de cogitação.

— Vim para o Natal, mas voltarei a Wandsbek antes do Ano-Novo — ele disse.

A alegria de Patrizia desapareceu.

Herr e *Frau* Finkler envolveram Jonas nos assuntos natalinos, comentando sobre a ceia em família e o convidando para ficar com eles. Por várias vezes Jonas teve vontade de dizer, em alto e bom tom, que amava Patrizia e que queria pedi-la oficialmente em namoro.

Contudo, decidiu calar-se. Aquilo estragaria a alegria familiar e ele não tinha esse direito.

Após meia hora junto dos Finkler, Jonas se despediu. Patrizia o acompanhou até a calçada, onde foram açoitados pelo ar gelado.

— Você está diferente — ela disse, esforçando-se para sorrir.

Jonas fisgou um cigarro do bolso da camisa e o acendeu.

— E está fumando também!

— Quase todo mundo fuma — ele disse, soltando a fumaça no ar.

Patrizia o encarou com estranheza. Certamente, pensou Jonas, a garota estava prestes a dizer que ele não era todo mundo, mas deixou para lá.

— Senti muito sua falta — ele falou, por fim. — Gostaria que estivesse comigo.

— Mas logo você vai voltar — Patrizia respondeu, tocando de leve os dedos de Jonas.

Ele assentiu, mesmo sem ter certeza de que isso aconteceria de fato. Por que tudo estava tão diferente? Por que ele se sentia assim?

De repente percebeu que não se sentia em casa em Neumarkt; tampouco em Wandsbek. Isso o encheu de angústia.

Se Johan estivesse com ele, certamente iriam beber e tudo ficaria anestesiado no fundo de sua mente.

— Jonas, está tudo bem?

— Eu só queria ver você — ele respondeu. — Pensei nisso a viagem toda. Fiquei sabendo que *Herr* Kinsler foi preso...

Patrizia balançou a cabeça, afirmativamente.

— Todo mundo na escola comenta sobre isso. Eu temo... — ela mordeu os lábios. — Eu temo que isso também teria acontecido com você se não tivesse partido.

— Eu não fiz nada.

— Jonas — Patrizia afastou a mão da dele —, não fazer nada também representa culpa. A gente aqui em casa vive com medo. A cada notícia parece que as coisas estão piores. Não me interesso por política como você, mas também não sou burra.

Jonas assentiu. Lembrou-se das palavras de Klaus Benedict e de Haus. Terminou o cigarro e jogou a bituca longe.

— Preciso ir.

Despediu-se com um abraço longo e apertado em Patrizia. Em seu peito o choro brotava com força, mas conseguiu conter-se.

— *Frohe Weihnachten*[21] — disse Patrizia em seu ouvido e, em seguida, beijou-lhe os lábios.

O gesto pegara Jonas de surpresa; não esperava aquilo, ainda mais com toda a família Finkler reunida dentro da casa, podendo vê-los a qualquer momento.

— Nós vamos ficar juntos. Eu prometo a você — disse ele, antes de começar a caminhar de volta para a casa.

Pela primeira vez, pensou naquelas palavras como uma promessa vazia; algo que, em seu íntimo, sabia que não aconteceria. Ao final, era o rapaz encrenqueiro que precisava ficar longe de Neumarkt para não prejudicar a si e à sua família.

Quando deu por si, chorava. Como queria beber e esquecer tudo aquilo, entregar-se ao torpor. Acendeu outro cigarro e mergulhou na noite. Dentro das casas as famílias já celebravam a ceia de Natal.

---

21. Feliz Natal.

CAPÍTULO 30

A menina leu novamente a carta que chegara dois dias antes do Natal de 1961, mas, assim como da primeira vez, não conseguiu sentir alegria. As palavras do pai diziam que ele estava em outro país, o país em que nascera, e que lhe mandaria dinheiro sempre que possível.

Ela não ligava para dinheiro e também achava que não ligava mais para ele, porque, se ainda o amasse, sentiria saudade.

Ao contrário de quando o pai partira para Charqueadas atrás de um novo emprego, ela não sentia orgulho; não sentia que ele estava cuidando da família.

Ele os havia abandonado. Ela, a mãe e Carlos. *Abandonado*. Não se tratava de uma viagem motivada por um sacrifício maior, que garantiria o sustento da família.

Ela já tinha dez anos e podia compreender muito bem o que se passava.

Entregou as notas estrangeiras à mãe, que olhou para o dinheiro com indiferença.

A mãe já não chorava mais; pelo contrário, parecia até mesmo mais feliz. Não que estivesse feliz pela ausência do pai (Susana achava), mas talvez porque as brigas haviam terminado com ele longe.

Quem sabe, agora, haveria espaço para a mãe amá-la?

Foi pensando nisso que saiu de casa para brincar na rua. Fazia calor e, quando se cansasse, passaria na casa de Mariazinha para comer um doce.

Susana sentou-se no chão do quarto e, abrindo a lata de memórias e a caixa que Mia lhe entregara, espalhou as cartas diante de si. Após terminar o café da manhã retornara ao quarto, determinada a conhecer o máximo que podia sobre o pai e sobre a mulher que ele tanto amara.

De um lado, agrupou as cartas que o pai havia escrito a Patrizia e nomeou de "pai-Patrizia"; de outro, aquelas que recebera do pai após sua partida ("pai-eu") para a Alemanha e as que foram enviadas por Patrizia quando ele ainda estava no Brasil ("Patrizia-pai").

Em seguida, dividiu o monte do pai em dois — as cartas que ele enviara e as que recebera dele.

Pronto. Ficou alguns minutos olhando para a organização das correspondências, pensativa.

A ação seguinte foi elencar as cartas por data, da mais antiga à mais recente. A primeira carta que o pai enviara a Patrizia (do monte "pai-Patrizia") havia sido em maio de 1950. As datas se sobrepunham em intervalos irregulares, até a última, datada de 1961 — após a morte de Elias.

Do monte "Patrizia-pai", fez o mesmo. A primeira carta que havia recebido de Patrizia era uma resposta à carta de 1950; Susana notou que ele escrevia numa periodicidade maior do que ela conseguia responder, de modo que algumas cartas não haviam tido retorno.

Suspirou. Havia muito trabalho emocional a ser feito, e ela ainda tinha dúvidas se estava pronta. Era um quebra-cabeça que, certamente, traria respostas, mas, também, dor.

Aquilo era mesmo necessário?

Por alguns instantes pensou em deixar tudo para trás. Reunir as cartas de Patrizia e devolvê-las à caixa; em seguida, entregá-la a Mia, agradecer e partir para o Norte, onde encontraria os meios-irmãos do pai, seus tios.

Sentiu a *sombra* pousar sobre seus ombros. Era como se, densa, quisesse lhe dizer algo. Havia uma escuridão se formando atrás de si.

Como em tantas outras vezes, pensou.

Naquela noite, tinha sonhado com Elias. Ele se tornara homem e voltava para a antiga casa da família em Taquara com um sorriso no rosto — o mesmo sorriso que exibira da última vez em que o vira vivo.

O que quer que eu faça? Que sofra mais? Já não foi o bastante?

Seu pensamento fora tão enfático que parecia tê-lo ouvido em voz alta.

Com a mão trêmula, arriscou-se a pegar a primeira carta do monte "pai-Patrizia", a primeira que o pai havia enviado a ela.

Tirou o papel do envelope e leu. Reconheceu a caligrafia do pai, traçada à tinta, parcialmente apagada pelo tempo.

Cara Patrizia,

Consegui seu endereço graças à ajuda de meu irmão Michael. Agora que a guerra terminou espero que você esteja bem e com saúde. Fiquei sinceramente aliviado em saber que estava viva.

Como sabe, estou no Brasil, no estado do Rio Grande do Sul. Moro em uma pequena cidade chamada Taquara. Pode procurar no Atlas. Estou casado e tenho dois filhos. Minha esposa está esperando nossa terceira criança e eu deveria estar feliz, mas não me sinto assim. Na verdade a chegada desse filho elimina por completo minhas esperanças de retornar à Alemanha. Acho que nunca me separei em definitivo daí. É estranho, porque não sinto que pertenço a este país, mas tampouco me sinto pertencente à Alemanha; não sei se reconheceria as coisas após a guerra, sei que foram tempos bastante difíceis. Minha família sofreu muito, meu irmão Dieter morreu em 1943 na Ucrânia e eu não pude me despedir. Talvez você não faça ideia do que seja receber a notícia da morte de alguém que você tanto gosta e isso pareça algo muito distante, como alguém que você conheceu em sonho e que, de repente, sumiu. Isso pesa muito em mim até hoje.

Agora os tempos parecem melhores, mas, diante da total falta de esperança de retornar à minha pátria, decidi, depois de muito pensar, escrever a você.

Sei que está casada e, por favor, não se ofenda com esta carta. Estimo que André esteja bem. Só quero realmente notícias suas — além de minha família, você é o único elo que me restou com o passado.

Jonas

Susana devolveu a carta ao envelope. Ela já tinha conhecimento que sua gravidez e nascimento haviam arruinado o casamento de seus pais, e aquelas palavras apenas comprovavam o fato.

Do monte "Patrizia-pai", retirou a carta que, em teoria, era a resposta de Patrizia. Data de três meses após o envio da primeira correspondência e estava em melhor estado de conservação.

Era a primeira vez que via a letra de Patrizia; uma letra delicada, pequena. A imagem de um passarinho vulnerável se formou em sua mente, ela não sabia por quê.

Caro Jonas,

Confesso que sua carta me causou surpresa. Não esperava. A última vez que nos falamos por carta foi quando contei que estava noiva de André. Depois, não tive mais notícias suas, ainda que desejasse ardentemente que estivesse bem.

Sinto por sua infelicidade, mas oro pela felicidade de sua família e pela saúde da nova criança.

Infelizmente, não tenho boas notícias. Estou viúva. André morreu em 1944 enquanto trabalhava em uma estrada de ferro no Leste. Foi muito duro, mas Deus esteve comigo, é nisso que acredito. As pessoas da colônia luterana têm sido bondosas comigo e isso me ajuda bastante.

Tenho uma filha de seis anos, Mia, que tinha apenas seis meses quando o pai morreu. Ela cresce feliz e não tem lembranças dele.

Como você disse, essa guerra destruiu não somente nosso país, mas muitas vidas.

Sinto muito por Dieter. Lembro-me dele na escola.

Que Deus fique contigo e abençoe sua família.

PATRIZIA

Susana pensou em Mia crescendo sem pai. Ainda assim, era feliz. Se tivesse convivido com o pai, e ele fosse bom com ela, sentiria sua falta; mas, se fosse um homem ruim, talvez tivesse sido melhor assim — que ele tenha morrido e não deixado marcas e cicatrizes.

Fechou os olhos e tentou imaginar o que o pai havia sentido ao receber aquela resposta. Patrizia, a mulher que amava, estava viúva; e ele, com dois filhos e a terceira para nascer, não podia voltar à Alemanha.

Ela já havia lido a carta datada de 1952, de modo que pulou para a próxima, retirada do monte "pai-Patrizia". Havia sido escrita por seu pai em novembro de 1954.

Cara Patrizia,

Novamente, espero que esteja bem e que sua filha esbanje saúde.

Como minha última carta ficou sem sua resposta, achei melhor não escrever mais. Contudo, hoje, um dia particularmente duro, eu não aguentei. Katrina e eu tivemos mais um desentendimento, ela não compreende por que sou tão distante.

Na verdade, nem eu. Amo meus filhos, mas não sinto que eles me pertencem, nem eu a eles. Como posso explicar isso?

Junto com esta carta tomo a liberdade de mandar dois tabletes de chocolate brasileiro para a pequena Mia e alguns pacotes de café para você. O café daqui é diferente e melhor do que o alemão, acho que apreciará.

Por favor, mande notícias. Ainda penso em você e em como tudo aconteceu para que nossos sonhos não se realizassem. Pelo menos você foi feliz com seu marido, e isso me conforta.

JONAS

Susana teve o impulso de amassar a carta, mas lembrou-se de que ela pertencia a Mia e se conteve. Com as mãos trêmulas, guardou a carta no envelope.

Não posso mais fazer isso.

Nada daquilo a estava ajudando, de fato, a conhecer o pai. Aquele homem apaixonado e carinhoso, que mandava presentes para o outro lado do mundo, mas ignorava os próprios filhos, não era o homem que havia conhecido de modo algum.

Com esforço levantou-se do chão. Notou que as costas doíam e amaldiçoou não ter mais trinta anos.

Sentou-se na cama e ficou olhando para os envelopes espalhados pelo chão.

De repente, desejou que Artur estivesse com ela. Queria seu abraço, uma piada fora de hora (que certamente a deixaria irritada), qualquer coisa que a fizesse lembrar que nada daquilo tinha significado e que deveria focar no que construíra a duras penas — uma família feliz, um casamento feliz, uma vida feliz.

Com as mãos sobre o colo, fechou os punhos. Estava numa encruzilhada; se seguisse, haveria respostas, mas elas não viriam sozinhas: seriam acompanhadas pela dor. Se voltasse atrás, fracassaria.

A janela de madeira do quarto bateu, assustando-a. Foi até ela e a fechou, passando o ferrolho. Achou estranho, porque não ventava, apesar do frio.

A *sombra*. Aquela presença incômoda e constante.

Fechou os olhos novamente.

Ela precisava de força para seguir, mas não conseguiria fazer aquilo sozinha. Era demais.

Então, algo lhe ocorreu. Uma possibilidade.

Saiu do quarto e desceu as escadas até a recepção. As costas ainda doíam.

A recepcionista não era a mulher morena da noite anterior — era uma jovem loira de cabelos bem curtos e corpo esguio.

Pediu então que a auxiliasse em uma ligação local, para Marburg. Tinha em mãos o número de Mia.

CAPÍTULO 31

Os três primeiros meses de 1935 transcorreram sem sobressaltos na fazenda de Karl Schunk. Com o inverno cedendo, a primavera dava os primeiros sinais e a lida com os animais e com a plantação de trigo começava a voltar com força.

Nesse período, Jonas e Patrizia se corresponderam de modo mais intenso. Ela havia começado sua formação no curso de alfabetização e escrevia bastante sobre essa nova realidade. Já ele não tinha muito que contar sobre sua rotina em Wandsbek, de modo que normalmente focava em sonhos e promessas para o futuro.

No entanto, em abril, um duro golpe acertou Jonas. A carta que seu pai lhe enviara não trazia boas notícias, e, de imediato, ele desejou retornar o mais rápido possível para Neumarkt.

Jonas,

Infelizmente escrevo porque não tenho boas notícias.

Fui demitido do banco há cinco dias e ainda não sei como as coisas ficarão em casa. Com uma criança para vir ao mundo, Michael e Franz, minhas preocupações só aumentam.

Não me disseram o motivo, mas eu sei do que se trata: eu não sou membro do Partido Nazista e eles querem um diretor alinhado com a nova política do banco. Correntistas judeus e estrangeiros não são mais admitidos, e, agora, com respaldo de nosso novo sistema judiciário.

Estou em uma fase de reorganizar nossas economias e, por isso, não lhe mandarei dinheiro este mês, tampouco sei quando poderei lhe enviar alguma quantia num futuro próximo.

Conversei com seu tio sobre o ocorrido e ele prometeu cuidar das coisas. De todo modo, optei por escrever diretamente a você, pedindo que Karl não lhe contasse nada antes que recebesse esta carta.

Não se preocupe, porque tenho fé que ficaremos bem. Cuide de você e não dê trabalho ao seu tio. Ele tem nos ajudado muito.

Pai

Jonas amassou a carta e a lançou ao lixo.

Malditos nazistas. Com a situação piorando como voltaria a Neumarkt? Como poderia estar ao lado de Patrizia?

Naquela noite, ele e Johan beberam muito além da conta. Jonas acordou na varanda, estendido no chão, o que fez com o que o tio o repreendesse de modo bastante duro.

Sentindo seu interior em erupção, entregou-se àquilo que podia lhe fazer bem — pelo menos temporariamente. Chegou a roubar bebida do estoque do tio para consumir em seu quarto, quando estava sozinho. Também aumentara bastante o consumo de cigarro, e, com o tempo, passara a fumar e beber mais do que Johan.

As confusões também aumentaram. Todas as vezes que iam ao *Marseille Kaffee*, Jonas se metia em brigas. Agora, não era apenas provocado, mas provocava.

Certa vez, após derrubar um valentão da Prússia, que bradava o orgulho alemão e sua fidelidade a Hitler, foi atingido por uma paulada que o deixou inconsciente. A briga, que fugira do controle, terminou na chefatura de polícia de Wandsbek, mas os caipiras de lá pareciam estar habituados com esse tipo de ocorrência e ele foi liberado.

Contudo, isso não impediu que fosse outra vez duramente advertido pelo tio, que o proibiu de voltar ao *Marseille Kaffee* até segunda ordem.

— Não tenho a intenção de contar a Otto para não preocupá-lo. Ele já está com problemas demais devido ao maldito banco. E aqui resolvemos as coisas do nosso jeito, rapaz — disse o tio, observando o ferimento na cabeça do sobrinho, enquanto Dora fazia o curativo. — Se quer resolver as coisas como homem, pelo menos trate de não parar no hospital ou na delegacia. É o que sempre disse a Johan e digo a você. Se fizer merda, não deixe que eu saiba.

Logo após o aniversário de vinte anos de Johan, em maio, Jonas recebeu outra carta do pai. De todos, aquele certamente fora o pior golpe que havia recebido — sua vida mudaria por completo e ele não tinha as rédeas para reverter o processo.

Jonas,

Não gostaria de preocupá-lo, mas é inevitável. Sinto-me na obrigação de informá-lo, já que tudo será diferente daqui para frente.

Estive detido por nove dias na chefatura. Não se preocupe, estou bem. A princípio não compreendi por que estava sendo detido, mas logo soube a razão: ideologia política.

Pensar livremente não é mais permitido na Alemanha. Inventaram um monte de impropérios para me manter preso, uma auditoria nas contas do banco, entre outras coisas, mas, ao final, fui liberado. Estou bem, não se preocupe, mas ficou bem claro que nossa família não é mais bem-vinda em Neumarkt.

A situação financeira já estava complicada, mas agora ficará pior. Tenho a obrigação moral de arcar com as despesas do estudo de Dieter em Munique, bem como com as de Michael, de Franz e do pequeno Otto. Mas você pode imaginar o impacto que o fato causou em todos. Ana chegou a passar muito mal e, se não fosse por um vizinho, as coisas seriam piores.

Não sei qual será o futuro de nossa família, mas penso em seu bem-estar, ainda que possa não acreditar. Esse país é um lugar perigoso para pessoas de nossa família agora.

Escrevi a um colega que ocupa um alto cargo em uma cervejaria em uma cidade chamada Porto Alegre, no Brasil. Sim, eu sei que é outro país e outra realidade, mas implorei para que ele pudesse ajudar você a se empregar lá. Por isso, quero que se prepare para partir.

Nós, aqui, também não sabemos o que fazer no futuro. Sair da Alemanha é uma possibilidade, mas com as crianças é mais difícil. Não quero ver meu filho preso ou, pior, morto por pensar livremente — e sei, do fundo do meu coração, que isso acontecerá contigo.

Só estou me antecipando ao pior. Em breve, escreverei falando sobre a viagem. Pedirei ajuda financeira ao seu tio para os custos do embarque no navio e, quem sabe, algum dinheiro para você não passar necessidade em um novo país.

É por amor que faço isso.

Pai

Jonas chorava. Como assim? Outro país? Brasil?

Já havia escutado sobre a nação da América do Sul, mas, normalmente, os professores se referiam com respeito à Argentina, não ao Brasil. Que fim de mundo era aquele?

Sentindo-se mal, Jonas saiu do quarto e foi para a varanda.

Vou fugir. Sumir, pensou. Mas logo refletiu sobre o quanto aquela ideia era absurda. Não lhe faltava coragem, mas, se o pai estivesse realmente correto (e ele pressentia que estava), não havia qualquer lugar seguro o bastante para ele e para sua família na Alemanha enquanto Hitler estivesse no poder.

— Meu pai está chamando a gente no celeiro — disse Johan, aproximando-se.

— Já vou.

— Que cara é essa?

Jonas suspirou e contou o que a carta do pai falava.

— Brasil? — Johan franziu o cenho. — Por que tão longe?

— Uma oportunidade de trabalho sei lá onde — respondeu Jonas. — Já ouvi dizer que por lá há muitos alemães que emigraram no final do século, mas não sei...

Ele agarrou-se a uma das vigas que sustentava a cobertura da varanda. Seu pensamento não estava no Brasil ou na Alemanha.

Preciso encontrar Patrizia e falar com ela, definiu, movendo-se e caminhando com o primo até o celeiro onde o tio os aguardava.

CAPÍTULO 32

— Gostei da organização — disse Mia, de braços cruzados, observando os três montinhos de cartas empilhados no chão do quarto de Susana.

— Obrigada por ter aceitado vir me ajudar — disse Susana, sentada na cama. — Separei as cartas que meu pai enviou à sua mãe, as que recebeu dela e aquelas que enviou para mim até sua morte, mas eu simplesmente não estou conseguindo fazer isso sozinha.

— Tudo bem, se eu realmente puder ajudar, será um prazer — Mia puxou a cadeira e sentou-se. — Então, por onde você quer começar?

Susana olhou para o monte "pai-Patrizia" e para o monte "Patrizia-pai" e suspirou.

— Coloquei tudo em ordem cronológica e li as duas primeiras. Meu pai entrou em contato com a sua mãe pela primeira vez em 1950; foi quando soube que ela estava viúva. Há outra troca de correspondências em 1954, na qual meu pai afirma estar infeliz com a vida no Brasil e com nossa família.

Calada, Susana refletiu sobre o que acabara de dizer. Era aquilo mesmo? Quer dizer, seu pai falava de modo positivo da família, mas afirmava que não se sentia feliz, completo. Sendo assim, a causa da infelicidade poderia estar nele mesmo, e não na mãe, nela e em seus irmãos.

Como era difícil quebrar um padrão de pensamento que se construíra e se solidificara ao longo de décadas. Ao pensar no pai, sempre era acometida por mágoa; às vezes, raiva. Mesmo retirando pouco a pouco o véu de seu passado era inegável que esses sentimentos ainda continuavam fortes; eram os sentimentos dos quais a *sombra* se nutria.

— Parei por aí — disse Susana. — Não consegui continuar.

— Mas está disposta a prosseguir, certo? Por isso me chamou — disse Mia, com um sorriso incentivador.

— É... — Susana balançou levemente a cabeça, afirmativamente. — Acho que sim.

— Se é assim, vamos lá!

Mia levantou-se e sentou-se ao lado de Susana na cama.

— Para mim será algo novo também, já que nunca olhei as cartas de minha mãe — falou. — Quem sabe, nessa viagem, cabe mais uma passageira?

— Não sei como te agradecer — disse Susana, com os olhos marejados. — Obrigada. De verdade. Mal nos conhecemos, e...

Mia apenas segurou sua mão e sorriu.

— Sou apenas acompanhante. Você é quem está ao volante — disse, virando os olhos para as cartas no chão. — Então, por onde continuaremos?

༄

A terceira carta enviada pelo pai da Alemanha chegou entre a data de seu aniversário de doze anos, em 5 de dezembro de 1963, e o Natal.

Ao contrário das duas primeiras, que tinham o endereço de Frankfurt, aquela tinha como remetente a cidade de Marburg, da qual ela nunca ouvira falar.

Susana,
Novamente, acho que esta carta chegará depois do seu aniversário, mas certamente antes do Natal. Tentei escrever mais cedo este ano,

de modo que você recebesse a carta e os marcos no tempo correto, mas não consegui.

Este foi um ano bom. Estou trabalhando em uma empresa de construção civil em uma cidade chamada Marburg, em Länder Hesse,[22] no centro do país. Mudei-me para cá em fevereiro. Há muitas obras, o país ainda está se reconstruindo, de modo que tenho bastante trabalho.

Sendo assim, consegui mandar uma quantia maior neste ano e quero que você a divida com sua mãe e com Carlos.

Espero que esteja bem e com saúde. Feliz aniversário.

Seu Jonas

Ela olhou para as notas estrangeiras enroladas em um bolinho e, caminhando até a mãe, entregou-lhe tudo. Katrina, com os olhos fixos na máquina de costura, não fez perguntas.

— O pai mandou mais dinheiro este ano — disse a menina, por fim. — Disse para dividir com Carlos.

— Na penúria em que estamos vivendo, ele fez bem em mandar mais dinheiro mesmo — bufou a mãe, ainda com os olhos fixos na máquina.

— A senhora precisa de ajuda?

A mãe parou de operar a máquina de costura, suspendeu a camisa listrada e puída que costurava e partiu a linha com os dentes.

— Estou com pouco trabalho hoje, infelizmente. Vá brincar na rua. Não te quero perambulando pela casa que nem tonta sem fazer nada. Só me atrapalha.

A menina deu de ombros e saiu.

As férias escolares já haviam iniciado e, tirando a ajuda com as costuras, não restava muito que fazer. Até mesmo as zabumbas e as

---

22. Estado alemão de Hesse.

borboletas, que costumavam alegrá-la tanto no verão, haviam perdido o encanto. Talvez esse fosse o preço de crescer — achar a vida sem graça e triste.

Bateu na casa de Mariazinha, que, naquele momento, ocupava-se com a faxina.

— O que faz aqui? Não tem que ajudar tua mãe? — perguntou a vizinha, segurando a vassoura.

— Ela está com poucas costuras e mandou que eu saísse — respondeu. — Posso te ajudar na limpeza?

Mariazinha apontou para um balde cheio d'água e disse:

— Jogue na cozinha. O rodo está encostado na parede. É só puxar a água para fora.

Ainda que morassem em terrenos vizinhos, a casa de Mariazinha era bem menor do que a sua, porém, a área defronte a casa e o quintal eram maiores. A menina obedeceu e, após jogar o balde, puxou a água para fora, passando pela pequena sala. Observou a água e o sabão saírem porta afora, formando poças na terra batida.

Em seguida ambas passaram panos limpos e secos no piso de cimento.

— Quer comer alguma coisa? — perguntou Mariazinha, enquanto arrastava o sofá e colocava as cadeiras da sala nos lugares.

A menina fez que não.

— Chegou outra carta do meu pai — ela disse. — Ele mandou mais dinheiro desta vez.

— Que bom! Tua mãe está precisando — falou Mariazinha, soltando-se sobre o sofá.

— Também disse que está morando em uma cidade chamada Marburg.

— Não conheço nada da Alemanha — Mariazinha deu de ombros. — Mas, se ele está bem, devemos ficar felizes, não é?

Ela não sabia o que responder. Deveria ficar feliz pelo pai? Por quê? Ele a abandonara sem dizer nada. Simplesmente, um belo dia, enviara uma carta comunicando que estava na Alemanha.

— Deixe desse olhar triste, guria! Tem tua mãe, teu irmão...

— E tu — completou a menina, esboçando um sorriso.

— E eu — Mariazinha retribuiu o sorriso.

Estava prestes a dizer alguma coisa quando a mãe chamou pela menina no portão. Sem muitas explicações, mandou que ela fosse entregar algumas costuras.

Calada, a menina obedeceu.

— Volte depois — disse Mariazinha, acenando para Katrina da soleira da porta.

No caminho, com as roupas dobradas nos braços, a menina pensava na mãe. Era inegável que o relacionamento entre as duas havia melhorado um pouco. Vez ou outra, a mãe até se mostrava gentil. Nunca tocava no nome do pai e ela tinha a sensação de que a presença dele fora varrida por completo da casa. Se não fossem as cartas, chegaria a achar que tinha morrido.

Ainda assim, era aquilo: o relacionamento entre mãe e filha se arrastava com base na cordialidade silenciosa, não no afeto. Quando notava a mãe de mau humor, evitava dirigir-se a ela; e, nas vezes em que Katrina desejava descontar sua raiva em alguém, escolhia a filha, para quem dirigia palavras ríspidas.

Quando eu for adulta, vou embora, pensou a menina, parando diante de uma casa da madeira para fazer a primeira entrega.

A sensação de que a mãe não sentiria sua falta doía. Entretanto, o que podia fazer? Retribuiria apenas o que havia recebido: indiferença.

CAPÍTULO 33

Johan apagou o cigarro e encarou o primo com preocupação.
— Ir embora para Neumarkt às escondidas? Fugir? É isso que está me pedindo?

A noite quente e estrelada de verão tecia seu manto sobre a fazenda de Karl Finkler. Após o jantar, os primos conversavam na varanda, tendo como companhia cigarros e cerveja.

— Eu preciso ir — disse Jonas. — Tudo o que quero é que arrume alguém para me levar até a estação de Hamburgo.

Ele havia pensado em tudo em longo dos dois últimos meses; seu aniversário, em agosto, já havia passado e agora ele tinha dezoito anos completos. Era um homem. Escrevera a Patrizia contando que o pai planejava mandá-lo para o exterior (para o Brasil) e sobre seu intento, mas ela não lhe respondera. Isso só fez com que precipitasse seus planos.

Separara um tanto do dinheiro que seu pai lhe enviara e o primo lhe arrumaria o restante. Sairia à noite, quando o tio fosse dormir, e no dia seguinte estaria na Baviera.

— Vai arrumar confusão com meu pai e com o seu, Jonas — disse Johan, bebendo o copo de cerveja.

— Eu não irei para o Brasil — respondeu ele, taxativo. — Tem alguém em Neumarkt com quem *preciso* falar e, depois, vou sumir. Meu pai ficará bravo, mas, com o tempo, entenderá. Só preciso que você me arrume alguém que me leve para a estação. De lá, eu dou um jeito.

— Acho que tenho alguém — Johan acendeu outro cigarro. — Mas vou pensar.

Jonas assentiu.

Dois dias depois o primo lhe disse que tinha arrumado uma pessoa.

— Um amigo — falou, enquanto enfiava o forcado em um monte de feno e jogava-o no comedouro dos cavalos. — Mas eu aviso você: eu não sei nada sobre isso. Não quero confusão para o meu lado, Jonas.

— Não tem problema — Jonas fincou o forcado no chão e encarou o primo. — Não quero prejudicar ninguém.

Johan deu de ombros.

— Você quem sabe. Acho que já está crescido para tomar suas decisões. Quando pretende ir?

— O quanto antes — Jonas entornou o cantil e bebeu um gole grande. Em seguida, entregou-o ao primo.

— Me dê alguns dias — depois de beber a água, Johan passou o lenço sobre a testa. — Não vai me contar mesmo o que tem de tão importante para fazer em Neumarkt a ponto de desobedecer a seu pai e se colocar em risco?

Jonas se calou. Com força, jogou mais um punhado de feno no comedouro.

Na semana seguinte, após Karl Schunk ter ido dormir, Jonas e Johan deixaram a casa e caminharam até a entrada da propriedade fazendo uso de um lampião.

A luz parca recaiu sobre um Opel Blitz preto estacionado a alguns metros. Caminharam em silêncio até o caminhão; foi quando Jonas viu um rapaz descer do veículo. Usava camisa branca de mangas curtas e suspensório.

— Jonas, este é Robert. Ele é um amigo, nos conhecemos desde crianças. Às vezes pagamos a ele para nos ajudar nas entregas em Hamburgo e nas cidades vizinhas.

Johan estendeu a mão para o amigo, que retribuiu o gesto.

— Então, este é o rapaz que quer fugir de Wandsbek?

Jonas não disse nada. Apenas balançou a cabeça. Robert lançou o cigarro para longe e disse:

— Não culpo você. Este lugar é uma merda. Só é bom para vacas e porcos. A propriedade de minha família fica a alguns quilômetros pela estrada. Nasci e cresci aqui, mas meu sonho é dar o fora também.

— Eu só preciso que me leve à estação — disse Jonas, segurando a mala.

— Seu primo me falou. Sabe, ele está sendo bem legal de ajudar você — Robert abriu a porta do Opel Blitz e saltou para dentro. — Entre! Também não quero encrenca para o meu lado.

Jonas apertou a mão de Johan e despediu-se do primo.

— Boa sorte. E, se lembre...

— Eu sei. Você não tem nada a ver com tudo isso — disse Jonas, entrando no caminhão.

O veículo seguiu lentamente pela estrada de cascalho até deixar as propriedades rurais para trás. Robert não disse uma única palavra durante o trajeto, o que estava perfeito para Jonas. Não queria falar; precisava pensar.

Saltou na estação de Hamburgo e se despediu de Robert com um aperto de mão.

Conferiu os horários dos trens. Teria algumas horas para esperar até seu trem para Neumarkt e, após comprar o bilhete para a terceira classe, sentou-se em um banco de madeira. Poucas pessoas caminhavam sobre a plataforma.

Usando a mala como travesseiro, Jonas espichou-se no banco e cochilou. Não queria pensar na reação do tio quando descobrisse que havia fugido, tampouco no que o pai diria quando soubesse.

— Ei, rapaz!

Jonas acordou com um funcionário de quepe e uniforme da *Deutsche Reichsbahn*[23] chacoalhando seu ombro. O broche redondo na altura do peito exibia o logotipo da águia negra sobre o fundo dourado. Tinha o bigode farto e olhos pequenos.

— Se você vai embarcar no trem para a Baviera, ele já está ali — o homem apontou para o conjunto de locomotiva e vagões que se estendia pelos trilhos, ao lado da plataforma. — Corra!

Jonas agradeceu e, suspendendo a mala, correu em direção aos vagões da terceira classe.

Pegou no sono novamente assim que o trem, serpenteando pelos trilhos, afastou-se de Hamburgo. Dormiu quase a viagem toda; nos momentos em que despertava, fumava alguns cigarros e, em seguida, voltava para o sono.

Era dia e o trem já estava em território bávaro quando o maço acabou. Jonas pensou em comprar mais do funcionário que passava com o carrinho pelos corredores, mas desistiu. Precisava economizar o máximo que pudesse para que seu plano desse certo.

Passava do meio da tarde quando o trem parou na estação de Neumarkt. Pela primeira vez desde que deixara Wandsbek, sentiu medo.

Saltou do trem, colocando a boina sobre a cabeça, e caminhou até o guarda-volumes da estação para deixar sua mala. Neumarkt era uma cidade pequena e sua família era conhecida, não queria correr o risco de chamar mais atenção arrastando uma mala pelas ruas.

---

23. Ferrovia Nacional Alemã.

Deixou a estação caminhando com o cuidado de manter a cabeça baixa, sempre olhando para o chão. Tinha pressa de chegar ao seu destino, mas, por precaução, fez um caminho diferente do que faria habitualmente, evitando rostos conhecidos.

Pensava no tio que, àquelas horas, já estaria sabendo de sua fuga. Certamente, também já tinha escrito ao pai e pedido a Johan que postasse a carta o mais rápido possível. O que o tio e o pai não compreendiam é que ele havia se tornado um homem e, como tal, era capaz de escolher seu destino.

Notou que havia muitos policiais nas ruas, mais do que o usual. Ao passar pelo prédio branco de design singular da Prefeitura — com seu aspecto triangular e de cujo telhado projetavam-se dez pequenas torres, cinco de cada lado —, viu alguns policiais aglomerados junto à fonte, defronte ao local. Alguns olharam para ele de modo suspeito e curioso.

De fato, o pai tinha razão. As coisas haviam mudado; não notara tal mudança no Natal, quando visitara a família. Contudo, naquele momento, era visível que a Alemanha estava sob uma sombra opressora e sufocante.

Finalmente, entrou na rua que procurava e caminhou pelo quarteirão em direção à casa dos Finkler. Não sabia se encontraria Patrizia — se ela estava em casa ou nos estudos da licenciatura em pedagogia.

Parou diante da porta da casa em que estivera várias vezes. Procurou ouvir algum barulho que indicasse que havia alguém lá dentro, mas foi inútil.

Aproximando-se da floreira que ornamentava as janelas, espichou o olhar entre as cortinas, mas nada conseguiu ver. Então, a solução era arriscar.

Tocou a campainha e aguardou. Mantinha uma postura reativa, com as mãos enfiadas nos bolsos da calça.

Frau Finkler atendeu a porta, passando a mão pelo avental branco. Ela cheirava a *Strudel*.

— Pois não? — perguntou, encarando Jonas.

— Sou eu, *Frau* Finkler — disse Jonas, retirando a boina.

— Jonas?! — ela arregalou os olhos. — Novamente, não reconheci você, rapaz! Está de volta a Neumarkt?

— Sim — ele respondeu, consciente da mentira. — Eu queria falar com Patrizia.

— Ela foi até o mercado comprar um pouco mais de manteiga. Estamos fazendo *Strudel* — explicou *Frau* Finkler. — Está com a irmã. Você quer aguardar?

Jonas negou, balançando a cabeça.

— Eu volto outra hora — disse, despedindo-se.

— Mande lembranças a Otto e a Ana — gritou *Frau* Finkler, acenando para ele, que assentiu.

O mercado de secos e molhados mais próximo à casa de Patrizia pertencia aos Saltzer, e Jonas deduziu que, se fosse rápido, encontraria com ela ali.

Avistou Patrizia e a irmã, Evelyne, paradas em frente a uma das portas do mercado Saltzer, que ocupava quase metade do quarteirão. Havia outras duas moças com elas.

Patrizia estava linda. Assim como ele, parecia ter amadurecido; tornara-se uma mulher de feições delicadas, suaves. Usava um vestido de verão azul-claro e havia cortado o cabelo.

Ainda cuidando para não ser visto, aproximou-se com cautela.

Quando distava poucos metros das meninas, Patrizia finalmente o notou. Arregalou os olhos, surpresa. Incomodada, trocou algumas palavras com as duas amigas e afastou-se do grupo em direção a Jonas.

— Jonas! O que faz aqui? Pensei que...

— Saí de Wandsbek. Na verdade, fugi. Ninguém sabe que estou aqui em Neumarkt. Vim falar com você. Podemos conversar?

— Eu preciso levar a manteiga para minha mãe. Eu...

Patrizia parecia genuinamente confusa.

— Patrizia, eu não irei para o Brasil. Eu escrevi para você falando sobre a ideia do meu pai de me mandar para lá, mas eu não irei. Vim até aqui para buscar você e sairmos de Neumarkt, como disse que faria.

A garota ainda estava boquiaberta.

— Jonas, você está doido... eu não posso!

— Por que não? — ele insistiu, agoniado. — Se eu for para o Brasil, não vamos nos ver mais. Não quero isso! A não ser que você venha comigo.

Patrizia afastou-se alguns passos.

— Eu recebi sua carta — ela disse. — Chorei quando li, mas não posso ajudar, Jonas. Não posso simplesmente fugir de Neumarkt ou ir com você para a América do Sul. É loucura! Se conversar com seu pai e explicar, certamente ele vai mudar de ideia. Soube o que houve com *Herr* Otto, sobre a prisão... todos soubemos. Foi um absurdo. Ele deve estar assustado, com medo.

Jonas suspirou. Um enorme vazio crescia em seu peito conforme se via em um beco sem saída.

— Ele não vai mudar de ideia. Tem medo de que eu me meta em encrenca, seja preso ou morto. Já mandou uma carta para um colega de uma cidade no Brasil e, a esta altura...

Patrizia tocou em seu braço, tentando acalmá-lo.

— Por favor — Jonas implorou —, vamos embora daqui. Eu espero você se preparar, arranjo um canto. Quando estiver pronta, nós vamos. Meu primo me conseguiu algum dinheiro, podemos partir em dois ou três dias.

— Jonas, não posso!

Ela havia respondido sem pensar. O que isso significava? Que estava decidida? Que ele havia perdido tudo?

— Achei que gostava de mim — disse.

— Eu gosto de você.

— Achei que me amava — insistiu ele, mordendo os lábios. — Se me ama, ficaremos juntos. Eu juro que...

Evelyne aproximou-se de Patrizia. Encarava Jonas com um misto de curiosidade e medo.

— Jonas? É você? Não reconheci...

Antes que a irmã caçula de Patrizia terminasse de falar, Jonas virou as costas e começou a andar. Estava zonzo, sem chão. Fizera tudo aquilo para nada.

Escutou Patrizia chamá-lo uma, duas vezes, mas não respondeu. Sentia-se frustrado e furioso. Jogara tudo para o alto, enganara o tio e o pai, por nada.

Apertou o passo, deixando a voz de Patrizia para trás. O que faria agora? Para onde iria?

Seus passos o levaram até as imediações da estação. Sentia-se só e traído. Entrou na primeira porta de bar que encontrou, um lugar pequeno que fedia a suor. Ponto de bebedeira de viajantes que param em Neumarkt a trabalho ou, como no seu caso, por simplesmente não terem para onde ir.

Havia cinco pessoas tomando cerveja — todos homens mais velhos. Imediatamente, seus olhos notaram o retrato preso à parede atrás do balcão, onde também ficava a prateleira com garrafas de bebidas. Adolf Hitler, cujo rosto estava envolto em uma moldura, olhava em sua direção, como se caçoasse de seu destino.

Pediu uma cerveja, mas o dono do bar, um septuagenário que tossia muito, como se fosse expelir seus pulmões, pediu seus documentos.

Jonas obedeceu, confirmando que tinha idade para estar ali.

— Jovens como você deveriam estar trabalhando a esta hora, não metidos em um bar — resmungou o velho, dirigindo-se ao balcão.

Jonas bebeu a cerveja vagarosamente enquanto refletia.

Os cinco homens conversavam em voz alta, já visivelmente alterados pelo álcool. Como não podia deixar de ser, o assunto era política. Bradavam elogios ao *Führer* e à sua nova política nacionalista que visava, sobretudo, erradicar a suposta influência judia do país.

— Meu pai trabalhou para um judeu; eu trabalhei para um judeu — dizia o homem mais alto e mais forte dos cinco. Pelo porte, certamente era alguém acostumado ao serviço braçal pesado. — E o que ganhei? Nada! Eles estão ricos, e eu tenho que implorar empréstimos aos meus irmãos. Sabem o que é isso? Humilhação. Meu irmão já me disse que não me empresta mais um marco; que eu não tenho como pagar, porque sou um morto de fome!

Os outros meneavam a cabeça a cada palavra.

— Serei o primeiro na fila para chutar o traseiro desses judeus quando Hitler os colocar para fora do país — ele disse, entornando a cerveja.

Jonas pagou pela cerveja e pediu dois maços de cigarro. Em seguida, dirigiu-se até o guarda-volumes da estação. Novamente com a mala, caminhou até o sobrado de sua família. Não havia outro lugar para ir.

Abriu o portão e, depois de subir as escadas, bateu na porta. Era como se fosse um estranho em sua própria casa.

Fora Michael quem atendera. Assim que o viu, abraçou o irmão e gritou:

— Jonas está aqui!

Ana foi a primeira a vir ao seu encontro, trazendo o pequeno Otto nos braços.

— Jonas? O que faz aqui? O que aconteceu?

— Saí de Wandsbek. Vim falar com meu pai.

— Ele está no escritório, mas não creio que seja uma boa ideia — Ana disse, confusa. — Seu pai anda nervoso. Depois do que aconteceu, ele ficou bastante doente. O médico disse que ele estava com os pulmões cheios, que podia ser uma pneumonia que pegou na cadeia. Essa história do banco...

Jonas deixou a mala junto à porta e caminhou em direção ao escritório do pai. Bateu na porta, e, assim que ouviu um "entre", abriu.

O homem atrás da pesada mesa de madeira olhou para o filho com perplexidade. Jonas notou que o pai estava mais magro e visivelmente abatido. Havia envelhecido.

— O que faz aqui? — perguntou Otto, deixando de lado os papéis sobre a mesa.

— Vim embora — disse Jonas. — Eu...

Cambaleando, Jonas puxou a cadeira e sentou-se na frente do pai.

— Eu não posso ir para o Brasil, pai. Não posso.

Jonas pensou que o pai explodiria, gritaria, batendo sobre o tampo da mesa. Ainda assim, Otto não reagiu; apenas suspirou e perguntou:

— Seu tio sabe que está aqui?

O rapaz fez que não.

O pai recostou-se na cadeira e disse:

— Mês que vem alugaremos este sobrado e nos mudaremos para Munique para uma casa bem menor. Imagine como Ana e seus irmãos ficarão, morando num cubículo que é um oitavo deste sobrado? Dieter mora no alojamento da universidade, mas nós teremos que dar um jeito e nos virarmos. Já avisei que minha ajuda para custear seus estudos será mínima a partir de agora, e que ele terá que arrumar um emprego. Dificilmente conseguirei me recolocar em algum banco, já que meu nome já está na lista de inimigos do governo. Mais do que isso, posso ser detido a qualquer momento, Jonas. E você também — o pai tirou os óculos e os deixou sobre os papéis.

Jonas o encarou, com olhar interrogativo.

— É maior de idade agora. Assim como eu, está fichado. Quanto tempo acha que vai durar até ser preso?

— Mas, e o senhor?

— Tenho que proteger minha família. Franz e Otto precisam de mim; Ana também. Mas você...

Otto deu um longo suspiro.

— Você conversou com a garota Finkler? Foi para isso que veio, não?

A pergunta pegou Jonas de surpresa.

— Eu conversei. Ela... Eu propus que saíssemos de Neumarkt — Jonas disse, engolindo em seco. — Mas ela não aceitou.

Otto assentiu. Inclinou-se e apoiou os cotovelos na mesa.

— Não a culpe, Jonas. Será difícil, mas ela ainda pode ter um futuro neste país. Nossa família, não. Estou velho e tenho uma esposa e filhos pequenos; mas você pode recomeçar. Pensei em mandá-lo para os Estados Unidos, mas não consegui nenhum contato por lá.

O pai abriu a gaveta e estendeu uma folha a Jonas.

— Meu colega que está no Brasil respondeu-me há algumas semanas. Disse que ficará feliz em ajudar você. Muitos alemães, aqueles que podem e têm juízo, estão deixando o país. Desde o final do século e depois da guerra, várias famílias têm recomeçado a vida no Brasil, nas terras do sul, e se dado bem. É a melhor opção no momento. A única que temos para você em curto prazo.

— Eu não posso... — murmurou Jonas.

Otto pegou a folha, dobrou-a em dois, e voltou a guardar na gaveta. Em seguida, fechou e girou a chave.

— E qual alternativa você tem agora?

Jonas refletiu. Não tinha nenhuma.

— Eu sinto muito, Jonas — o pai voltou a recostar-se na cadeira, que gemeu. — Conversarei com seu tio para tentar explicar-lhe por que fugiu. Não sei se ele entenderá, Karl é bem difícil às vezes e, se bem o conheço, está espumando pela boca, chamando-o de ingrato, *no mínimo*.

Jonas balançou a cabeça afirmativamente e caminhou para fora do escritório.

Brasil. Aquela palavra que remetia a um país distante e atrasado o deixava sufocado, tomado pela angústia. Já havia tentado de tudo, no entanto; nem mesmo Patrizia havia ficado ao seu lado. No beco sem saída em que se encontrava, só lhe restava a resignação.

CAPÍTULO 34

A frequência das correspondências havia aumentado em 1955. No total, havia cinco cartas — três enviadas pelo pai e duas por Patrizia.

Susana olhou para Mia, com a primeira carta em mãos.

— Vá em frente — disse Mia, de modo delicado.

Susana abriu o envelope e passou os olhos pelas frases escritas em alemão. Com um pouco de dificuldade, conseguiu traduzir o texto que o pai enviara a Patrizia em março de 1955. Primeiro, leu a carta apenas para si; em seguida, leu em voz alta:

Cara Patrizia,

Sigo desejando do fundo do coração que vocês estejam bem.

O vazio que sinto continua a crescer e, cada vez mais, sinto que não pertenço a este lugar — talvez, a lugar algum.

É um sentimento que me acompanha desde que deixei a Alemanha rumo ao Brasil, e, excetuando alguns períodos bons, ele nunca me abandonou por completo.

Sinto que devo me afastar de Katrina e dos meus filhos. Não consigo, simplesmente não consigo ser para as crianças o exemplo de pai que tive. E, sem dúvida, me envergonho por isso. Culpo-me todos os dias.

Tenho passado cada vez mais noites dormindo no escritório e isso vem se tornando um hábito. Quando a culpa se torna insuportável, retorno à minha família, mas novamente não me sinto bem, feliz. Encaro meus filhos com o desejo profundo de não estar ali. Isso me torna alguém ruim? Não sei dizer.

Tudo o que houve entre nós me parece, ao mesmo tempo, algo que dormiu em um passado distante e, ao mesmo tempo, algo tão forte e presente. Será que é por isso que não tenho paz? Porque, de algum modo, parte de mim, o melhor de mim, ficou aí na Alemanha, contigo? Não sei o que pensar.

De todo modo, os dias seguem iguais. Tento ser um bom homem e um bom pai, mas falho em ambas as tentativas. Assim, só posso chegar a uma conclusão: eu nunca deixei de amar você.

JONAS

— O que você acha do que ele escreveu? — perguntou Mia, encarando Susana.

— Não sei dizer. Que meu pai era alguém atormentado, talvez — respondeu, devolvendo a carta ao monte "pai-Patrizia". Depois, abriu a carta datada de abril do mesmo ano, escrita pela mãe de Mia. — Esta deve ser a resposta de sua mãe.

Mia assentiu.

Susana repetiu o procedimento. Primeiro, leu o conteúdo em silêncio, depois em voz alta:

Jonas,

Sinto muito pela dor que sente. Ler sua carta me trouxe um misto estranho de sentimentos. Ri e chorei. Chega a ser estranho lembrar-me do jovem impetuoso que você era, e, ao mesmo tempo, imaginar tantos sentimentos doces em seu peito. De algum modo, sinto-me privilegiada.

Não quero, de maneira nenhuma, parecer desrespeitosa com sua família ou sua esposa. A vida nos levou para caminhos muito diferentes.

Vou confessar algo a você que nunca disse a qualquer pessoa. Na última vez em que conversamos, em Neumarkt (você se lembra, quando fugiu da fazenda do seu tio?), tive que me segurar para não correr em sua direção e dizer que adoraria ir embora contigo. Honestamente, era o que meu coração desejava, mas a razão me dizia que era absurdo, loucura. No final, a razão venceu e me acostumei com a ideia de que tínhamos que nos separar. Por anos, pensei que tudo havia sido uma paixão de menina, de adolescente, mas hoje analiso que tudo poderia ter sido diferente. A vida foi dura com nós dois.

Não pense que não fui feliz com André. Fui, e muito. Gostaria que você fosse feliz com sua família também, mas o destino me tirou André e também tirou sua paz, pelo que posso ver. Ambos somos almas perdidas, não é? Hitler e a guerra nos tiraram muita coisa. Não consegui realizar meu sonho de ensinar as crianças como professora (ainda que me dedique a isso aqui na colônia) e perdi meu marido. Certamente, as coisas não saíram como nós dois planejamos.

Tente aceitar o destino, Jonas. Você construiu algo de muito valor no Brasil e deve cuidar disso com carinho. Quando olho para Mia, minha filha, recordo-me de como a vida foi boa comigo, apesar de tudo. Você deveria fazer o mesmo.

Penso em você sempre com carinho e desejo-lhe o melhor.

PATRIZIA

Susana terminou a carta com a viva lembrança do pai retornando para a casa à noite. Sempre abatido, cansado, às vezes, já alcoolizado. Quando menina, sempre enxergou a imagem do homem que retornava à noite para sua família como a de alguém cansado, consumido pelo trabalho. Contudo, pela primeira vez, refletia sobre algo diferente; talvez não fosse cansaço ou problemas financeiros, mas, sim, infelicidade.

— Você está bem? — perguntou Mia.

Susana balançou a cabeça. Não sabia o que responder. Decidiu ser honesta.

— Não sei. Uma mistura de sentimentos, acho. Muita coisa nova. É como se eu estivesse descobrindo outro homem em meu pai. Mesmo depois desses anos todos, ainda é difícil imaginá-lo de modo diferente do que ele se mostrava a mim e aos meus irmãos.

— Eu imagino como se sente, mas foi para isso que veio a Marburg, não foi?

Susana encarou Mia.

— Digo, para saber toda a verdade. E ela está aí, diante de nós — Mia prosseguiu, indicando as cartas.

— Esta é a resposta do meu pai — disse Susana, segurando a carta seguinte datada de agosto de 1955.

Repentinamente, sentiu suas mãos tremerem novamente. O que ele diria agora? Que não era um bom pai, apesar de amar os filhos? Que amava uma mulher que deixara para trás na Alemanha? Que queria estar em qualquer outro lugar, que não com sua família, com seus filhos?

Respirando fundo, Susana abriu a carta e leu-a em voz alta. Sua voz estava embargada, algo nela ameaçava desmoronar. Ainda assim, foi em frente.

Cara Patrizia,

Não consigo imaginar como seria o destino se você tivesse vindo comigo ao Brasil. Só sei que minha vida seria outra, a sua também.

Pensar nisso aumenta minha dor, porque tenho a perfeita noção do que deixei para trás em Neumarkt e na Alemanha.

Mas você tem razão. Hitler nos tirou tudo. Particularmente, tirou meus sonhos, minha família e minha pátria. Tirou-me você. Não pertenço ao lugar em que estou, e isso é certo. Tolice, não é? Você, que sempre foi mais inteligente e mais racional do que eu, talvez me ajude a entender.

Faço votos para que você e sua filha se encontrem bem.

Nunca deixei de te amar.

Jonas

Susana devolveu a carta ao monte e pegou a seguinte em ordem cronológica. Novamente fora escrita por seu pai. Se Patrizia havia respondido à carta anterior, ela não existia mais.

A carta era do início de dezembro.

Cara Patrizia,

Espero que esta carta chegue até o Natal. Estou enviando novamente alguns pacotes de café para você e chocolate para sua filha, com os mais sinceros votos de que fiquem bem e felizes.

Jonas

— Sabe — Susana murmurou. —, não me recordo de termos tido tempos de alívio financeiro em casa quando era criança. Tudo sempre foi muito duro. Sabe o que isso significa, não é?

Mia assentiu, em silêncio.

— Que meu pai mandava para sua mãe produtos do Brasil e, certamente, pagava caro por isso, enquanto em casa tudo era contado para não faltar. Como acha que devo me sentir em relação a isso?

Mia ia dizer algo como "sinto muito", mas Susana a interrompeu.

— Não se preocupe, não culpo vocês. Meu pai foi o único responsável.

— Eu me lembro do chocolate — disse Mia, por fim. — Minha mãe dizia que um amigo do Brasil mandava para mim. Alguém muito especial.

— Ela dizia isso? — Susana franziu o cenho.

— Dizia, sim. Claro, eu não fazia ideia de quem era. Somente liguei os fatos quando conheci Jonas em Marburg.

Desgraçado, praguejou Susana, pensando no pai. Todo carinho que faltou a eles era destinado a uma mulher e a uma criança do outro lado do mundo.

— Pode parecer estranho o que irei dizer a você — falou Mia, escolhendo as palavras. — Por favor, não me leve a mal.

— Pode falar — disse Susana, devolvendo a carta ao monte "pai-Patrizia". Restava apenas uma, a resposta de Patrizia enviada antes do final de ano de 1955.

Mia arrumou os óculos antes de falar:

— Fui criada dentro da Igreja Luterana, então, aprendi que há muito mais coisas entre o céu e a terra do que podemos imaginar. Um plano maior. Não sei no que você acredita, e respeito. De qualquer forma, a religião foi algo importante para minha mãe quando meu pai morreu e fui educada dessa maneira também. Acredito firmemente que Deus é a fonte do amor, e, se havia amor entre eles, então, talvez... e digo *talvez*, há a possibilidade de enxergar alguma beleza em tudo o que houve, ainda que também tenha havido muita dor. Nunca sabemos a forma como Deus irá dirigir nossos destinos, mas tenho confiança de que Ele sempre estará no controle. E, de algum modo, Ele nunca abandonou você e sua família, nem a mim e à minha mãe. Ao final, as coisas aconteceram como estavam escritas para acontecer.

Mia olhou para Susana, como se esperasse algum comentário ou reação. Então, continuou:

— Muita gente acha que isso é uma forma de fugir da realidade quando as coisas ficam difíceis, mas pensar dessa maneira tem me ajudado muito.

Ainda com a carta em mãos, Susana perguntou:

— Está querendo dizer que devo pensar que tudo por que passamos foi um plano de Deus?

Mia sorriu e moveu a cabeça, negativamente.

— Não, de modo algum. Estou dizendo que não é à toa que estamos aqui, hoje, assim como não é por um acaso que você decidiu viajar até Marburg para revirar o passado do seu pai. A questão é: o que realmente está procurando com tudo isso?

Susana não sabia o que responder. Em um primeiro momento, a resposta até parecia simples e direta.

Respostas era isso que procurava, mas compreendia o que Mia estava querendo dizer. Encontrar respostas para as lacunas de sua vida, para a ausência de seu pai, para toda dor, era apenas um meio. O real objetivo era mais profundo, e estava escondido sob muitos argumentos falsos. Ninguém faz um movimento tão grande, como deixar seu país para encontrar-se com uma mulher que havia sido sua paixão na adolescência, por um motivo tolo.

Juliana mesmo dissera; tudo aquilo era loucura. Entretanto, uma loucura guiada por um motivo forte, real.

A sombra.

— Talvez — prosseguiu Mia —, quando terminarmos de ler as cartas, você saiba a resposta. E eu também.

Susana confirmou e, sentindo a determinação retornar, abriu a última carta de 1955, escrita por Patrizia ao pai.

Jonas,

Eu não sei como agradecer por estar cuidando de mim e de Mia, mesmo à distância. Ela adorou o chocolate.

Aqui está fazendo um frio atípico, até mesmo para dezembro. As pessoas dizem que o inverno está acima de qualquer expectativa, e tem nevado bastante.

Infelizmente, não tenho recursos para enviar-lhe um presente à altura, nem como mandar a seus filhos algum tipo de lembrança, mas envio, junto com esta carta, um enfeite de Natal. Acho que você se lembra. Quando éramos crianças, eram comuns esses enfeites feitos à mão, em ilhós. Costumávamos prender laços ou fitas douradas neles. Acho que eles remetem a uma das melhores épocas de minha vida, quando éramos jovens, tínhamos sonhos e você estava ao meu lado.

Tudo é muito distante agora. Somente o sentimento é real.

Um feliz Natal a você e à sua família. Estejam sob a bênção de Deus.

PATRIZIA

Susana olhou para os enfeites dentro da lata de memória. Em toda sua simplicidade, eles simbolizavam o carinho de Patrizia pelo pai.

Sentimento.

Somente o sentimento é real, escrevera Patrizia.

Ela refletiu sobre aquela frase.

Um sentimento tão forte que lutou para não morrer. E, ao final, venceu.

CAPÍTULO 35

O navio *Hanna* partiu do porto de Hamburgo em setembro de 1935 em direção à América do Sul. Seguindo pelo Mar do Norte rumo ao Atlântico, a embarcação cruzou o oceano ao longo de três meses, até realizar paradas nas cidades de Recife, Rio de Janeiro, e, por fim, encontrar seu destino no porto de Santos.

Antes de se despedir da Alemanha, Jonas retornou a Wandsbek, após seu pai implorar ao tio que aceitasse o filho de volta por mais alguns meses. Karl Schunk o recebera com frieza, chamando-o de mal-agradecido. Não dispensava a ele o mesmo tratamento acolhedor da primeira vez, mas, ainda assim, por lealdade ao irmão, acolheu Jonas nos meses de agosto e setembro, quando, finalmente, fora decidido que ele partiria do porto de Hamburgo em direção ao Brasil.

Duas despedidas aconteceram. A primeira, em Neumarkt, quando Jonas disse adeus à família. Ana chorava muito; o pai mantinha-se firme, mas Jonas tinha certeza de que estava dilacerado por dentro. Ainda assim, manteve-se firme na decisão de mandar o filho ao Brasil.

Em seu íntimo, Jonas sentia que a decisão do pai tinha dois motivos fortes: a primeira era, de fato, a sua segurança. Conhecia Jonas melhor do que ninguém e sabia que não conseguiria ficar longe de problemas. O segundo motivo, achava, era um tipo de sentimento encrudescido pelo fato de ele ter fugido de Wandsbek, como um tipo de punição.

Ao fugir da fazenda do tio, Jonas havia dado a prova cabal de que o pai não podia confiar em seu autocontrole, e, por mais que tentasse explicar que fora motivado pelos sentimentos por Patrizia, não adiantaria.

Quanto a Patrizia, não se despedira dela. Sentia-se traído, abandonado, e sua raiva o impedia de ter qualquer tipo de aproximação.

A segunda despedida havia sido do primo Johan, que o levara para o porto. Depois de um forte abraço, Johan lhe desejara sorte.

Os três meses de traslado não prepararam Jonas para o que encontraria. Conforme o tempo de viagem passava, sentia-se cada vez mais como se tivesse sido arrancado de seu mundo; como se estivesse nascendo novamente, depois de um parto difícil e doloroso.

Ao chegar às terras brasileiras, o estranhamento piorou. Tudo era diferente, até mesmo o ar – úmido e denso, bem diferente do que estava habituado. O calor o pegara de surpresa, já que deixara Hamburgo no outono. Outro estranhamento foi os estivadores negros — nunca havia visto um negro de perto, senão nas ilustrações dos livros de história.

O povo daquele país primitivo, que em nada lembrava a Alemanha, parecia ter tonalidades multicoloridas de pele e se comunicava em um idioma que, para ele, parecia impossível de ser aprendido.

Olhou mais uma vez para o imenso oceano, imaginando a Alemanha, um ponto qualquer do outro lado daquele mundo de água. Todas as pessoas que conhecia e amava estavam lá.

Sentindo-se perdido em meio aos passageiros que desembarcavam, Jonas decidiu seguir o fluxo de pessoas. Notou que a maioria se dirigia ao cadastro de imigração, para, em seguida, serem encaminhados a um local chamado Casa do Imigrante. Mas esse não seria seu destino.

Conforme o pai lhe instruíra, haveria um funcionário da empresa de Porto Alegre esperando-o no porto. De lá, tomariam um trem para o Sul. Na verdade, em meio a toda confusão mental, aquilo pouco importava.

Fosse como fosse, ele não estava no lugar a que pertencia e, agora, sentia que a vida seguia como o fluxo descontrolado de um rio; ele, mero espectador, observava tudo passar à margem, sem qualquer controle.

Dedicou-se a procurar, entre as pessoas que se aglomeravam, o homem que trazia a placa com seu nome. Espremendo-se entre as famílias e as malas, demorou bastante tempo para, enfim, visualizar um homem alto de chapéu e terno claro que segurava a placa com o nome *Jonas Schunk*.

Caminhou em sua direção e, assim que viu Jonas, o sujeito tirou o chapéu e estendeu-lhe a mão, sorrindo:

— Jonas?

Ele confirmou.

Então, o homem falou em alemão. Ouvir sua língua materna o deixou aliviado.

— Meu nome é Olavo. Olavo Hoherberg. Trabalho para o sr. Halter na cervejaria.

Jonas apertou a mão do sujeito.

— Espero que tenha feito boa viagem — disse Hoherberg. — Ainda teremos mais alguns dias de viagem até Porto Alegre. Partiremos amanhã. Por hoje, ficaremos em um hotel aqui em Santos.

Todos aqueles nomes e lugares soavam como um pesadelo, mas, uma vez mais, Jonas se deixou levar; juntamente com o funcionário da Cervejaria Halter, dirigiu-se ao hotel e, por fim, ao quarto que dividiria com Hoherberg.

O homem esforçava-se para explicar-lhe sobre o Brasil, sobre como as coisas funcionavam, sobre como era diferente da Alemanha.

— Meu pai era alemão — disse. — Estive uma única vez na Alemanha, em Berlim. Achei muito bonita. No Sul, para onde vamos, há uma colônia muito grande de alemães, você vai se sentir em casa.

Jonas duvidava disso. Pelo menos Hoherberg também fumava, então, enquanto conversavam, pôde consumir vários cigarros sem qualquer cerimônia.

— O Brasil é um país muito acolhedor. Logo vai se adaptar. A maioria dos estrangeiros que vem para cá não quer voltar — seguiu o sujeito. — A cervejaria possui vários funcionários alemães, então você terá aulas de português e vai morar na vila de funcionários da empresa. O sr. Schulz, que é amigo do seu pai, já cuidou de tudo. Ele é gerente industrial da nossa fábrica, um homem realmente decente e bom. Irá ajudá-lo também.

O restaurante do pequeno hotel em que estavam era um ambiente fechado e claustrofóbico. Sobre uma bancada, havia uma profusão de frutas que Jonas nunca tinha visto. Hoherberg pediu os pratos — um tipo de frango ao molho, arroz e purê de batatas.

— Cuidado com algumas comidas daqui. Pelo menos, até se acostumar — disse. — Tempero diferente, você sabe.

Jonas não sentia fome. Após algumas garfadas, desistiu de comer. Não que sua primeira refeição no Brasil estivesse ruim; simplesmente não sentia fome. Acendeu outro cigarro e seguiu ouvindo Hoherberg.

— Os imigrantes continuam chegando ao Brasil — falou. — Famílias inteiras. No Sul, além de alemães, há muitos italianos. Muitos, mesmo! Vai perceber claramente a diferença quando chegarmos. É estranho pensar que são todos europeus, mas, ainda assim, tão diferentes.

Pela janela, Jonas olhou para a rua. Era possível avistar o porto onde desembarcara.

Tudo tão diferente e distante, pensou, sentindo-se vazio.

— Toma cerveja? — perguntou Hoherberg. — A empresa não paga o consumo de álcool, mas fica por minha conta. Está calor, e aqui tomamos cerveja gelada. Não será da marca Halter, mas acho que vale um brinde.

Jonas concordou. Após brindarem, entornou a cerveja brasileira em um gole só. Era diferente e ruim. Ainda assim, consumiram três garrafas e, ao final, sentiu o efeito do álcool aliviá-lo.

Era um pesadelo. Um pesadelo do qual, sabia, não poderia acordar.

Sentia-se inerte, conduzido pela correnteza de um rio bravio cujo destino desconhecia.

CAPÍTULO 36

Após um ano sem qualquer notícia do pai, uma nova carta chegou em dezembro de 1965, uma semana após o aniversário de quatorze anos da garota, que já se tornara praticamente uma mulher.

A trégua silenciosa com a mãe trouxe um pouco de serenidade ao seu coração. Ainda que o afeto continuasse ausente, pelo menos, nos últimos tempos, a relação entre ambas se tornara amena. As palavras ríspidas haviam diminuído, dando lugar à palavras isoladas, frases curtas e longos momentos de silêncio.

Nos raros momentos em que a mãe se dedicava a conversar com a filha, quase sempre o assunto era Carlos. O irmão, então com dezenove anos, parecia seguir um caminho tortuoso.

— Ontem escutei Carlos chegar tarde de novo — reclamava a mãe, entre as costuras. — Ele acha que sou tonta, mas eu ouvi o trinco. A roupa dele sempre está cheirando a bebida e cigarros; uma mãe sempre sabe.

Carlos sempre fora mais calado do que Elias, que tinha um humor mais alegre. Contudo, após a morte do primogênito, o rapaz havia mudado bastante — uma mudança lenta, mas constante.

A garota dava razão à mãe. Carlos estava metido com jogatina, andava bebendo e fumando. Excetuando o carteado e as apostas, seguia o mesmo caminho errático do pai.

Naquele ano, quando a nova carta do pai chegou, ela estava junto à mãe e Mariazinha ao redor da mesa para um café da tarde.

A primeira coisa que notou foi que, ao contrário das duas três primeiras cartas, aquela estava totalmente escrita em alemão. A localização do remetente era Marburg, cidade para a qual mudara-se dois anos antes.

Cara Susana,
Novamente, espero que receba esta carta a tempo.
Feliz aniversário.
Estou mandando pouco dinheiro desta vez. Foram dois anos difíceis, e este ano também não está terminando bem.
Tive alguns problemas de saúde e ainda estou me recuperando. Sinceramente, espero que o ano que vem seja melhor.
Desejo tudo de bom a você.

SEU JONAS

O pai estava doente? Era isso?

Mostrou a carta à mãe, que entendeu a mesma coisa. Contudo, ele não especificara o que estava acontecendo — se fosse algo grave, certamente ele diria; ou não.

Na verdade, não sabia mais o que esperar do pai, então, preferia não esperar *nada*.

ॐ

— Vamos, vá em frente — incentivou Mia, observando Susana segurar as duas cartas do ano de 1957. Ambas eram do pai, não havia qualquer carta escrita por Patrizia no período.

Cara Patrizia,

Escrevo para saber notícias suas. Desta vez, não consegui enviar coisas do Brasil, mas, de todo modo, espero que você e sua filha estejam bem.

Por aqui, as coisas continuam duras. Sinto-me cada vez mais distante de Katrina (não sei como é possível sentir um afastamento ainda maior, já que praticamente não vivemos mais como um casal). O que me dói é não conseguir estar perto das crianças. Acredito que elas sofram também, apesar de nunca comentarem nada. Não as culpo; sou um péssimo pai.

Não que, de todo meu coração, eu não deseje me esforçar e melhorar, mas eu simplesmente não consigo. Então, acabo sempre achando que, quanto mais distante eu me mantiver, melhor será. É melhor que elas não tenham pai algum do que um mau pai. É o que penso, por favor, me diga se estou errado. Gostaria muito de ouvi-la.

Tenho pensado cada vez mais em você e em nosso país. Como já disse, uma porção cada vez maior do meu coração está aí, com você. Sinto-me só, incompleto, vazio e culpado.

Minha família merecia ter-me por inteiro, mas nunca estive completo desde que deixei Neumarkt. Espero que compreenda.

JONAS

— Foi como disse. Ele sofreu muito — afirmou Mia, logo após Susana acabar de ler.

— Mas, pelo que me lembro, você disse que mesmo aqui, ao lado de sua mãe, ele não estava completamente feliz.

Mia deu de ombros.

— Acho que estava feliz, mas havia um peso... algo em seus olhos. Jonas era enigmático, como dizem. Talvez o amor por minha mãe tenha curado algumas feridas, mas não sabemos o que lhe causou abandonar a família no Brasil. Ninguém é tão frio a ponto de não sofrer com isso.

Susana não sabia por que, mas concordava com Mia. Abriu a segunda carta de 1957, novamente escrita pelo pai, e leu em voz alta. Datava do mês de novembro. Era curta e direta.

Cara Patrizia,

Diante da ausência de sua resposta, resolvi escrever novamente. Espero que esteja tudo bem e que não esteja magoada comigo. Que você e sua filha estejam com saúde.

JONAS

— Sua mãe não escreveu para ele — observou Susana.

Mia ficou pensativa por um tempo. Então, falou:

— Acho que sei por quê. Não tenho absoluta certeza, mas acho que foi o ano em que começamos a nos planejar para deixar a colônia. Não sabíamos ainda para onde iríamos e, após tantos anos nas obras na igreja, minha mãe estava bastante temerosa do futuro. Desde que meu pai morreu, aquela colônia se tornou tudo para ela. Ela trabalhava com as crianças, e, com o tempo, passei a ajudá-la. Então, pelo que recordo, o pastor explicou que precisavam dos serviços dela em Marburg, onde a Igreja Luterana é bastante forte. A cidade tem um passado de forte ligação com a religião, como expliquei. Possivelmente, por isso não tenha escrito.

— É compreensível — disse Susana, devolvendo a carta ao monte "pai-Patrizia".

Após um breve silêncio entre as duas mulheres, Mia consultou o relógio e falou:

— Por que não damos uma pausa e vamos almoçar? São onze e meia.

Susana não estava com fome, mas achou uma boa ideia.

— Minha hipoglicemia já está dando sinais — disse Mia, levantando-se. — Só tomei café da manhã.

— Engraçado como a idade começa a nos cobrar o preço — comentou Susana, que, a exemplo de Mia, ficou em pé. — Podemos continuar depois do almoço, mas eu pago desta vez.

— Não vou discutir — Mia espalmou as mãos, em tom apaziguador.

Antes de fechar a porta do quarto, Susana olhou mais uma vez para as cartas organizadas em montes no chão. Algo havia mudado, estava diferente. Não sentia mais o peso ou a angústia que a dominara naquela manhã. O que teria sido?

Novamente, pensou no que Mia havia lhe dito. Qual era seu real objetivo em tudo aquilo? O que, de fato, a levara a deixar o Brasil atrás do passado do homem que se tornara um mistério ao longo dos anos?

Ela não estava certa, mas, paulatinamente, a resposta estava se tornando mais clara. Quase evidente.

CAPÍTULO 37

A Europa estava em guerra. Rádios e jornais noticiavam que a tensão que havia se arrastado por cinco anos, desde que Adolf Hitler tornara-se líder supremo da Alemanha, havia eclodido na declaração de guerra, puxada pela Grã-Bretanha e pela comunidade britânica,[24] e, logo em seguida, endossada por países como a França.

No ano anterior, o Terceiro *Reich* já havia marchado sobre Viena e, sob aplausos da população, anexado a Áustria ao território alemão. O próximo passo havia sido a anexação de regiões como Boêmia e Morávia,[25] áreas em que a população germânica era grande e influente, e da própria Eslováquia.

Desrespeitando o Tratado de Versalles e o de Locarno, as tropas alemãs marcharam sobre a Polônia em 1º de setembro de 1939 e o conflito tornou-se inevitável.

O assunto passou a dominar as rodas de conversa também no Brasil, onde as notícias sobre o conflito que se iniciava em solo europeu faziam todos temer pelo pior.

Obviamente, a invasão da Polônia e a postura belicosa da Alemanha permearam a pequena sala de aula, adjacente ao grande edifício da Cervejaria Halter, na qual oito funcionários alemães, incluindo Jonas,

---

24. Países como Canadá e Austrália.
25. Hoje, pertencentes à República Tcheca.

frequentavam aulas de português conduzidas com rigidez pela sra. Pohl, cuja família havia chegado ao país nos primeiros anos do século.

Inicialmente, a barreira encontrada do idioma mostrou-se praticamente impossível de ser transposta. Verbo, sujeito, predicado, vocabulário e pronúncia; tudo parecia distante e impossível. Se o seu desempenho profissional ia de vento em popa (Jonas logo seria reconhecido por seu conhecimento em contabilidade e deslocado da linha de produção para o setor financeiro da empresa), o mesmo não podia ser dito de sua fluência no aprendizado do idioma nativo.

Porém, após vários meses de dura resistência no estudo do português, Jonas paulatinamente começou a ceder e aprender com relativa velocidade. Um dos motivos, achava, havia sido Bernadete, assistente da sra. Pohl, que era, nada mais, nada menos, do que a filha mais velha do sr. Schulz, colega de seu pai que lhe arrumara o emprego na cervejaria.

A moça loira e de belíssimos olhos azuis impressionara Jonas desde o primeiro instante em que a vira.

Não tardou para que ela também notasse o jovem alemão recém-chegado, que sempre tinha alguma pergunta curiosa (que acabava sendo cômica) sobre a língua portuguesa — chegando a confundir sujeito oculto com *sujeito escondido*, em uma das aulas sobre conjugação verbal – e que manifestava uma clara dificuldade (ou relutância) em aprender o idioma.

A aproximação, que dera início a uma amizade entre filhos de pais que se conheciam, logo se tornou um convite para o cinema no Cine Theatro Capitólio que, na época, estava exibindo o filme *Alô, Alô, Brasil*. Obviamente, Jonas não compreendera uma única palavra do musical, mas, mesmo sabendo que seria assim, gostou de estar ao lado de Bernadete.

Um dia conseguirei assistir a um filme em português e entenderei tudo, disse a si mesmo, determinado.

Naquela noite, quando retornou para a casa localizada na vila dos funcionários da Halter, sentiu-se feliz no Brasil pela primeira vez. Ainda pensava em Patrizia, claro, mas o que podia fazer? Haviam perdido totalmente o contato, e, se não podiam ficar juntos, era melhor que fosse assim. Afinal, ela o tinha rejeitado depois que ele se arriscou fugindo da fazenda e indo para Neumarkt.

Bernadete Schulz não se parecia em nada com Patrizia; era uma moça doce, mas não o encantava. Porém, era inegável que Jonas gostava de sua companhia, um alento para a solidão que sentia.

Conforme o tempo passava, Jonas sentia-se cada vez mais como um camaleão. O bicho, apesar de adquirir a cor verde quando estava em meio a folhagens ou marrom quando estava em um tronco de árvore, não era uma planta ou um pedaço de madeira. Continuava a ser um camaleão.

Ele, por mais que tentasse, não se sentia como parte daquele país estranho e continuava sendo alemão.

Narrou esse pensamento na primeira carta que escreveu ao pai, endereçada ao apartamento em que a família passara a morar em Munique.

Demorei alguns meses para escrever desde que cheguei ao Brasil. Estou bem, com saúde, e espero que o senhor, Ana e as crianças também estejam bem.

Aos poucos, estou me acostumando com o trabalho, e Herr Schulz tem se mostrado gentil, certamente por ser amigo do senhor.

Contudo, há uma grande sensação de estranhamento e de não pertencimento que possivelmente o senhor vá entender.

Tudo por aqui é diferente, inclusive os alemães. O que posso dizer? Os alemães do Brasil, ainda que sejam germânicos de pai e mãe, ainda são um arremedo de seus parentes que imigraram para cá. Eu não me reconheço neles, em absoluto.

Mesmo que tentem reproduzir a Alemanha nos prédios e nos hábitos, tudo é falso. Isso me entristece e aumenta minha saudade; espero que, um dia, isso passe. Mesmo assim, para a gente daqui, essa falcatrua parece bastar. Eles chamam de raízes.

Os brasileiros, incluindo os filhos e netos de alemães (isso vale para os vários italianos daqui também), têm uma visão de mundo curiosa. Aqui, é predominante a discussão e a preocupação com as necessidades básicas e de subsistência, como se sempre o futuro fosse incerto. De fato, há muita pobreza, principalmente entre os pretos descendentes dos escravos. É estranho e primitivo pensar que este país escravizava pessoas até pouco tempo e que vários deles, escravos recém-libertos, ainda andam por aí.

Por favor, mande notícias de Ana e das crianças, de Dieter e do senhor. Espero um dia poder voltar, quando nosso país estiver livre dessa abominação que se chama Adolf Hitler.

JONAS

Por sua vez, o pai lhe escrevia da Alemanha, contando sobre as dificuldades e sobre a situação política do país, que se tornava cada vez mais recrudescida. Enfatizava que seu retorno à Alemanha era uma maluquice e que estava fora de cogitação.

Entre as incertezas que vivemos e o temor diário da prisão pelo simples fato de pensarmos diferente, esteja certo de que está mais seguro e livre aí, apesar de não ser seu país, havia lhe escrito o pai.

Quando a guerra estourou, Jonas escreveu ao pai pedindo notícias, mas elas não vieram. O que teria acontecido?

Entre a comunidade alemã de Porto Alegre, as sucessivas vitórias da Alemanha junto aos países fronteiriços eram comemoradas com salvas — algo que Jonas não conseguia entender.

O assunto sempre retornava após o serviço, quando os estrangeiros deixavam a vila e vagavam pelos bairros afastados de Porto Alegre mergulhando na bebedeira. Jonas estava entre eles, mas evitava o máximo que podia explicitar sua opinião sobre o conflito.

Vocês não fazem ideia do que é o nazismo. Ou fazem e simplesmente são idiotas, pensava.

Esse era o único ponto sobre o qual se continha; a partida da Alemanha e o distanciamento da família o livraram totalmente das rédeas, e seu espírito fleumático agora tinha terreno para se expandir livremente. O consumo de álcool aumentara bastante; havia trocado a vodca pela cerveja e pelo conhaque, e tinha sempre cigarros como companhia.

Tudo havia se tornado pretexto para a bebida, e, principalmente, a saudade e as lembranças de Patrizia e da família o levavam aos copos e, finalmente, à anestesia emocional causada pelo torpor.

As únicas pessoas com quem conversava sobre suas posições políticas era Bernadete e, claro, com sr. Schulz.

Com o relacionamento entre Bernadete e Jonas se firmando, ele passou a frequentar a casa da família, o que gerou incômodo e comentários maldosos entre os demais estrangeiros.

Jonas não se importava com o que diziam. Acolhido pelos Schulz, sentia, pela primeira vez em anos, que estava começando a voltar a pertencer a algum lugar.

— Essa guerra é tão insana quanto aqueles que a apoiam — costumava dizer o sr. Schulz, levando seu cachimbo à boca. — Fico feliz por você não ser um nazista, Jonas. Escute o que digo: muita gente vai morrer. Se os primeiros anos de Hitler até trouxeram algum ganho à Alemanha, esta guerra levará tudo à bancarrota. Não somente para o *Reich*, mas para toda a Europa, será uma tragédia. Ainda bem que estamos do outro lado do mundo. Tomei a decisão certa quando vim com Mariah para o Brasil há vinte anos. Não me arrependo nem por um segundo, ainda que sinta falta da Baviera.

Jonas lembrou-se dos discursos do pai e concordou.

— O que me preocupa são os parentes e entes queridos que ainda estão lá — disse o sr. Schulz, soltando a fumaça enquanto recostava-se em sua poltrona de couro na sala de estar.

A casa da família não era grande, mas bem mais confortável do que a maioria das residências de imigrantes que Jonas havia conhecido. Na verdade, era um sobrado de fachada neoclássica, mas discreto, localizado a algumas ruas da fábrica, na região da Usina do Gasômetro.

Jonas acendeu um cigarro e aceitou a terceira taça de vinho que o colega do pai havia oferecido. Respondeu *obrigado* em português, fazendo com que Bernadete sorrisse.

A conversa seguiu em alemão:

— Teve notícias de Otto e de sua família? — perguntou o sr. Schulz, com seriedade.

Jonas negou, balançando a cabeça.

— Devem estar censurando as correspondências. Ou estão com problemas de entrega. Em tempos de guerra, é natural que a prioridade sejam as correspondências militares — afirmou sr. Schulz. — Vamos torcer para que tudo esteja bem com eles.

O rapaz assentiu.

Bernadete o acompanhou até o portão e se despediram com um beijo.

— Meu pai adora falar sobre a guerra, ainda que não concorde com toda aquela loucura — a moça disse. — Espero que não te aborreça.

— Não me aborrece, só me preocupa — Jonas respondeu, tropeçando nas palavras em português.

Após um segundo adeus, Jonas caminhou pela rua escura. Seus pensamentos estavam na Alemanha e na família.

Passou a pé por diversos terrenos baldios, alguns tomados pelo mato. Porto Alegre era uma cidade em construção, assim como várias outras no Brasil; uma mistura de estilos arquitetônicos colonial português e neoclássico, bem como uma Meca onde todos os povos pareciam relativamente bem-vindos, entre os quais estavam alemães, como ele.

E Patrizia? Ela está bem?

Esse pensamento lhe ocorreu. Não conseguia evitar.

Fechou os olhos, na tentativa de afastar a imagem da garota.

É inútil pensar nela, concluiu, avistando o prédio da Cervejaria Halter. As chances de se reencontrarem eram nulas. Provavelmente, inteligente como era, a moça estaria seguindo sua vida na Alemanha, rumo a um futuro melhor do que o dele.

De fato, o que tinha a oferecer? Levá-la a um país distante, diferente, atrasado e quente. Não, Patrizia não aguentaria aquilo.

Mas por que não consigo deixar de pensar nela?, refletiu, com pesar.

Suspirou dolorosamente. Havia a possibilidade de retornar à Alemanha e reencontrá-la, mas aquilo também parecia difícil. Era como se, em seu íntimo, algo apontasse para a triste intuição de que seus destinos seriam apartados definitivamente.

CAPÍTULO 38

— Alguma conclusão sobre seu objetivo? — perguntou Mia, após ouvir Susana.

Semicerrou os olhos e deu a última garfada no filé; haviam escolhido um restaurante simples próximo à pousada, um lugar basicamente frequentado por casais idosos.

— Sempre digo: onde os velhos comem, a comida é boa e barata. Mesmo porque o bolso não é fundo e o estômago já não é mais o mesmo — justificou Mia, indicando o local.

Susana deixou os talheres sobre a mesa, ao lado do prato vazio.

— Isso. Acho que tenho a resposta para sua pergunta, sobre meu real objetivo de ter vindo à Alemanha cavoucar a história do meu pai.

Mia entrelaçou os dedos, e, com os cotovelos na mesa, apoiou o queixo sobre as mãos.

— Sabe, no começo, achei que era algo que devia a mim mesma e à minha mãe. Quer dizer, todos sofremos devido ao comportamento distante dele e, depois, pelo fato de ter nos abandonado sem dar uma única explicação. Cresci com muita mágoa do meu pai. Muita mesmo. No entanto, não deixei de pensar nele um único dia, ainda que fosse com raiva. Quando minha mãe morreu, passei anos pensando sobre fazer esta viagem e descobrir o que houve. Foi então que sua pergunta me fez refletir. Por quê? Meu marido e meus filhos me questionaram a mesma coisa, e a justificativa que dei a eles era a de que eu *precisava* fazer isso.

Um garçom muito jovem aproximou-se para retirar os pratos vazios. Susana prosseguiu:

— Mas, na verdade, nem eu mesma sabia por que algo me puxava para cá, para Marburg, para a história do meu pai e de Patrizia — disse Susana. — Eu só me dei conta depois do que você disse e depois de ler as cartas.

— Do que eu disse? — Mia franziu o cenho.

Susana assentiu.

— Quando você disse que as coisas acontecem como têm que acontecer. Que há caminhos que não enxergamos, mas que Deus está no controle das coisas. Também tive uma educação luterana, mas acho que às vezes a gente se esquece de pensar sobre o amor. O amor de verdade. E sobre o que existe entre o céu e a terra que não podemos ver. Você me disse que havia um forte amor entre eles e que, mesmo em Marburg, meu pai ainda parecia atormentado. Mais do que atormentado. O homem que escreveu aquelas cartas não era o homem que conheci; era alguém capaz de amar e lutar por isso.

— Isso é verdade. Ele nunca teve paz, eu acho — assentiu Mia. — Mas amou minha mãe.

— Talvez devido à sua história, o fato de ter vindo obrigado ao Brasil, de sua família ter sido perseguida na época da guerra. Somos o resultado do que vivemos, e eu sou a prova viva disso. Minha mãe me contou um pouco sobre a vida do meu pai, não foi fácil para ele. Agora, lendo as cartas e compreendendo os sentimentos dele por sua mãe, eu acho que entendi.

— Então, me conte — disse Mia, recostando-se na cadeira.

— Eu entendi que meu real objetivo em vir até a Alemanha é perdoá-lo. Entender sua história, claro, mas acho que sempre quis arrumar um jeito de perdoar meu pai. Pensando bem, hoje, acho que ele sempre sofreu. Uma dor que desconheço. Sofreu sozinho. Certamente, eu sofri por tudo, mas, ainda que do jeito errado, ele tentou. É isso que as cartas mostraram até agora.

Mia escancarou um sorriso.

— Fico feliz de que esteja pensando assim.

— Eu também. Sinto-me mais aliviada — Susana dobrou o guardanapo usado e colocou ao lado do copo. — Também me sinto mais preparada para seguir adiante, terminar de ler as cartas e juntar esse quebra-cabeça. E, acima de tudo, me sinto na obrigação de agradecê-la.

Mia balançou a cabeça, negativamente.

— Você não tem do que me agradecer. Eu...

— Tenho, sim. E muito. Se não fosse você, sua gentileza e disponibilidade para embarcar nesta história comigo, eu não conseguiria. Muito obrigada.

Mia pegou na mão de Susana. Tinha os olhos marejados.

— Vamos voltar às cartas? — perguntou Susana, pronta para se levantar. — Quero pôr um ponto final nisto tudo.

— Vou estar contigo — disse Mia, levantando-se. — Prometo.

ॐ

Aos dezesseis anos, a garota dividia seu tempo entre os estudos. De manhã, frequentava o curso normal do Colégio Santa Teresinha e, à noite, caminhava nas ruas escuras para as aulas do curso técnico de Contabilidade no Colégio Nacional de Estudos da Comunidade.

Por que havia escolhido a mesma profissão do seu pai? Ela não sabia responder. Talvez fosse uma forma de senti-lo próximo, ainda que não gastasse muito tempo pensando nele. Conforme o curso prosseguia, percebeu que, fosse qual fosse a razão, gostava de lidar com números.

E não apenas isso. Ir para o CNEC também era uma oportunidade de encontrar o rapaz que, achava, gostava dela. O nome dele era Artur Huber, um jovem de cabelos encaracolados e olhos azuis que, com o pretexto de esclarecer dúvidas, sempre arrumava um jeito de sentar-se ao seu lado.

Ele não era de Taquara, mas de Três Coroas, uma cidade menor acerca de vinte quilômetros de distância. Sua família, de origem suíça, era formada por ele, duas irmãs mais velhas e seus pais.

Naquela noite, enquanto Susana voltava para casa caminhando pela rua de terra às escuras, notou que pensava bastante em Artur. Ele era sorridente como Elias, só que bem mais alegre e brincalhão — de um jeito que a levou a pensar, de início, que ele era alguém para não ser levado a sério.

Contudo, com o tempo, percebeu que aquilo que aparentemente a irritava no rapaz era também o que a fazia querer estar perto dele.

Seria Artur a oportunidade que a vida estava lhe dando de, finalmente, conhecer alguém que a tratava de modo totalmente diferente a que estava acostumada?

Pensando nisso, abriu a porta de sua casa e entrou. Estranhou a mãe sentada à mesa na sala de jantar, com o semblante preocupado. Era normal que ela a esperasse chegar, mas o que havia de diferente era seu olhar triste.

— Seu pai escreveu — disse a mãe, assim que a viu. Puxou para perto de si uma carta que estava sobre a mesa e a estendeu à garota. — Parece que ele está bastante doente.

Susana deixou o material sobre a mesa e abriu a carta. O conteúdo era sucinto, algo típico do pai.

Cara Katrina,
Minha saúde tem piorado muito. Neste ano sinto que não haverá cura para o que tenho. Gostaria que conversasse com as crianças sobre isso. Acho que elas merecem saber.
Envio, junto com esta carta, dinheiro para ajudar vocês.
Mas, acima de tudo, peço que ore por mim. E me perdoe. Sei que fui um marido ruim e, talvez, uma pessoa ruim também. Devo levar isso comigo.

Não posso dizer que estou infeliz, mas, sim, que parte de mim se ressente pela vida que tivemos.

Desejo o melhor a todos no Brasil.

Jonas

Susana devolveu a carta à mãe. Engoliu o choro — o pai não merecia que ela chorasse. Pedindo perdão. Algo simples, meras palavras. Isso devolveria o sorriso de Elias? Mudaria Carlos, que, naquele ano, mudara-se para Novo Hamburgo para trabalhar em uma fábrica de tecidos — e, ela sabia, para ficar longe o bastante da mãe e poder entregar-se livremente aos vícios? Faria com que as lágrimas e anos de rejeição simplesmente sumissem?

Por fim, ela perguntou à mãe:

— Ele não fala qual doença, né?

— Não, mas parece grave. Devemos esperar o pior.

A mãe arrastou a cadeira e levantou-se, caminhando até o fogão.

— De todo o modo, o dinheiro que ele tem mandado não tem ajudado muito — suspirou e, olhando para a filha, perguntou: — Tu quer comer? Vou esquentar a janta.

CAPÍTULO 39

O rosto de Patrizia flutuou em seus sonhos. Em determinado momento, sua imagem fundia-se com a de Bernadete, causando-lhe angústia.

Naquele dia, acordou lembrando-se perfeitamente do que sonhara. Não costumava sonhar, e, nas raras vezes em que isso acontecia, normalmente não se lembrava. Porém, nos últimos dias, tomado pela ansiedade, estava sonhando com Patrizia — em seus sonhos, Bernadete sempre aparecia como uma espécie de sombra da garota que havia deixado para trás, na Alemanha.

No escritório da Cervejaria Halter, atrás de sua mesa, seguiu pensando sobre o motivo para esses sonhos estarem o acometendo. Ainda que distante para os alemães que moravam no Brasil, a guerra finalmente havia ganhado contornos reais em abril de 1940.

Até então, as escaramuças e ameaças por parte dos ingleses vinham tornando o cenário tenso, mas o conflito de fato ainda não havia se tornado real, palpável, até o lançamento das bombas e nascimento de batalhas que, dois meses atrás, sinalizaram que a guerra havia, enfim, eclodido.

A cada notícia de um novo ataque ou cidade tomada pelo *Reich* os alemães e seus descendentes comemoravam do outro lado do Atlântico. As sanções e a humilhação impostas pelo Tratado de Versalhes haviam ficado para trás, e o poderio bélico germânico e suas *Wehrmacht*[26] avançavam sobre a fronteira oeste, tomando parte da França, bem como o norte da África e o Leste Europeu, capitulando países que, até então, temiam que as tropas soviéticas lhe batessem à porta.

Quando o assunto guerra surgia, Jonas pensava em sua família, sobre a qual não tinha notícias há meses, e em Patrizia. Jonas era constantemente questionado por que não comemorava as vitórias das tropas da *Wehrmacht*, e a resposta era sempre a mesma: *Vocês não fazem ideia do que são os nazistas.*

De fato, o número de nazistas no Brasil era diminuto diante do tamanho da colônia alemã. Em sua maioria, os simpatizantes do Eixo[27] cultivavam um nacionalismo saudosista e que não condizia com a realidade da Alemanha que haviam deixado para trás há décadas.

A secretária de *Herr* Schulz aproximou-se de sua mesa e, deixando uma carta em seu escaninho, disse, tirando-o de seus próprios pensamentos:

— Hoje tem correspondência para você, Jonas. Espero que sejam notícias de sua família.

Jonas sentiu o coração apertar. Muitos, como ele, tinham parentes na Alemanha, mas, apesar dos atrasos, conseguiam trocar cartas com seus entes. Na ausência de resposta, o medo de que sua família tivesse sido presa ou, pior, morrido aumentava. A dor e a angústia eram sufocantes.

Pegou o envelope e sentiu as entranhas se retorcerem quando viu o remetente.

Patrizia Finkler.

Ela havia respondido sua carta, enviada no início de maio. Depois de muito pensar e após ter bebido um bocado, escrevera para Patrizia. O

---

26. Forças Armadas da Alemanha Nazista.

27. Denominação dos países alinhados à Alemanha de Hitler, que incluía a Itália, de Benito Mussolini, e o Japão, de Hirohito.

principal motivo de ter feito contato com ela após tanto tempo havia sido, deduziu, a pressão de Bernadete e do próprio *Herr* Schultz para o noivado.

Quanto mais se sentia pressionado a tomar uma decisão sobre seu relacionamento com Bernadete, mais a necessidade de fazer contato com Patrizia crescia. Por fim, escreveu a ela, e ali, em suas mãos, estava a resposta tão esperada.

Devolveu a carta ao escaninho e concentrou-se no trabalho. Preferia ler em sua casa, quando estivesse a sós. Após o término do expediente e de bater o ponto, dirigiu-se à vila dos funcionários e trancou-se em casa.

Sentado atrás da pequena mesa de dois lugares na cozinha minúscula, abriu a carta com as mãos trêmulas e leu-a. Conforme os olhos percorriam e venciam as linhas recheadas de palavras com a caligrafia perfeita de Patrizia, as lágrimas venciam a resistência de Jonas e rolavam pelo rosto.

Jonas,

Fiquei realmente surpresa em receber sua carta. Desde nosso último encontro, não tive mais notícias suas, apenas sei que tinha partido para o Brasil. Espero e desejo que tudo esteja bem.

Respondendo à sua pergunta sobre notícias de sua família, infelizmente, não tive qualquer informação sobre seu pai e seus irmãos desde que eles partiram de Neumarkt. Eu realmente sinto muito pelo que os seus têm passado, seu pai é um homem muito bom e não merecia tal infortúnio.

Como sabe, estamos em guerra, e a escassez está muito pior do que quando éramos crianças e o país ainda sofria com a sombra da Grande Guerra. Agora, por ordem do governo, todos os esforços, recursos e dinheiro estão sendo destinados para o que chamam de "economia de guerra". Afirmo que, a despeito do que possam pensar, nosso povo também está sofrendo muito.

*Soube de vários ex-colegas nossos da escola que se alistaram no exército e nas tropas da Waffen-*ss*, sobre os quais não sei se estão vivos ou mortos. É realmente muito triste.*

Sobre os sentimentos que diz ter por mim, Jonas, sinto-me grata e feliz, do fundo do coração. Contudo, quando partiu daquela maneira, lutei muito para deixar o que sentia por você para trás. Se consegui ou não, é algo que prefiro manter em meu peito, espero que entenda. A realidade é que estou noiva de um rapaz muito bom e, por isso, não me resta alternativa senão desejar que também encontre uma pessoa especial aí no Brasil.

O nome dele é André Richter, é engenheiro ferroviário. Mora em Regensburg e trabalha muito, é uma pessoa de muito valor. Engraçado que André é totalmente diferente de você, como se fossem opostos. Enquanto com ele eu sinto segurança, ao seu lado eu sentia meu lado mais obscuro arder. É bom ter essa compreensão agora, depois de adulta. Quando menina, eu não conseguia compreender por que me sentia tão impelida a seguir seus passos errantes, mas agora sei. Você talvez tenha sido a pessoa que conseguia extrair de mim um lado que eu sempre quis esconder.

Espero que compreenda. Vivemos um sentimento lindo, mas ele pertence a outra época, e é onde eu gostaria de guardá-lo para recordar de tudo com carinho.

Desejo o melhor a você.

Patrizia

Jonas limpou as lágrimas e agarrou-se àquele pedaço de papel com força. Havia escrito a Patrizia perguntando sobre notícias de sua família e, claro, falando sobre seus sentimentos por ela. Não podia, em absoluto, noivar com Bernadete enquanto sua mente estivesse com Patrizia, na Alemanha.

Todavia, ela havia seguido em frente, o deixado para trás — assim como ele fez naquele dia, quando lhe deu as costas e, resignado, aceitou vir ao Brasil.

Inflamado pela raiva e pela dor, rasgou a carta e, depois, amassou os pedaços, formando uma pequena bola de papel. Em seguida, acendeu um cigarro e deu algumas tragadas. Então, encostou a brasa na bola de papel e observou enquanto queimava.

Com um segundo cigarro preso aos lábios, saiu à procura de um lugar para beber, deixando a vila de funcionários para trás. Estava tomado pela revolta — contra Patrizia, contra seu pai e, acima de tudo, contra ele mesmo. Afinal, fora o principal culpado, vítima de seu próprio temperamento fleumático.

O pai estava certo quando prognosticara que Jonas seria o algoz de si próprio; contudo, estava errado ao pensar que seriam os nazistas que colocariam as mãos nele. Seu comportamento o havia afastado da mulher que amava, e, por isso, não podia perdoar-se.

Naquela noite, bebeu o máximo que aguentou. Aninhado em uma mesa de um bar, encontrou alguns rostos conhecidos, mas rechaçou qualquer companhia; queria ficar só.

Vendo seu estado, um colega da fábrica, um homem negro muito gentil chamado Gaudêncio, insistiu em levá-lo embora para casa. Contudo, ele não queria voltar para a vila — seu destino era outro.

Caminhando, trôpego, suas pernas o levaram até o sobrado neoclássico onde morava a família de *Herr* Schulz. Parou diante do portão e gritou o nome de Bernadete repetidas vezes. Passava das nove da noite e a família já estava recolhida, mas ele não se importava; precisava terminar o que havia começado.

Finalmente, Bernadete, vestindo um roupão de seda, abriu a porta. *Herr* Schulz, seu pai, estava atrás dela, como um guardião. Encarava Jonas com perplexidade e parecia bastante bravo.

— Eu falo com ele, papai — disse a garota, insistindo para que o pai voltasse para dentro.

Bernadete abriu o portão e pediu que Jonas entrasse. A gritaria certamente havia alarmado os vizinhos, e alguns rostos curiosos espiavam pelas janelas.

— O que aconteceu com você? — perguntou a moça, segurando Jonas pela manga da camisa. — Está bêbado como um porco!

Ele encostou-se no muro e, deixando as costas deslizarem, sentou-se no chão.

— Jonas, o que está acontecendo? Meu pai está furioso!

Quando conseguiu erguer a cabeça e olhar Bernadete nos olhos, Jonas disse:

— Quer ouvir uma história bem dramática? — perguntou, falando em português com sotaque carregado. — Vim aqui para dizer que não posso noivar com você. Nem ao menos eu merecia estar com você.

Então, Jonas seguiu, em alemão:

— Sei que lê bastante e certamente gosta desses romances idiotas. Pois é. Então, acho que vai gostar de ouvir o que tenho a dizer. É a história de duas pessoas que se conheceram, se amaram, mas uma delas era muito, muito idiota. E, como idiota que era, foi embora, deixando a mulher que amava para trás, em outro país. Agora, ela está noiva, vai se casar, e o idiota precisa ficar sozinho para aprender a não ser desse jeito... digo, idiota.

Jonas percebeu que os olhos de Bernadete estavam marejados. Com dificuldade, escorou-se no muro para ficar em pé.

— É isso. Vim aqui para dizer isso a você. Espero que *Herr* Schulz me perdoe pelo inconveniente. Peça desculpas a ele por mim — disse, novamente em português.

Abriu o portão e caminhou em direção ao meio-fio, onde, de joelhos, vomitou.

Bernadete não disse nada. Ficou junto ao portão, assistindo àquela cena deplorável.

Jonas endireitou o corpo e sentou-se para acender um cigarro. Tudo girava.

— Vá embora, Jonas. Não apareça mais — a voz de Bernadete disse, às suas costas. — Não quero mais vê-lo. Definitivamente, você não é o homem que quero para mim.

Jonas não se virou. Apenas escutou o portão se fechar, e, em seguida, o barulho do trinco da porta. Ergueu os olhos na direção das casas vizinhas e notou que as pessoas o observavam pela janela.

— Vão à merda! — gritou, em português.

Com esforço, ficou em pé e caminhou em direção à vila de funcionários. Estava tudo acabado. *Ele* estava acabado.

No dia seguinte, assim que bateu o ponto, *Herr* Schulz mandou chamá-lo em sua sala. Ele já esperava por isso, e, com resignação, fechou a porta atrás de si, diante do olhar severo do pai de Bernadete.

— Espero que esteja se sentindo melhor depois da bebedeira de ontem, Jonas — ele disse, atrás de sua mesa forrada de papéis.

Jonas não conseguia encará-lo, tampouco responder.

— Tome — o homem estendeu-lhe uma folha de papel datilografada. — É sua demissão. Já antecipei os trâmites. Óbvio que não explicitei o motivo, apenas comuniquei que você estava indo embora. Não fiz isso por você, mas para evitar mais humilhação para minha filha.

Jonas pegou a folha, mas não leu.

Herr Schulz deu um longo suspiro.

— Otto deve estar muito desapontado contigo a ponto de mandá-lo para o Brasil. Agora entendo por que seu pai quis você longe. Você é problema, rapaz. Felizmente, mostrou quem é a tempo de poupar minha filha de estar ao lado de um homem que não a merece. Ainda assim, Otto e eu somos bons colegas. E foi por seu pai que conversei com um conhecido que tem um escritório de contabilidade na rua Voluntários da Pátria. O nome dele é Humberto. Humberto Kohl. Pode contatá-lo, se quiser trabalho. Ou ficar perambulando entre bares como um vagabundo, se preferir. Honestamente, não me importo, desde que não te veja mais por aqui.

Jonas assentiu. Desapontara Casper, o pai, o tio e, agora, *Herr* Schulz. Sem falar em Patrizia.

— Pode sair — disse *Herr* Schulz. — E feche a porta.

CAPÍTULO 40

Susana e Mia estavam de volta ao quarto da pousada.

Após o almoço e a conversa com Mia, Susana sentia-se bem-disposta e determinada a concluir o que havia começado. Olhando para as cartas organizadas em datas e pequenos montes no chão, pegou a datada de abril de 1958: a resposta de Patrizia à última correspondência do seu pai.

Vamos em frente, pensou, abrindo o envelope.

Jonas,

Perdão pela ausência de notícias. Foi um ano conturbado e de muitas mudanças. Nosso pastor pediu que eu me mudasse para Marburg, em Hesse, para cuidar do projeto da igreja junto às crianças. Foi uma mudança difícil, porque, pela primeira vez em muitos anos, eu teria que me ver em uma nova realidade, longe da comunidade da colônia e de volta à vida na cidade.

Sendo assim, precisei de um tempo para refletir e me adaptar. Agora, no entanto, estou bem. Mia também está feliz em Marburg, e isso é importante. Na igreja me sinto útil e sou remunerada pelo trabalho.

Desejo que também seja feliz no Brasil.

PATRIZIA

— Eu me lembro dessa época — disse Mia, assim que Susana terminou de ler. — Era a primeira vez que eu estava morando em uma cidade, não na área rural da colônia. Foi uma adaptação difícil para minha mãe, mas, para mim, que era jovem, foi um novo mundo de descobertas. Quando se é jovem, tudo é mais fácil.

Susana devolveu a carta ao monte e pegou a seguinte.

— Quando me casei, também mudei de cidade. Deixei Taquara e fui morar em Três Coroas — disse ela, tirando a carta do envelope. — Mas entendo que sua mudança foi muito mais radical.

Mia assentiu.

— Esta é a resposta do meu pai — falou Susana, preparando-se para ler o conteúdo.

Cara Patrizia,

Fico feliz que esteja bem em Marburg.

Quem sabe, um dia, posso encontrá-la aí, quando for possível viajar à Alemanha. Obrigado também por ter me fornecido seu novo endereço. Com esta carta, mando mais alguns produtos do Brasil, entre eles, algo que é chamado de rapadura: é um doce feito de açúcar de cana, muito comum e apreciado por aqui. É apenas uma lembrança.

Quanto à minha família, tudo está como sempre. Elias convive com o problema da asma e Carlos tem crescido um menino forte. De certa forma, eles lembram meu irmão Dieter e eu; vivem juntos, apesar de serem diferentes em tudo. Será esse o destino? Que os filhos sigam os passos dos pais? Espero honestamente que não. Não acredito ser exemplo a ambos.

Minha filha Susana está com sete anos, fará oito em dezembro. Ela é bem diferente de Elias e Carlos; ao mesmo tempo que parece ter um espírito livre, também é calada. Acho que ela sente minha ausência, e Katrina é muito ríspida com a menina. Depois que Susana nasceu, meu casamento com Katrina acabou, mas a garota não tem culpa alguma; fomos nós que não conseguimos lidar com os sentimentos que nos separaram, e que, de algum modo, nunca nos uniram.

Acho que não lhe contei como conheci Katrina. Foi em um momento no qual ambos estávamos infelizes, e acho que ficamos juntos para unir nossa infelicidade. Gente como nós se reconhece. É algo que estava fadado a não dar certo no final. E é assim que me sinto: como se estivesse em um casamento prestes a acabar, porque de fato nunca existiu. Não para mim.

Perdoe-me por dizer-lhe essas coisas.

Desejo que você e sua filha sejam felizes na nova vida em Marburg.

JONAS

Depois de ler, Susana deu um longo suspiro. Novamente, o pai a citava na carta; não apenas ela, mas também seus irmãos.

Entre todas as correspondências, era a única em que ele citava detalhes sobre sua mãe e sobre como haviam sido infelizes juntos.

Era estranho lembrar-se do tempo de menina, quando enxergava os pais como um casal como tantos outros, e, mesmo após as brigas, o distanciamento do pai e a rejeição da mãe, sonhava em vê-los bem.

— Parece que seu pai e sua mãe realmente tiveram problemas — disse Mia. — Hoje, tudo seria mais fácil. As pessoas casam-se e separam-se a todo momento. Ainda assim, imagino como foi difícil naquela época.

Sim, havia sido muito difícil. E, ao final, a infelicidade dos dois contaminara os filhos.

— Quando menina — disse Susana —, eu vivia a fantasia de que meus pais tinham um casamento bom. Foi duro encarar a realidade. Acho que só percebi que faziam mal um ao outro depois que meu pai partiu. Minha mãe, que no começo ficou bem triste, parecia cada dia mais aliviada. Até certo ponto, acho que se sentia livre.

— Como eles se conheceram? — perguntou Mia, observando Susana guardar a carta no envelope.

— Foi em uma praia no sul chamada Tramandaí — Susana respondeu. — Não sei muitos detalhes, mas parece que minha mãe havia rompido um noivado de quatro anos quando conheceu meu pai. Casaram-se logo e se mudaram para Taquara, onde nasci e cresci.

A infelicidade que havia os unido, Susana refletiu sobre as palavras do pai. Não sentia revolta ou tristeza, apenas comoção. A frieza da mãe, a indiferença do pai — eram maneiras erradas de lidar com um relacionamento que, talvez, nunca devesse ter existido.

Pensou em Artur, nos filhos e na sorte que tinha.

— Elias, Carlos e eu somos frutos desse casamento infeliz — disse Susana. — Mas é graças a esse relacionamento que estou aqui hoje, não é mesmo?

Mia confirmou, meneando a cabeça.

— Se você é feliz com seu marido hoje, é sinal de que aprendeu algo.

Mia tinha razão. Artur a tinha resgatado, lhe dado uma segunda chance. Agora, era o momento de dar uma segunda chance a quem nunca perdoara de verdade: o pai.

ཉ

— Seu presente de aniversário — disse Artur, em frente ao portão de sua casa em Taquara. Ele lhe entregou um embrulho grande, e, quando Susana rasgou o papel, notou que era uma blusa com estampa florida.

— Minha mãe quem fez. Ela costura bem. — O rapaz deu de ombros. — Feliz aniversário!

Ao longo do segundo semestre de 1968, as investidas de Artur e seus convites para um encontro tornaram-se mais persistentes e incisivos. Ao final, Susana cedera e, em outubro, começaram a namorar.

Tudo era novo para ela — ter um homem em sua vida, alguém carinhoso e que não poupava afeto. Mais do que isso, permitir-se ser feliz naquele começo de relacionamento era um desafio que lhe custava muito esforço.

— Obrigada. Muito bonita — disse, olhando para a blusa estampada.

Ainda não havia contado à mãe sobre Artur, temerosa de que ela não aceitasse o relacionamento. A única que sabia era Mariazinha, que se mostrou bastante empolgada com a notícia.

— Não conte nada à mãe ainda! — advertira Susana.

— Tu está louca? E deixar Katrina estragar tudo? — brincou Mariazinha. — Tu é que tem que contar. E se ela criar caso, me diga e converso com ela.

Era bom ter Mariazinha como cúmplice e confidente. Desde que se dava por gente, a vizinha estivera lá, com ela, ao seu lado. Mais do que qualquer pessoa de sua família.

— Minha mãe não está — disse Susana. — Não posso te convidar para entrar para evitar comentários dos vizinhos.

Artur assentiu. Seria difícil explicar o que estavam fazendo a sós na casa de Susana se a mãe voltasse e os pegasse. Não queria confusão, muito menos magoá-la.

— Chegou uma carta do meu pai há três dias. É a primeira que ele escreve que chega antes do meu aniversário — disse Susana, dobrando a blusa.

Artur sabia da história do pai de Susana, mas preferiu não adentrar no assunto.

— Ele está doente — prosseguiu Susana.

— Eu sinto muito — respondeu. — Tu está preocupada com ele?

— Eu não sei.

De fato, ela não sabia o que sentia. Preocupar-se com o pai era inútil, uma vez que ele próprio não se preocupava com a família. Contudo, havia um incômodo que insistia em crescer dentro do seu peito.

— Ele também não falou muito. Só disse que não podia mandar dinheiro neste ano e que esteve internado.

Susana lembrou-se do conteúdo da carta. Curta, explicativa e desprovida de emoções.

Cara Susana,

Envio esta carta mais cedo neste ano. Passei muitos meses internado e quase não consegui trabalhar. Minha saúde piorou, e, por isso, não posso enviar marcos a você.

Em todo caso, espero que esteja bem e com saúde.

Seu Jonas

Artur segurou a mão de Susana e a encarou com os olhos pequenos e azuis. Susana retribuiu o olhar; ele não precisava dizer uma palavra sequer. A moça sabia, em seu íntimo, o que aquele gesto representava: ele estava ali e sempre seria um homem presente na vida de Susana.

CAPÍTULO 41

Jonas não teve problemas para ser aceito no escritório do sr. Humberto Kohl. Certamente, a indicação de *Herr* Schulz e os anos de experiência na cervejaria contaram como fatores positivos para que aquele homem de gestos refinados lhe aceitasse como empregado.

Contudo, houve uma exigência: Jonas deveria ingressar em um curso técnico noturno em contabilidade e terminar sua formação na área. Além disso, Kohl era bastante rígido com atrasos e, definitivamente, não tolerava baderneiros.

Na segunda metade de 1940, Jonas esforçou-se para reduzir a bebida e as confusões. Trabalhando de dia e estudando à noite, procurava não ter tempo para pensar nos bares e em Patrizia, e mesmo no desapontamento que causara em Bernadete.

Alugara um pequeno quarto em uma pensão na avenida Missões, próxima ao escritório, onde procurava levar uma vida discreta. O local era administrado por uma senhora, filha de italianos, chamada Eugênia Bergamini, que, apesar dos gestos espalhafatosos e do tom de voz alto, mostrava-se bastante discreta em relação aos seus inquilinos e não perguntava muito, desde que pagassem o aluguel em dia.

O vaivém de inquilinos (a maioria, homens solteiros de passagem por Porto Alegre) tornava difícil criar laços. Ao mesmo tempo, no escritório, os funcionários pareciam menos calorosos do que na fábrica de cerveja. Jonas considerou que o fato se devia a não ter imigrantes trabalhando ali, ao contrário do que ocorria na cervejaria. Todos os funcionários do escritório eram brasileiros, e, ainda que houvesse alguns de ascendência alemã, ele era o único estrangeiro.

Quando se firmou no emprego, escreveu para o pai, em seu endereço de Munique, comunicando a mudança. Omitira a confusão com *Herr* Schulz e limitara-se a falar que havia surgido uma oportunidade na área de contabilidade, a qual lhe permitiria terminar os estudos.

Novamente, os meses passaram-se sem qualquer resposta.

Então, em novembro, foi surpreendido pela carta, assinada pelo pai, colocada embaixo de sua porta pela senhoria da pensão.

Jonas sentou-se na cama, fazendo o estrado de madeira estalar. Além da cama, uma cômoda (que lhe servia de guarda-roupa) compunha a mobília. O banheiro era minúsculo, de modo que mal cabiam o vaso sanitário e a pia de louça branca e encardida.

Rasgou o envelope, que, para sua surpresa, tinha como remetente a cidade de Augsburg.

Caro Jonas,

Sei que deve estar bastante preocupado com a ausência de notícias, e isso se deve às mudanças pelas quais nossa família tem passado. Deixamos Munique há um ano e nos mudamos para Augsburg, que fica relativamente perto. Mais uma vez, tivemos que sair rapidamente de nosso apartamento, deixando muitos bens pessoais para trás. Aqui em Augsburg, adotamos um estilo de vida ainda mais simples, em uma área rural. Felizmente, estamos sendo bem acolhidos. Não passamos fome, apesar de nos faltar muita coisa.

Foi um vizinho de nosso antigo apartamento em Munique que, em posse de suas cartas, fez a gentileza de nos procurar e, por fim, me entregar as correspondências. É bom saber que ainda existem pessoas boas, mesmo que a maioria dos alemães pareça ter enlouquecido, aplaudindo essa guerra que tem nos levado à ruína.

Desconheço como as notícias têm chegado ao Brasil, mas aqui as pessoas morrem às centenas — nas fileiras da Wehrmacht ou como vítimas de nosso governo, que não aceita opositores. Tudo é motivo para prisão e envio para os campos de trabalho, que se multiplicam pelo nosso território e nos países ocupados. Eu mesmo teria tido esse destino caso não fugíssemos de Munique. Quem mais sofre são os judeus. Parece que todos os cidadãos e, acima de tudo, as tropas da SS receberam ordens para perseguir e matar livremente os judeus, ainda que estes sejam alemães como nós.

Você certamente se lembra de Herr Feldmann. Todos de sua família foram presos e desapareceram. Esse é o destino de quem está do lado contrário à ideologia do Reich agora. Alguns clientes antigos do banco, pelo que soube, tiveram o mesmo destino.

Apesar de tudo, Ana, Michael (que já é praticamente um homem feito), Franz e o pequeno Otto estão bem. Quem tem me preocupado é Dieter. Seu irmão foi convocado a servir como médico no front leste, na Polônia. Escreveu-me recentemente, dizendo que está bem e que, apesar de ter plena consciência de que esta guerra não lhe pertence, sente-se feliz em poder ajudar seus compatriotas feridos. Ele me descreveu verdadeiros horrores, Jonas, e o que me resta é rezar a Deus para que seu irmão fique bem e protegido. Felizmente, a localidade em que ele está fica longe da zona de conflito mais intenso, mas isso não significa muito, já que toda a Europa se tornou um verdadeiro barril de pólvora, e Hitler e Stálin estão com a tocha acesa nas mãos, preparados para incendiar cada metro quadrado.

Aliás, tenho me aproximado bastante de Deus. Acho que as provações amolecem os corações mais racionais, e é o que está acontecendo comigo. Ana tem me ajudado e me incentivado a orar, e, agora, faço isso não apenas da boca para fora, mas com o coração.

Dieter tornou-se um bom homem e um bom médico. Espero que Deus o proteja e tenha piedade dele, assim como proteja você também, no Brasil.

Seu pai

Jonas deixou a carta ao seu lado, sobre a cama, e esfregou o rosto. Pensou nos Feldmann e em Dieter. Novamente, assim como ocorrera em 1933, na passeata frustrada organizada por Scherer, o pai lhe salvara a vida, afastando-o do perigo. Contudo, isso não significava que outras pessoas não estavam sofrendo.

Nunca pensara em Dieter em um campo de batalha — pelo contrário, esse papel lhe cabia melhor do que ao irmão, sempre mais contido.

Imediatamente, acendeu um cigarro e puxou a cômoda para perto da cama. Usando o móvel como mesa, sob a luz parca do quarto, escreveu uma resposta ao pai. Postaria no dia seguinte, logo cedo.

Quando terminou, espichou-se na cama. Naquela noite, teve pesadelos; acordou assustado, em um sobressalto. Não se recordava do sonho, mas tinha uma sensação ruim no peito.

CAPÍTULO 42

Em dezembro daquele ano, apesar de ter relutado a princípio, Jonas aceitou o convite de um grupo de colegas do escritório para ir à praia de Tramandaí. Ele já havia conhecido o local quando ainda trabalhava na cervejaria, mas, ao contrário daquela época em que sentia-se motivado a desbravar um pouco mais do país para onde se mudara, dessa vez, não estava animado.

Foi o calor intenso e sufocante do verão que o levou, por fim, a ceder ao convite dos rapazes e, de ônibus, partir em direção ao litoral em um passeio de final de semana.

A cidade era pequena e repleta de chalés de madeira que se estendiam à beira da praia. Tudo parecia carecer de infraestrutura adequada, apesar de o destino ser um dos preferidos dos porto-alegrenses interessados em veraneio.

A despeito do calor, a água do mar era fria, o que não impedia que os rapazes e as moças de se divertirem.

Protegido embaixo da sombra de um guarda-sol, Jonas observava o movimento. Novamente, sentia-se como se estivesse em um cenário ao qual não pertencia. Era uma sensação que lhe perseguia desde que colocara os pés naquele país que, a seus olhos, parecia sempre inacabado, como uma obra em que faltavam tijolos.

Por mais que os anos tivessem passado, ele não compreendia a dedicação de seus conterrâneos e dos descendentes deles para fazer do

Brasil sua terra; um pequeno e falso pedaço da Alemanha, cravado na América do Sul.

A poucos metros de onde estava, notou duas moças sentadas sobre toalhas, ao sol. Uma delas, de cabelos morenos e maçãs do rosto salientes, olhava para ele. Usava um maiô preto que cobria seu corpo em forma, a cintura fina e os seios volumosos. Ao cruzarem olhares, a garota esboçou um sorriso e ele retribuiu prontamente.

Por vários minutos, observou as duas mulheres se levantarem e caminharem até o mar e, em seguida, retornarem envolvidas nas toalhas e sentarem-se na areia de novo.

Após novos olhares e trocas de acenos, Jonas decidiu se aproximar e conversar com a moça de maiô preto.

— Gostaria de saber se a água está muito fria — disse, agachando-se diante das mulheres. — Notei que estão aproveitando, mas não tenho o hábito de vir aqui.

As moças se entreolharam. A de maiô preto parecia mais à vontade e respondeu:

— Está fria como sempre, mas faz calor. Se fosse tu, aproveitava, já que está aqui.

Jonas assentiu e sorriu.

— Jonas Schunk — apresentou-se, estendendo a mão.

— Sou Katrina. Esta é minha irmã Sofia. Tu não é daqui, certo?

— Sou de Porto Alegre — replicou, com forte sotaque.

— Ah, não. Digo, não é brasileiro.

— Sou alemão, da Baviera — Jonas respondeu. — Mas moro aqui há cinco anos e consegui aprender um pouco de português.

— Meu pai é alemão. Bem, boa parte das pessoas daqui é filho ou neto de alguém da Alemanha — disse Katrina. — Minha família é do Norte, da região de Hamburgo.

— Coincidência. Conheço Hamburgo — disse Jonas, sentando-se na areia.

Lembrou-se da fazenda, do tio e do primo Johan. Eram memórias distantes naquele momento, rostos que começavam a ser consumidos pelo tempo.

— Eu não conheço. Nunca viajei para a Alemanha — disse Katrina.

A irmã Sofia, entediada, avisou que ia entrar na água.

— Não me deixe sozinha aqui! — exclamou Katrina, segurando o braço da irmã. — Logo vou contigo.

Contudo, isso não aconteceu. Por fim, Katrina deixou a irmã aproveitar o mar, enquanto conversava com o rapaz de cabelos claros e olhos penetrantes.

Ele lhe contou sobre a vida da família em Neumarkt e sobre como o pai e os irmãos tiveram que fugir da cidade por segurança. Também relatou parte das confusões em que se metera, as quais, ao final, foram determinantes para que acabasse cruzando o Atlântico em um navio e chegasse ao Brasil.

— Uma vida agitada — observou Katrina. — Então, veio sem família para o Brasil?

Jonas confirmou. Sabia que a maioria dos imigrantes chegava com suas famílias, mas esse não havia sido seu caso.

— Somos de Taquara, não sei se já ouviu falar. Meu pai tem um chalé de veraneio em Tramandaí e desde criança nossa família vem para o litoral. Mas ele está velho, não consegue ficar muito tempo na praia, e já se recolheu com minha mãe. Às vezes é difícil convencê-lo de deixar Sofia e eu mais tempo aproveitando o mar, ele tem medo de que alguém se aproveite de nós.

— Então, devo tomar cuidado — disse Jonas, suspendendo o cenho.

— Tu não parece alguém que vá me fazer mal — disse Katrina, rindo.

A conversa se prolongou por quase duas horas até que Sofia, já bastante irritada e entediada, insistiu para irem embora.

Katrina se despediu a contragosto, informando que voltaria no dia seguinte.

— Eu também estarei aqui — disse Jonas, despedindo-se.

Observando as duas mulheres se afastarem, ele refletiu sobre o olhar de Katrina. Apesar de sua alegria, havia algo diferente naqueles olhos escuros — algo que se sobrepunha ao brilho, como um tipo de sombra.

Será que fora justamente essa ambiguidade que o atraíra?

Virou-se para o mar e fixou-se no horizonte.

No dia seguinte, procurou por Katrina no mesmo local em que haviam conversado, porém, não avistou a moça.

Foi apenas no final da manhã que localizou Katrina e Sofia em um ponto mais distante e movimentado. Sem qualquer hesitação, aproximou-se.

— Jonas! — Katrina sorriu ao vê-lo.

— Achei que não viriam à praia hoje — ele disse, cumprimentando as duas moças.

— *Bah*, nem me fale. O pai está de péssimo humor hoje e não queria que viéssemos. Sofia falou de ti para ele, e isso o deixou ainda mais irritado.

Jonas sentou-se ao lado de Katrina, enquanto Sofia resmungava algo sobre não ter sido essa a intenção ao falar sobre o rapaz alemão que haviam conhecido.

— Ele tem medo, sabe? — disse Katrina. — Fui noiva por quatro anos e, no final, o infeliz desapareceu. Sem aliança e sem casamento. Meu pai ficou muito decepcionado.

— Deve ter sido uma experiência difícil — disse Jonas, pensando em sua própria realidade.

Ele, assim como aquela mulher, havia deixado uma história para trás. Talvez, por isso, estivesse gostando de conversar com ela. E, também, isso explicava a tristeza persistente em seu olhar, apesar do esforço para sorrir e ser agradável.

— Foi muito difícil. Aos vinte e quatro anos, meu pai tem medo de que eu nunca me case e que tenha desperdiçado meus melhores anos para encontrar alguém decente.

— Eu também tenho vinte e quatro anos. Faço em agosto.

— Sou dois meses mais nova, meu aniversário é em dois de outubro.

— Tenho certeza de que achará alguém — disse Jonas, sentindo-se à vontade para seguir no assunto. — Também fui noivo, mas não deu certo.

— Tenho consciência de que, conforme a idade avança, fica mais difícil para uma mulher... Mas, quem sabe, a vida me sorri — Katrina abriu um sorriso largo.

Jonas não tinha dúvida de que ela estava flertando com ele, mas a questão era por que ele estava se deixando levar. Era fato que se sentia solitário e que, desde que começara a trabalhar no escritório do sr. Kohl, sua vida se resumia ao trabalho e ao curso de contabilidade. Ainda assim, isso não explicava o que estava o atraindo naquela mulher.

Uma vez mais, conversaram por quase duas horas até que as moças precisaram ir embora. Antes, porém, Katrina aproximou-se dele e disse, quase ao seu ouvido:

— Se quiser nos visitar em Taquara, procure a loja do sr. Albert Lehmann. É meu pai. Ele é comerciante, nossa loja vende utensílios domésticos.

Jonas assentiu, prometendo que iria.

Logo que o mês de fevereiro de 1941 chegou, Jonas seguiu de ônibus para Taquara. Notou que a população da pequena cidade era, majoritariamente, formada por alemães. Não foi difícil encontrar a loja do sr. Lehmann, e Jonas surpreendeu-se ao ver que não somente Katrina como os demais filhos — inclusive, filhos homens, que ele desconhecia — trabalhavam com o pai no estabelecimento.

O prédio da loja era antigo e, passando pelas prateleiras de madeira, Jonas observou a profusão de itens comercializados, desde peças em porcelana até itens mais básicos, como baldes, vassouras e bibelôs que o lembraram de sua casa em Neumarkt.

Assim que o notou, Katrina o recebeu com cordialidade e apresentou-o ao pai como o *moço de Tramandaí de quem Sofia havia falado*.

Albert Lehmann era um homem alto de semblante austero. Olhou para Jonas com desconfiança através dos óculos de grau mantidos na ponta do nariz e, após advertir a filha de que não queria que ela ficasse de conversa durante o trabalho, afastou-se em direção ao caixa da loja.

— Não ligue para meu pai — disse Katrina. — Como expliquei, ele tem medo de que eu sofra.

— Não quero atrapalhar. É apenas uma visita, como prometi — justificou Jonas.

— Logo encerramos o expediente. Tu pode esperar? — perguntou Katrina, trocando olhares com o pai. Atrás da pesada caixa registradora de ferro, sr. Lehmann olhava fixamente para a filha.

Após a loja fechar naquela tarde de sábado, Jonas conseguiu acompanhar Katrina até sua casa. Ela o convidou para entrar e, então, ele pôde conhecer a sra. Lehmann, que, mais simpática, insistiu para que comesse algo.

Depois do café da tarde, sentou-se com Katrina no banco que ficava na frente da casa. Mais uma vez, ela lhe contou sobre o noivado desfeito e, diferentemente da primeira vez, chorou. Jonas a consolou, escolhendo as palavras, mas logo percebeu que não era bom em dizeres doces.

Com Patrizia era mais simples e fácil, pensou, novamente lembrando-se dos tempos de Neumarkt. Talvez porque, com ela, seus sentimentos ainda fossem puros e genuínos; naquele momento, no entanto, procurava apenas uma compensação para sua própria solidão, conversando com alguém que conhecia o sofrimento e o abandono, como ele.

Em silêncio, segurou pela primeira vez a mão de Katrina. Falou mais sobre a perseguição da sua família na Alemanha e sobre como isso o preocupava; contou de Dieter, que servia como médico na Polônia e como sentia-se em constante estado de alerta, esperando sempre más notícias quando uma carta chegava.

— Eu acho que não deveria dizer a ti o que vou falar, mas contarei mesmo assim — disse Katrina. — Quando o vi sentado sozinho na areia em Tramandaí, imediatamente enxerguei a mim mesma. Tu parecia tão solitário, assim como me sinto muitas vezes. Por isso retribuí teu olhar. E acho que estava certa. Temos muito em comum. Quando me contou tua história, tive certeza de que era um homem sozinho e que tinha um grande vazio no peito. Estou errada?

Jonas concordou. Ela não estava errada. E, pela primeira vez, ele havia conhecido uma mulher que não o fazia sentir-se solitário ou culpado por carregar um fardo no peito.

Definitivamente, aquilo que faltava na vida de ambos acabaria por uni-los. Após cinco meses de visitas a Taquara e algumas trocas de correspondências, Jonas e Katrina ficaram noivos. Em boa parte, a decisão fora motivada pela pressão do sr. Lehmann, temeroso que a filha se decepcionasse outra vez e pela insistência da própria Katrina, que enxergava no noivado uma espécie de comprovação de que Jonas não era um farsante.

Todavia, noivados e casamentos às pressas não eram exceção. Muitos casais uniam-se daquela maneira. O próprio casamento do pai com Ana, sua segunda esposa, havia sido assim.

Cedendo, Jonas escreveu ao pai, contando-lhe sobre o casamento. Junto da carta, mandou o convite discreto com a data do enlace. Certamente, a notícia pegaria o velho Otto de surpresa — mas era algo que não deixava de ser bom e que, possivelmente, alegraria o coração do pai, que vinha passando por diversas provações. Jonas, o filho rebelde, finalmente encontrara alguém para si — alguém que entendia, como ele, sobre perdas e dores.

O casamento civil aconteceu em dez de novembro daquele mesmo ano; de família luterana, Jonas não podia casar-se no religioso com a noiva, que era da família católica.

Após saírem do cartório, caminhando pela rua Júlio de Castilhos, Jonas observou os templos das igrejas luterana e católica[28] da cidade, que se localizavam uma em frente à outra, como se simbolizassem a realidade do casal que acabava de se unir.

A família Lehmann reuniu-se para a tradicional foto em frente a casa em que moravam. Jonas lembrou-se de sorrir — o que deveria ser um gesto natural devido à ocasião tornou-se algo mecânico, pensado. Então, olhou para Katrina, em pé ao seu lado, e notou que ela também não sorria.

---

28. Referência à Igreja Católica Bom Jesus e à Igreja Evangélica de Confissão Luterana no Brasil, construídas uma em frente à outra, com as portas de entrada perfeitamente alinhadas entre si.

CAPÍTULO 43

Susana tirou a foto de dentro da lata de memórias e a segurou diante dos olhos. A imagem em preto e branco já estava bastante desbotada, mas era possível ver claramente o pai e a mãe ainda jovens, ambos com vinte e quatro anos, rodeados pelos avós e tios maternos.

— Esta foto é do dia do casamento deles, em Taquara — ela disse, mostrando a imagem a Mia.

— Sua mãe não parece feliz — observou Mia.

— Ela nunca pareceu feliz. Não que eu me lembre. Nunca a vi sorrir, alegre; nunca a vi carinhosa, beijando a mim e aos meus irmãos — disse Susana, concordando.

Devolveu a foto à lata de memórias e voltou às cartas. Em 1958, Patrizia havia mandado um cartão de Natal a Jonas; novamente, a carta vinha acompanhada de um ilhós. Em janeiro de 1959, o pai escreveu a ela. O conteúdo da carta era intenso.

Cara Patrizia,

Obrigado pela lembrança de Natal. Junto a esta carta, envio também um cartão com votos de um feliz ano novo que se inicia a você e à sua filha.

Penso em você a todo instante, e minha vontade de reencontrá-la e estar ao seu lado só aumenta. É errado, eu sei. Tenho uma família para cuidar e não estamos em uma boa situação financeira. Não posso abandoná-los, pois tenho esse compromisso moral.

Mas saiba, com toda certeza, de que meu coração está aí, com você.

Se pudesse voltar no tempo e fazer as coisas de modo diferente, juro pela minha vida que o faria. Nunca teria ido embora sem você naquele dia, muito menos lhe daria as costas como fiz. Seria mais compreensivo, entendendo sua impossibilidade de vir comigo ao Brasil. Muito possivelmente, eu também não viria para cá; fugiria para alguma cidade, mantendo-me seguro até que pudéssemos ficar juntos.

Agora, depois de tantos anos, é inútil sonhar dessa maneira. Pensar o presente com a cabeça de um homem feito não desfaz os erros que cometi na juventude. Pago pelas minhas escolhas; e, pior, mesmo sem querer, faço meus filhos pagarem também, porque me é humanamente impossível ser o pai que eles merecem, já que não é aqui que desejo estar.

Novamente, me desculpe por ser tão franco.

Jonas

Susana observou as cartas. O quebra-cabeça estava chegando ao fim. Restavam apenas alguns envelopes e a ansiedade por terminar com aquilo tudo já a consumia. Ali, naquelas linhas, o pai admitia seus erros de modo claro e intenso, como não havia feito nas outras cartas. Essa dor o consumia, juntamente ao fato de estar em um relacionamento infeliz e amar outra mulher, distante vários quilômetros dele.

— A próxima carta é de sua mãe — disse Susana a Mia. Então, algo lhe ocorreu: — Você gostaria de ler?

Mia franziu o cenho.

— Eu? É sua história. Melhor que leia você.

— É *nossa* história — corrigiu Susana. — Você mesma admitiu que não chegou a ler estas cartas, apesar de mantê-las guardadas. Foi muito gentil de vir até aqui dividir este momento especial comigo e, sinceramente, gostaria que lesse pelo menos uma das cartas que sua mãe escreveu. Então, minha meia-irmã postiça? O que me diz?

Mia ainda parecia relutante. Por fim, assentiu e pegou o envelope datado de maio de 1959. Abriu e leu primeiramente em silêncio. Depois, disse:

Jonas,

Entristece-me que se sinta dessa maneira. De fato, não é justo com sua família que cultive esse sentimento em seu peito. Só lhe fará mal.

Quando penso em você, vários sentimentos me ocorrem. Alguns remetem ao passado, ao que poderia ter sido, e não foi. Outros me trazem culpa, por estar pensando em um homem que tem família.

Então, me pergunto se o amor, sendo algo divino, pode realmente conduzir a caminhos tão tortuosos.

Quando não aguento a angústia, eu oro. Peço a Deus que indique o caminho a mim e a você, porque não desejo de modo algum que você viva nessa prisão de sentimentos. É doloroso e cruel. Por favor, reflita sobre isso.

No mais, desejo que estejam bem — você e sua família.

Patrizia

— Ela parece sentir-se culpada — falou Mia. — Eu imagino o que se passava dentro dela.

— Culpada por amar meu pai?

— Por amar alguém casado — disse Mia. — Eu já disse a você; minha mãe era dotada de uma rigidez moral muito grande. Nunca a vi prejudicar alguém; não deliberadamente.

Susana sorriu.

— Não acho que ela prejudicou alguém. Não mais.

— Sério? Pensa isso mesmo? — admirou-se Mia. — Mas você chegou a ter mágoa dela.

— Claro que sim. Quando minha mãe descobriu a existência de Patrizia, eu tive muita raiva. Ela tinha roubado meu pai. Contudo, após ler estas cartas, já não penso mais assim. Sua mãe foi vítima de um sentimento que o tempo não apagou, assim como meu pai. Posso estar vendo as coisas de modo colorido demais, mas é assim que prefiro pensar agora.

Mia entregou a carta a Susana e disse:

— Você mudou mesmo a forma de pensar. No final, parece que tudo isto está valendo a pena.

— Mais do que imagina — suspirou Susana. — É duro apagar anos de mágoa, mas, pelo menos agora, eu compreendo.

Ao dizer isso, notou algo estranho. A *sombra*, presente sobre seus ombros, parecia ter se tornado mais leve. Algo nela havia enfraquecido de um modo que nunca ocorrera. Seria um indicativo de que Susana estava, de fato, no caminho certo?

Havia três cartas no ano de 1960. Uma escrita por Jonas e duas por Patrizia.

Susana abriu a primeira escrita por seu pai, datada de agosto. Susana se lembrava daquele período — havia sido mais ou menos quando ele e sua mãe haviam brigado por causa do frigorífico em que seu pai investira e que dera errado.

— Vamos lá — murmurou, começando a ler.

Cara Patrizia,

Infelizmente, algo muito ruim me ocorreu.

Investi muito dinheiro em um negócio que, por infortúnio, deu errado.

Katrina está muito brava, com razão. Perdi nossas economias e deixei a família em uma situação bastante ruim.

O fato de eu ser um péssimo pai e marido já me é conhecido. Agora, no entanto, sinto que ultrapassei todos os limites. O que ganho no escritório de contabilidade não basta para nossas contas, de modo que terei que procurar outro emprego. Evito voltar para a casa, porque não quero encarar meus filhos, nem quero que eles saibam que o pai é o real responsável pelas dificuldades pelas quais passam.

Novamente, a tentação de deixar tudo para trás e me mudar para a Alemanha, onde estão minhas origens e você, toma conta de mim.

Diga-me, o que faço? Como posso passar por tudo isso como um homem honrado?

JONAS

Susana lembrava-se de o comportamento do pai ter piorado muito na época. Ele se tornara mais irritadiço e ausente. Também passara a beber mais. A imagem de sua mãe levantando-o da mesa da sala de jantar enquanto ele estava totalmente bêbado retornou.

Tudo fazia sentido. Ele guardara todo o sofrimento para si, dividindo-o unicamente com a mulher que amava por cartas.

Na ocasião, ela imaginara que o pai simplesmente não se importava com a raiva da mãe ou com a penúria por que passavam. Mas, agora, ela entendia que ele nunca se perdoara. Aquele homem de aparência forte e resiliente afundava-se, ano após ano, em um vazio gigantesco.

A carta seguinte era do mês de outubro, enviada por Patrizia.

Jonas,
Lamento muito por sua situação.
Peço, diante disso, que não nos envie lembranças do Brasil e economize o máximo que puder.
Tenho certeza de que logo as coisas ficarão melhores.
Entenda sua esposa e tente aprender algo com o que houve.
Do meu lado, sigo orando por você e pelos seus.

Patrizia

A última carta do ano era um cartão de Natal. Susana abriu o envelope e leu o conteúdo:

Feliz Natal, Jonas.
Envio, como lembrança, este ilhós. É um pouco diferente e me deu mais trabalho.
Na noite anterior ao dia em que escrevo esta carta, sonhei com você. Você estava feliz. Talvez isso seja um bom presságio e meu coração se encheu de alegria.
Então, acordei ciente do tamanho do meu sentimento por você. Afinal, quem ama sempre deseja o melhor ao outro.
O trabalho na igreja nesta época é intenso e tem me tomado bastante tempo, mas fico feliz em poder trabalhar pelos outros. Por isso, acho o Natal uma época tão especial.
Saudações minhas e de Mia.

Patrizia

Susana olhou para o ilhós dentro da lata de memórias. De fato, suas voltas e formato eram diferentes — talvez, por isso, Patrizia dissera que havia dado mais trabalho.

— Estamos terminando as cartas — disse Mia. — Restam apenas as de 1961.

Susana engoliu em seco. Sim, ela sabia. Era o ano em que Elias morrera e quando seu pai abandonara a família para sempre.

O último trecho do caminho. E é tarde para voltar atrás, pensou, segurando o choro.

CAPÍTULO 44

Katrina era uma mulher amarga. O peso com que encarava a vida se estendia como uma mortalha, encobrindo o relacionamento dos dois, tornando o cotidiano do casal uma convivência quase insípida.

Filha mais velha dos Lehmann, Katrina fora criada sob mimos e proteção, de modo que exigia do marido a mesma dedicação e atenção.

Jonas, por sua vez, logo percebeu que era incapaz de atender aos desejos da mulher. A dor que outrora servira como laço de cumplicidade entre eles, agora parecia um argumento frágil para mantê-los juntos.

De certa forma, o comportamento de Katrina fazia Jonas lembrar-se de sua mãe e seu humor azedo. Quando a família perdeu os bens após uma ação financeira equivocada orientada pelo pai, a mãe não hesitou em despejar sobre Otto sua fúria e, ao final, acabou deixando o marido e os filhos como se nada significassem. Nunca mais deu notícias, nem mesmo se preocupou em levar consigo o caçula, Michael, na época, pouco mais do que um bebê.

Ana surgiu como um bálsamo para a dor de Otto e, em pouco tempo, a família Schunk se reestruturou em torno dela.

Contudo, a realidade de Jonas e Katrina era diferente.

Ao longo do primeiro ano da relação, o casal morou na casa dos Lehmann até se mudar, em 1942, para uma casa mais simples, que Albert

Lehmann alugava, até então, a um casal de meia idade. Jonas não podia reclamar do sogro — aliás, notava que o pai de Katrina movia mundos e fundos para que o casamento da filha desse certo, ajudando com recursos e, principalmente, com dinheiro.

Fora ele o principal incentivador para que Jonas abrisse o escritório de contabilidade como forma de ganhar um pouco de independência financeira. Também fora o sr. Lehmann que lhe conseguira os primeiros clientes.

No final do ano, no entanto, o patriarca da família foi acometido por uma síncope e faleceu no Hospital de Caridade semanas depois. A Sra. Lehmann, desolada, mudou-se para Gramado, na casa de um dos filhos. Era o mais sensato a fazer, já que a mulher, que nunca estivera sozinha, carregava nos ombros a viuvez e definhava a olhos vistos.

No começo de 1943, a família optara por fechar a loja. Os filhos (dois homens e Sofia) seguiram seus rumos. Os rapazes, já casados e com família quando Jonas os conheceu, mudaram-se para Porto Alegre. Sofia casou-se em junho do mesmo ano e mudou-se para a cidade natal do marido, no oeste do estado.

Com a parte da herança que coube a Katrina, o casal Schunk conseguiu finalmente comprar um imóvel próprio. Em agosto, pouco depois do aniversário de vinte e seis anos de Jonas, mudaram-se para uma casa de madeira, mais ampla e confortável em uma região pouco habitada de Taquara, localizada na esquina da rua Arnaldo da Costa Bard.

Todavia, a morte do pai e o distanciamento da mãe pareciam mergulhar Katrina em um amargor ainda mais severo. A indiferença do marido para com suas queixas era constantemente motivo de explosões de fúria. Ela queixava-se de não se sentir amada, e Jonas, por sua vez, sentia-se impotente diante da realidade, já que não conseguia dar à esposa o retorno afetivo que ela desejava.

Não era difícil perceber, de ambas as partes, que o enlace fora um erro. Uma decisão precipitada, motivada pelo anseio de fazer as feridas cicatrizarem.

Nas cartas que enviava ao pai em Augsburg, Jonas evitava queixar-se de sua situação. A família já tinha problemas o bastante para que ele piorasse tudo com lamúrias. Além disso, era um homem, não mais um menino; não podia recorrer ao pai como o fizera tantas vezes no passado, de modo que restava a ele assumir a responsabilidade por seus atos.

Em dezembro de 1943, Jonas recebeu uma carta do pai. Havia chegado do escritório quando Katrina, mal-humorada, entregou-lhe o envelope.

Sentado na mesa de jantar, a mesma em torno da qual a família se reuniria anos a fio em um silêncio doloroso, Jonas leu o conteúdo perturbador.

Jonas,
Infelizmente não tenho boas notícias a lhe dar. Demorei para lhe escrever porque eu mesmo tenho passado dias difíceis.

Há um mês recebi uma carta em papel timbrado da Wehrmacht informando que o hospital em que seu irmão trabalhava na região de Ternopil foi bombardeado por aviões soviéticos. Infelizmente, seu irmão estava entre as vítimas, Jonas. Dieter está morto. Seu irmão se foi.

Lembro-me da última carta que ele me enviou, contando que havia sido transferido para a Ucrânia e de como as pessoas do país receberam nossas tropas com festa. Saíam às ruas para saudar nossos soldados, já que aparentemente preferiam Hitler a Stálin.

Deus não ouviu minhas preces, Jonas. Todos os dias, desde que recebi a correspondência oficial da morte de Dieter, tenho me perguntado por que isso aconteceu. Essa guerra não era dele; não é nossa. Então, por que Dieter tinha que ir ao encontro de um destino tão cruel?

Tento encontrar conforto nas linhas que seu irmão me enviou há alguns meses. Ele disse que não estava na guerra por Hitler, mas pelas pessoas. Seres humanos que precisavam de cuidados, jovens alemães como ele.

A carta do Reich disse que Dieter morreu como herói. O prédio sofreu um bombardeio noturno, enquanto seu irmão, no último andar do edifício, estava socorrendo feridos — jovens soldados alemães que haviam acabado de ser removidos do front leste. Se estivesse no alojamento, que fica no subsolo, provavelmente nada teria sofrido. Morreu ajudando as pessoas, Jonas.

Eu lhe pergunto: existe forma mais nobre e, ao mesmo tempo, mais cruel de se morrer? Malditos sejam todos os que nos lançaram nesta desgraça!

Um pai nunca deveria sobreviver aos filhos. Essa é a maior prova de que um homem pode passar em vida, tenho certeza. A dor é um buraco que só aumenta e me consome por dentro. Tento me manter forte por Michael, Franz e pelo pequeno Otto; por Ana também, ela precisa de mim, mas acredito que nem o tempo seja capaz de fechar essa ferida.

Nossas cidades estão sendo consumidas pelas bombas e pelas chamas, como se a memória de um país que não existe mais estivesse sendo apagada para sempre. Todos os dias, inevitavelmente, somos obrigados a nos esconder em abrigos antiaéreos quando as sirenes tocam diante da aproximação de aeronaves inglesas. Então, escutamos os estrondos. A cada bomba e a cada edifício que vai ao chão, penso em seu irmão, no que ele passou, em qual foi o último som que escutou, se teve tempo de reagir, se sofreu.

> *Eu digo, filho: se existem demônios a caminhar sobre a Terra, eles estão aqui, na Alemanha, encarnados na figura de Hitler e seus comparsas.*
> *Dieter morreu longe, sem que eu pudesse segurar sua mão.*
> *Se puder pedir-lhe algo, Jonas, é que ore por seu irmão. É o pedido de um pai aflito. Que ele esteja em paz, junto de Deus.*
>
> Seu pai

Quando terminou a carta, Jonas tinha o rosto banhado em lágrimas. A raiva que há muito tempo não sentia voltou a consumi-lo; assim como ocorrera com Casper em sua juventude, desejou ardentemente trocar de lugar com o irmão.

Pensar que Dieter não existia mais, que havia morrido em um bombardeio, era inconcebível; devia ser uma mentira, uma peça pregada pelo destino. Logo, receberia uma carta do seu pai, comunicando que o irmão havia voltado para a casa. Sim, era isso. Uma mentira na qual se recusava a acreditar.

— O que houve? — perguntou Katrina, ao notar que Jonas chorava.

— Meu pai escreveu dizendo que meu irmão está morto. Morreu em um bombardeio ao hospital em que estava trabalhando, na Ucrânia.

Katrina calou-se. Pressionou os lábios e disse que oraria por ele. Ouvir a própria voz narrando a morte do irmão causou ainda mais dor em Jonas. Não era mentira; era real. Dieter estava morto.

— Preciso sair — disse ele, deixando a carta sobre a mesa.

Naquela noite, Jonas retornou bêbado para casa. Era a primeira vez que isso acontecia desde que havia se casado com Katrina e, enquanto entornava a cerveja e o conhaque, percebeu que não se importava com o que a esposa iria pensar.

Na verdade, acho que não me importo com ela, refletiu, pedindo outra dose de conhaque.

Também foi a primeira briga mais séria do casal. Ao vê-lo chegar alcoolizado, Katrina, aos prantos, ameaçou abandoná-lo, e, diante da ameaça, Jonas retrucou que não se importava.

— Não achará outro idiota para se casar com você — ele disse, ríspido, em alemão. — Ou pensa que encontrará nesta cidadezinha alguém disposto a assumir alguém com seu temperamento? Não sou seu pai para tratá-la como princesa.

Dizendo isso, desvencilhou-se da tentativa de Katrina de abraçá-lo e foi para o quarto. Não demorou a dormir e, naquela noite, não sonhou.

No dia seguinte, quando acordou, Katrina não estava mais na cama. Sentindo a cabeça latejar, caminhou até a cozinha e viu a mulher ocupando-se com o café da manhã.

Ao vê-lo, Katrina desculpou-se pelo que havia dito, mas não escutou qualquer arrependimento de seus lábios. Pelo contrário, de modo indiferente, Jonas passou por ela e largou-se sobre a cadeira, junto à mesa de jantar.

Enquanto ela o servia, uma sensação ruim o dominou. Pela primeira vez desde que se casara, percebeu que havia realmente cometido um grande erro. Dores não se curavam mediante outras dores ainda piores. Pelo contrário, o sofrimento, quando unido, tende apenas a se potencializar.

E, de algum modo, ele já havia sentenciado a si mesmo como alguém que não merecia a felicidade. Se, de fato, algum dia já houvesse sido feliz, foi em outra época, em outra vida. Quando ainda tinha a família ao seu lado e seu irmão Dieter estava vivo. Quando Hitler ainda não existia e tudo era mais simples.

Uma vida que deixara para trás em Neumarkt e nos lábios de Patrizia.

CAPÍTULO 45

Em 20 de setembro de 1944, após um parto demorado, o primeiro filho do casal Schunk veio ao mundo. Katrina desejava que se chamasse Elias, em referência ao segundo nome de Jonas, e assim foi.

Quando Jonas segurou o filho no colo, sentiu-se como se imerso em um sonho. Assistira ao nascimento de Michael e Franz, mas nunca se imaginara como pai, segurando um fruto seu nos braços — um ser indefeso, que se aninhava junto ao seu peito como se estivesse ávido por proteção.

Pensou no seu pai — em como sentiria orgulho do primeiro neto — e em Dieter, que nunca teria a oportunidade de conhecer o sobrinho.

Após os primeiros momentos de torpor, o sentimento mudou. Sentiu medo. Olhar para o pequeno Elias e imaginar todo o caminho que teria que percorrer ao longo da vida lhe causava temor. Teria ele capacidade para estar ao seu lado e protegê-lo? Justo ele, que raramente teve as rédeas de sua própria vida em mãos?

Mariazinha (que sempre se apresentava assim, com o nome no diminutivo), uma mulher mirrada e simples, que se mudara há poucos meses para o terreno ao lado, ofereceu-se para ajudar Katrina nos cuidados com a criança recém-chegada. Morava sozinha e pouco falava sobre seu passado, o que causava estranheza em Jonas. Contudo, Katrina pareceu ter se afeiçoado rapidamente à moça, de modo que ele optou por não criar caso.

Enquanto as duas mulheres dividiam afagos e conselhos sobre Elias, Jonas deixou a casa em silêncio. Precisava de ar, como se estivesse mergulhado sob as águas. Experimentava um misto de sentimentos de alegria, impotência e dor. Qualquer homem ficaria exultante com a chegada do primeiro filho; possivelmente, beberia e pagaria cerveja para os colegas, sem pensar no dinheiro.

No entanto, com ele estava sendo diferente. Sentia o ombro pesar, como se o mundo estivesse sobre suas costas.

Pelo menos, a última carta enviada pelo pai indicava que a família estava segura. Com a ajuda de amigos, os Schunk haviam conseguido escapar para o norte da França e se instalar na região rural de Lille. Segundo o pai mencionara, a área era uma zona intermediária de conflito administrada por forças militares belgas. Também relatara que Ana estava grávida novamente, notícia que surpreendeu a todos.

Em um trecho, o pai escrevera:

Há um otimismo exagerado, entre os franceses da resistência, de que em breve as tropas norte-americanas e inglesas desembarcarão no Norte para dar o golpe de misericórdia na ocupação.

De todo meu coração, espero que o prognóstico esteja certo, Jonas. Então, poderemos retornar à Alemanha — ou, pelo menos, ao que resta dela.

Jonas chegou ao bar administrado pelo velho Franz (sim, o mesmo nome de seu irmão, um nome alemão bastante comum), onde vários homens de Taquara costumavam se reunir após o trabalho para beber. Franz era uma figura conhecida na cidade, sobretudo por estar sempre com um chapéu preto sobre a cabeça, escondendo o couro cabeludo totalmente nu.

Há quatro dias, o Brasil havia oficialmente declarado guerra à Alemanha. A notícia se espalhara nas rádios e nos jornais, sempre em um tom que Jonas julgava ser de um sensacionalismo exagerado, motivado pelos ataques dos submarinos alemães às embarcações brasileiras.

Assistira o próprio país começar a sucumbir sob um discurso nacionalista e o resultado havia sido uma guerra que lançara a Alemanha à ruína.

Todavia, a pressão popular finalmente fez com que o presidente Getúlio Vargas, um homem que Jonas julgava ser uma típica raposa política, como Hindenburg, sempre preparada para saltar para o lado mais forte, cedesse aos norte-americanos.

Enquanto as vozes na rádio conclamavam aos brasileiros patriotas que pegassem em armas e se dirigissem à Europa para a guerra, as leis endureciam a vida dos imigrantes alemães, japoneses e italianos que viviam no país.

Rumores se espalhavam rapidamente, dizendo que seriam proibidos jornais e programas de rádio em alemão, e qualquer um que desobedecesse a tal ordem seria preso como inimigo do Brasil. Até mesmo conversar em idioma nativo, diziam alguns, seria proibido, assim como seria suspenso o ensino de alemão, italiano e japonês nas escolas das colônias.

Obviamente, a comunidade de estrangeiros e descendentes colocou-se em estado de alerta. O país que os acolhera agora os enxergava como inimigos. Prisões já estavam acontecendo nas cidades grandes, como Rio de Janeiro e São Paulo, e não tardaria para que a represália também chegasse ao Sul, onde a concentração de imigrantes de origem germânica era maior.

Jonas encostou-se no balcão e pediu um conhaque a Franz. Acendeu um cigarro e tomou um gole da bebida assim que o velho alemão colocou o copo à sua frente.

— Ouviu as notícias? — perguntou o velho Franz. — Agora, todo mundo nos vê como traidores e inimigos.

Jonas assentiu, ainda com o copo na mão.

— É a guerra — seguiu o velho Franz. — Essa maldita guerra está deixando todo mundo louco! Ouça o que eu digo, não sobrará nada da Alemanha para contar história. O maldito Hitler destruiu nosso país.

Enquanto observava o velho Franz ocupar-se, enxugando os copos com um pano branco, Jonas ponderou sobre o que havia ouvido. Realmente, a guerra deixava as pessoas fora de si; os mesmos que bradaram apoio a Hitler agora gritavam pelo fim do conflito, ao mesmo tempo que assistiam à morte de seus familiares e à destruição de suas cidades.

O velho Franz continuou a esbravejar contra o governo brasileiro a outro cliente que havia acabado de entrar no bar, e Jonas sentiu-se aliviado por, finalmente, poder beber sozinho. Sentou-se em uma das mesas vagas e, voltando-se para a porta do estabelecimento, observou o sol desaparecer no horizonte.

Não deveria estar gritando aos quatro ventos que acabara de ser pai? Sim, deveria. Contudo, naquele momento, tudo o que mais queria era aplacar a angústia que sentia.

O horário de trabalho estava findando e, logo, o local estaria cheio de homens que retornavam dos campos ou das fábricas, ávidos por um trago e prontos para falar mal das esposas e, claro, da guerra.

Um homem jovem entrou no bar arrastando uma mala pesada. Jonas deduziu que o rapaz, vestido como maltrapilho e um pouco mais jovem do que ele, estava a alguns dias sem banho. Os cabelos loiros cortados bem curtos estavam encardidos e a barba por fazer lhe conferia um aspecto doentio.

O homem encostou-se no balcão e, em alemão, perguntou se o estabelecimento servia comida.

— Temos salsicha e presunto — informou o velho Franz, interrompendo a conversa com outro cliente. — Se quiser, pode se sentar. Bebe alguma coisa?

— Cerveja — pediu o jovem, também em alemão.

O rapaz acomodou-se na mesa próxima a Jonas.

— Não fique soltando a língua por aí — o velho Franz continuou a falar. — Se ouve rádio ou lê jornais, deve saber que nosso idioma e nossos hábitos agora são transgressores. Para o diabo com isso! Ajudei a construir esta cidade com estas mãos, merda! E, agora, sou inimigo por ser alemão.

— Eu não falo português — disse o rapaz. — Não faz muito tempo que cheguei da Alemanha com minha filha.

— Então deu sorte. As fronteiras estão fechadas agora para gente como nós — disse o velho Franz, colocando um copo de cerveja sobre sua mesa. — Deus nos proteja!

Jonas observou o jovem; ele olhava para a superfície do copo com olhos morteiros. Ao longo de vários minutos, não tocou na bebida — apenas seguiu inerte, como se apenas seu corpo estivesse presente.

Jonas acendeu um cigarro e estendeu o maço ao rapaz, que aceitou.

— Jonas Schunk — apresentou-se. — Você disse que chegou da Alemanha há pouco tempo?

— Olaf Seemann[29] — disse o jovem. — É verdade. Vim para uma fazenda chamada Nova Pomerânia, e estou à procura de emprego e de um lugar para ficar por alguns dias.

Jonas assentiu e perguntou:

— Chegou a participar da guerra?

O rapaz confirmou, balançando a cabeça afirmativamente.

— Servi na *Waffen-ss* em Plaszow até desertar.

— Então, você é um maldito nazista — disse Jonas, arrependido de ter oferecido cigarro ao sujeito.

---

29. Olaf Seemann é protagonista do outro livro do autor, *A filha do Reich*, finalista do Prêmio Jabuti 2020.

Então, notou a tristeza se aprofundar os olhos do recém-chegado. Ainda olhando para a bebida, o rapaz falou:

— Pode-se dizer que *fui*. Na verdade, não sei o que fui ou sou, e não espero que compreenda. Tenho vagado por muito tempo, andando debaixo deste céu, pedindo a Deus que me explique o motivo de eu ainda estar vivo.

Jonas bebeu sua cerveja e perguntou:

— Como está a situação por lá?

O rapaz fechou os olhos e deu um longo suspiro.

— A Alemanha está perdendo a guerra e é questão de tempo até que os soviéticos cruzem a fronteira, se quer mesmo saber. E, se existe um inferno, certamente um pedaço dele está em Plaszow. Trabalhei em um campo de prisioneiros, em sua grande maioria, judeus. Em 1943, as execuções sumárias começaram, à medida que mais e mais prisioneiros chegavam nos caminhões, feito porcos. Já viu um homem morrer, *Herr* Schunk?

Jonas tinha ouvido sobre deportações de judeus para campos que serviam como prisões, mas, até aquele momento, execuções eram rebatidas como propaganda inimiga por parte do *Reich*. Por fim, respondeu que não — nunca havia visto um homem morrer, ainda que tivesse perdido um irmão na guerra.

— Então, é um privilegiado — disse o homem, finalmente encostando a bebida nos lábios. — A gente nunca esquece o olhar de um moribundo. Nas execuções, minha tarefa era dar o tiro de misericórdia; se bem que *misericórdia* não é bem a palavra correta — novamente, o jovem suspirou, como se as lembranças fosse vivas o bastante para lhe causar dor física. — Entre os fuzilados, eu tinha que procurar os que ainda estavam vivos e abatê-los com um segundo tiro. Era meu trabalho.

Após um breve silêncio, o jovem continuou:

— Vi muitas pessoas morrerem. E aqui estou eu, vivo, sem entender o motivo — disse. — O mais irônico é que tive que matar meu melhor amigo para salvar a mulher que amava. Certamente, Deus está dando boas risadas às minhas custas.

A mulher que amava. Uma vida poupada em detrimento do sofrimento de terceiros. Um vazio que remetia à sensação de não pertencimento a lugar algum. Jonas compreendia aqueles sentimentos.

— Acredita em milagres, *Herr* Schunk?

Jonas fez que não.

— Pois acredite. Eles acontecem — disse o jovem, sorrindo com ironia. — Eu mesmo presenciei alguns, em Plaszow. Então, Deus é capaz de agir mesmo na casa do diabo. Foram esses milagres que me salvaram do horror da guerra, mas, para isso, tive que atirar no homem com quem cresci e que tinha como um irmão. Ambos éramos soldados da *Waffen-ss*, fomos da Juventude Hitlerista, mas, ao final, acabamos como sombra um do outro, em lados opostos. Ele morreu, e eu estou vivo. O nome dele era Heinz Gröner, que Deus o tenha. É estranho, porque, hoje, quando penso no que aconteceu, acho que tive que matar Heinz porque ele representava um lado meu que precisava deixar de existir; o lado que serviu a Hitler e à Alemanha impiedosa, que mata seus próprios filhos a sangue frio.

— Você comentou que tem uma filha, que veio com ela para o Brasil — disse Jonas.

— Sim — o jovem assentiu. — Mas tive que deixá-la para trás, aos cuidados de uma boa mulher. Ela é um bebê e não tenho condições de cuidar dela. Nem mesmo consigo olhar para ela — novamente, o ex-soldado deu um longo e pesaroso suspiro. — A mãe dela, a mulher que realmente amei, também deixei para trás, na Alemanha. Ao final, acho que meu destino é abandonar todos a quem amo, *Herr* Schunk. Entende por que questiono Deus sobre o motivo de eu estar aqui, vivo?

Sim, Jonas entendia. Entendia por que sentia o mesmo. As pessoas a quem realmente amava estavam longe — o pai, Dieter e Patrizia. Todos pertencentes a uma vida que não era mais a dele.

— Meu filho nasceu hoje — disse Jonas, de modo inesperado. — Por isso perguntei sobre sua filha.

O jovem recostou-se na cadeira e, olhando para Jonas, sorriu.

— Meus parabéns. Espero que seja para ele um pai melhor do que eu consegui ser para a pequena Martha. No entanto, como disse, ela está melhor sem mim.

Tomado pela inquietação, Jonas levantou-se e estendeu a mão ao rapaz.

— Obrigado pelo cigarro — disse o jovem. — Saúde a seu filho.

Jonas agradeceu e, saindo do bar, caminhou até sua casa. Queria pegar Elias nos braços e ampará-lo; mais do que isso, desejava ardentemente esquecer aquela conversa com o ex-soldado, cujas palavras tanto refletiram os sentimentos que ele próprio gestava em seu íntimo.

— *Herr* Schunk! — o ex-soldado o chamou.

A voz fraca vinha de suas costas. Jonas virou-se e notou o homem em pé, junto à porta do bar.

— Desculpe-me se estou sendo invasivo, não é realmente minha intenção, mas algo me pede para dizer o que vou falar.

Jonas assentiu, indicando para que continuasse.

— Se existe amor dentro do senhor, *Herr* Schunk, então, cultive-o próximo de sua família. Aquela mulher de quem lhe falei, a mulher que amo e que deixei na Alemanha, usou o amor para me curar e para realizar verdadeiros milagres. Não sei por que, mas enxergo dor no senhor. Ainda há tempo. Se o senhor não se apegar ao amor, será consumido pela dor, assim como eu. Chegando em casa, abrace seu filho como se ele fosse seu maior tesouro. Eu não posso fazer isso pela minha filha... ela nasceu como fruto do maior pecado que cometi na vida e, ao vê-la, retorno sempre a uma parte de mim que merece morrer. Justamente o pecado contra a mulher que eu deveria amar e proteger. E, ainda assim, as últimas palavras de minha amada antes de eu partir foram de carinho e de afeto, pedindo que eu cuidasse da pequena Martha. Aproveite, então, a chance que a vida está dando ao senhor.

Aquelas palavras fizeram a angústia de Jonas aumentar. Apenas meneou a cabeça e agradeceu o jovem maltrapilho. Em seguida, voltou a caminhar.

Talvez, a guerra tivesse levado embora o juízo do sujeito; tampouco compreendera a qual *pecado* o jovem se referia com tanta veemência, assim como o que significavam os milagres que ele afirmava ter visto. Preferiu não perguntar.

Porém, não compreendia por que, conforme se afastava do bar, sentia que estava deixando para trás alguém que parecia ser um irmão do destino.

Fixou os olhos na noite e no céu estrelado. De repente, percebeu que o medo que sentira quando pegou Elias no colo havia retornado.

Por que aquelas palavras faziam tanto sentido para ele, como se descrevessem um tipo de profecia?

Acendeu um cigarro e voltou o olhar para sua casa, ao longe. Sob seus pés, as pedrinhas estralavam. Ali, estavam Katrina e Elias. Seu presente e seu futuro. O futuro que lhe foi dado quando o destino o levou para longe de Patrizia e da Alemanha.

Então, caminhou em direção à casa, seguindo adiante em sua própria e desconhecida história.

CAPÍTULO 46

Em 1961, o pai enviara duas cartas a Patrizia. A primeira contava que ele se mudara para Charqueadas para trabalhar como professor de português dos funcionários alemães na nova usina termelétrica.

Cara Patrizia

Este é meu novo endereço. Mudei-me para a vila de funcionários localizada no perímetro da obra de uma nova usina termelétrica em uma cidade chamada Charqueadas. Para chegar aqui, é necessário cruzar o rio, já que o local é ermo e de difícil acesso.

Foi a única solução que encontrei para resolver dois problemas que me atormentam: o primeiro deles é a necessidade de mais dinheiro para remediar o desastre financeiro que o investimento no projeto de que lhe falei causou em minha família; o segundo é encontrar o distanciamento necessário de minha casa para que, quem sabe, eu possa me sentir em paz e levar paz aos meus filhos, já que não consigo (não posso) ser para eles o pai de que necessitam.

Guarde este endereço para correspondências futuras. Não sei por quanto tempo seguirei trabalhando aqui, já que a inauguração está prevista para este ano ainda.

JONAS

A segunda carta, como Susana observou, datava do mês da morte de Elias. Também era a penúltima correspondência enviada pelo pai a Patrizia — fora essa, havia mais uma escrita por ele, já com o remetente de Frankfurt.

— Esta, sem dúvida, será a mais difícil de ler — disse Susana a Mia. — É da época da morte de meu irmão Elias.

— Você quer deixar de lado? — perguntou Mia, em tom conciliador.

— Não — Susana foi taxativa. — Falta pouco.

Abriu o envelope, sentindo as mãos tremerem novamente. Contudo, a emoção que sentia era diferente; não era mais por si mesma que temia, mas, sim, por avivar uma história dolorida e, também, descobrir como o pai realmente se sentira ao enterrar o filho mais velho.

O conteúdo era maior e mais doloroso. Ao terminar de ler, primeiramente em silêncio, Susana chorou. Tomada pelos espasmos e soluços, cobriu o rosto. Mia aproximou-se, sentando-se ao seu lado. Sem dizer nada, abraçou-a.

Após alguns minutos, Susana ergueu a cabeça e limpou as lágrimas.

— Desculpe — disse. — Foi difícil...

— Não tem problema, querida — Mia falou, passando a mão pelas suas costas. — Chore o quanto for preciso. Sabe uma coisa que minha mãe sempre me dizia quando eu chorava?

Susana fez que não.

— Ela dizia que segurar o choro era a pior agressão que podíamos fazer a nós mesmos. Por isso, ela falava, quando se tem vontade de chorar, devemos colocar tudo para fora. Porque, quando as lágrimas finalmente chegam ao limite, não voltaremos a chorar pelo mesmo motivo. Sempre achei esse pensamento sábio da parte dela.

Susana confirmou, balançando a cabeça. Contudo, não sabia se tal ensinamento se aplicava no caso dela. Ela já havia chorado tanto pelo pai, pela mãe e por Elias, mas ainda havia lágrimas o bastante para correrem livremente por seu rosto.

— Às vezes penso no tipo de homem que Elias se tornaria se estivesse vivo. Ele era doce, amável, ao contrário de Carlos e de mim — falou.

— Por que diz isso? Você não é amável? — perguntou Mia.

Susana não respondeu. Passou a mão mais uma vez pelo rosto e, então, leu o conteúdo da carta em voz alta. Ela começava de modo direto, e escorria em frases expondo uma dor inimaginável.

Meu filho Elias morreu.

Não existe possibilidade de escrever estas linhas a você sem chorar. Ele sempre teve a saúde frágil, mas nunca imaginei que isso aconteceria. Eu o imaginava crescer forte, ter sua própria vida, sua esposa, filhos. Contudo, o que vi, de verdade, foi meu filho dormindo em um caixão de madeira. Desejo de todo coração que você nunca passe por isso. É a pior das dores.

Quando eu estava no hospital em que esteve internado, em Porto Alegre, que é a capital de nosso estado, eu segurei sua mão lembrando das palavras de meu pai — que Dieter havia morrido em terras distantes sem que ele pudesse segurar sua mão na hora da morte. Havia morrido sozinho, talvez com medo, talvez nem sabendo o que estava lhe acontecendo.

Eu estava ao lado da cama dele quando Elias deu o último suspiro. Seu corpo não aguentou, mesmo sendo tão jovem. Não foi uma bomba ou um ataque aéreo que levou meu filho; foi uma maldita doença silenciosa contra a qual nada pude fazer, como o inútil que sou, Patrizia. Eu segurava sua mão e, então, percebi que meu pai estava errado. Isso não me trouxe alívio, senão mais desespero. Não há como se despedir de um filho.

Mandei Katrina de volta a Taquara enquanto cuidava dos trâmites do transporte do corpo. Na verdade, eu queria ficar sozinho. Permitir-me, sem qualquer olhar de censura, ser consumido pela dor, devastado. Que o buraco em meu peito, aquele que sempre existiu desde que deixei a Alemanha, se tornasse uma cratera até que, por fim, me engolisse.

Foi apenas aí que notei que, por mais que esse buraco cresça, sempre haverá mais e mais para ele consumir. Existirá sempre uma nova parte de mim a ser levada embora, como se ainda houvesse uma parte de Jonas Schunk que o lado obscuro, sinistro, insistisse em açoitar.

Quando chegamos a Taquara, eu não conseguia olhar o veículo que conduziu o corpo de Elias; ou o que sobrou dele. Porque o que havia ali era apenas carne e ossos. Meu filho não estava mais lá. Pelo menos nisso meu pai teve sorte com Dieter; nunca pôde ver seu corpo, porque nada sobrou de meu irmão. Contudo, Elias estava lá, dormindo, bem diante de mim, como se implorasse para acordá-lo. E o que pude fazer? Nada.

Ah, Patrizia, como é possível voltar nos anos e resgatar o tempo que não passei ao lado de Elias desde seu nascimento?

Na dor, lembrei-me do dia em que ele nasceu. Na época, eu me sentia assustado, deixei Katrina em casa e fui para um bar beber. Foi quando me aconteceu algo bastante curioso, encontrei com um ex-soldado, um desertor da Waffen-SS, que fugira para o Brasil com a filha pequena. O rapaz, de cujo nome não me lembro, tinha um aspecto moribundo, não apenas em seu semblante, mas, sobretudo, no que restara de sua alma. Foi naquele momento que vi a mim mesmo, como em um espelho. Fiquei bastante assustado.

O jovem me disse para que voltasse para casa e cuidasse de meu filho como um tesouro, porque eu ainda tinha chance. Eu tinha uma alma. Foi o que fiz, foi o que tentei fazer; juro que tentei. Mas, ao final, eu terminei como aquele rapaz: sem alma.

Não há mais nada para mim aqui. A morte de Elias me ceifou o último ramo de dignidade e me colocou frente a frente com o pior de mim: o pior pai, o pior marido.

A meu modo, devo morrer para Carlos e Susana para que, então, eles me apaguem da lembrança e renasçam sem a influência nefasta do pai, uma sombra de um homem.

Assim que o caixão de Elias foi coberto por terra, decidi retornar a Charqueadas. Daqui, irei para a Alemanha. Deixarei tudo para trás, Patrizia. Se houve uma parte de mim que realmente foi feliz, foi aquela que viveu em Neumarkt, que conheceu você e que ainda tinha sonhos.

Depois de tudo, o homem que me tornei foi apenas uma sombra do que eu realmente deveria ter sido. E para ir atrás do meu antigo eu é que retornarei para meu país, abandonando definitivamente minha família para que sejam felizes. O que nos une é um laço de dor, uma dor que eu criei com estas mãos, e que, por mais que me custe, devo cortar.

Meus filhos ficarão bem. Principalmente Susana. Falei pouco dela a você, mas, ainda que seja apenas uma criança, minha filha é a mais forte de nós. Mesmo em meio a toda dor lhe que causei, à rejeição de Katrina contra a qual nunca a defendi (pelo contrário, alimentei com minha ausência), Susana sempre sorri. Tem um gesto afetuoso. Mantém-se forte como uma rocha, como se quisesse mostrar que, por mais que a mãe e eu caminhemos no rumo da destruição, ela manterá as coisas em pé. É estranho ver isso numa criança, mas posso sentir a força de Susana e a admiro por isso.

Fui eu que a afastei de mim, Patrizia. Espero que, um dia, ela entenda que foi pelo bem dela. Já trouxe muita dor a todos os que cruzaram meu caminho, e, agora, chegou o momento de eu caminhar só.

Despeço-me, Patrizia. Espero que, se for de seu desejo, possamos nos encontrar um dia na Alemanha. Permita-me que escreva a você quando chegar. E que o destino tenha piedade de mim.

Jonas

O pai a achava forte. Justamente ela, a mais nova, a mais frágil.

Por que ele enxergava nela algum tipo de força? Por que realmente achou que, abandonando tudo, faria algum bem?

— Seu pai estava bastante perturbado — observou Mia.

Susana suspirou e guardou a carta.

Um homem que se afogou no próprio sofrimento, pensou.

— A morte de Elias acabou com ele e com o casamento — disse Susana.

— Disso, eu sempre soube. O que eu desconhecia era o tamanho da dor e do sofrimento que meu pai sempre carregou.

Mia pegou do chão as cartas guardadas por sua mãe e devolveu-as à caixa de madeira.

— Você chegou ao fim do caminho que veio procurar em Marburg — disse a Susana. — Então, como se sente?

Como ela se sentia? Não sabia responder ao certo.

Era inegável que uma grande parte de si estava mais aliviada; finalmente, conseguira compreender parte das ações do pai. Ainda assim, restava-lhe um peso nos ombros.

A sombra.

Sim, havia algo mais a ser feito antes de tudo terminar.

— Posso pedir a você um último favor? — perguntou a Mia.

— É claro! — fechou a caixa e colocou-a em seu colo. — Estou aqui para ajudá-la desde o começo.

— Gostaria de conhecer a casa em que meu pai e sua mãe moraram quando ele veio a Marburg. Aquela da foto com meu avô.

Mia arqueou o cenho.

— Quer ir para lá hoje ainda?

— Se possível. Depois, ainda preciso ir a mais um lugar, mas, primeiro, queria conhecer a casa que fez parte do passado do meu pai e da sua mãe.

Mia deu de ombros.

— Vim de carro, então posso levá-la até lá — disse. — Agora?

Susana fez que sim.

Sua jornada ainda não tinha acabado.

CAPÍTULO 47

Ela não pisava naquela casa há muito tempo. Quando os primeiros sinais do *Alzheimer* começaram a se manifestar, seis anos antes, a mãe viera morar com sua família em Três Coroas.

A decisão não havia sido dela, mas, sim, de Artur. O marido, criado em uma família unida, rechaçou por completo manter a sogra aos cuidados de uma estranha — Susana bancava, há vários anos, uma cuidadora para fazer companhia à mãe, que já era uma octogenária, mas insistia em não abandonar Taquara. Porém, isso fora quando Katrina ainda gozava de relativa saúde; com o diagnóstico de *Alzheimer* confirmado e a gradativa perda do controle sobre o corpo (que havia começado com a dificuldade de reter fezes e urina), o marido foi taxativo quanto à necessidade de a sogra mudar-se para Três Coroas, onde poderia ser cuidada de perto pela família.

Foi uma luta tirar a mãe da casa em que criara os filhos e que era repleta de lembranças. Susana não compreendia por que ela se apegara tanto àquele lugar, tão cheio de memórias ruins e de dor. Todas as vezes em que a visitava, a presença do pai, falecido em 1971, e de Elias era tão real quanto palpável.

Ao final, a mãe cedera. Então, nos seis anos seguintes, Susana viu-se em uma situação inusitada: conforme a doença consumia a autonomia de Katrina, ela, a filha, ocupava cada vez mais o lugar de mãe.

Quando, há um ano e meio, a consciência da mãe finalmente apagara por completo, restando apenas um corpo combalido, coube a Susana o papel de lhe dar banho, comida pastosa na boca e limpá-la depois de trocar as fraldas.

Era óbvio que fazia tudo de boa vontade — afinal, tratava-se de sua mãe. Mesmo assim, incomodava-a profundamente não conseguir sentir carinho a cada gesto.

A vida, em sua ironia infinita, havia colocado mãe e filha em papéis inversos, dando a Susana a oportunidade de vingar-se por toda a indiferença e rejeição com que fora tratada. Todavia, ela não tinha coragem.

O casamento com Artur e a convivência com sua família (tão diferente dos Schunk que conhecia) mudaram-na. A mágoa tornara-se muda e, com o tempo, encontrara um cantinho silencioso para hibernar. Não existiam mais lembranças que faziam correr lágrimas ou palavras de desespero.

A única coisa que não mudara era a sua resistência em retornar a casa na qual crescera. O imóvel, que permanecia quase inalterado em um entorno que, há muito tempo, havia cedido à modernidade, tinha sido alugado a uma família jovem — um casal com um filho — e Susana não se importava em conferir seu estado.

O casal arcava com o pagamento de modo pontual, e, assim, a necessidade de ir a Taquara e revisitar a casa em que nascera e crescera não existia.

Apesar disso, após seis anos, os inquilinos avisaram que se mudariam. O marido, ao que parecia, tinha recebido uma proposta de emprego em Porto Alegre, e a família se mudaria para a capital.

Segundo a orientação da imobiliária, era necessário conferir o estado do imóvel antes que o local fosse novamente colocado para locação.

Então, lá estava ela ao lado de Juliana, esperando a corretora abrir a porta da casa. A primeira sensação que a acometeu quando pisou no interior foi de espanto; quando criança, aquela casa parecia tão grande:

a entrada que dava acesso à sala em que ficavam os móveis e a máquina de costura da mãe; em seguida, a porta que ligava à sala de jantar e à cozinha. O local onde tradicionalmente ficava a mesa em que a família fazia as refeições (a mesma mesa na qual Elias se despediu pela última vez) já não estava mais lá. Tudo estava oco, vazio.

Susana percorreu o olhar pelas paredes; as tábuas que, anteriormente, eram pintadas de branco, sofreram com a ação do descaso e do tempo.

— O pessoal não se preocupou com a manutenção deste lugar — disse Juliana à mãe.

Susana seguiu pela cozinha e saiu pela porta à direita, que dava acesso ao corredor onde ficavam o banheiro e os três quartos. Passou primeiro pelo quarto dos irmãos; as paredes estavam forradas de figurinhas e restos de cola. Uma das portas do guarda-roupa de madeira maciça havia sido retirada e o móvel estava repleto de carunchos.

Encostando-se no batente, Susana caminhou para o seu quarto; era o menor dos três e também estava vazio. O piso de madeira estava inteiramente riscado, como se algum móvel pesado tivesse sido arrastado ali.

Ainda junto ao batente, cruzou os braços e suspirou. Viu-se novamente menina, escondendo-se sob o lençol, ansiosa na espera de o pai retornar do serviço, já tarde da noite. Tentava ouvir as vozes que, no entanto, já haviam se calado para sempre.

— O quarto da vó também está uma bagunça só — disse Juliana, saindo do quarto que, outrora, havia sido do casal e que, depois da partida do avô, ficara unicamente para Katrina. — Destruíram totalmente o guarda-roupa.

Susana nem se deu ao luxo de entrar no quarto da mãe. Parou diante da porta do banheiro e conferiu que a tampa do vaso sanitário tinha sido removida, bem como o chuveiro. O lugar cheirava a umidade e mofo.

— Como conseguiam viver neste estado? — questionou Juliana, bufando.

— Se tu soubesse como isso é comum em imóveis alugados — suspirou a corretora, dando de ombros.

Sem dizer nada, Susana percorreu o corredor em direção à cozinha.

— É só uma casa — disse, virando-se enfim para a filha. — Algo que se conserta com pintura e alguns ajustes.

— Mas a vó tinha amor por este lugar — retrucou Juliana. — Ela teria uma síncope se visse o estado em que está!

Susana sorriu. A filha não tinha como saber; de algum modo, o interior da casa de sua infância tornara-se o espelho de tudo o que fora ali vivido: dor, morte, ausência.

Era como havia dito, bastavam alguns dias de trabalho para arrumar tudo. Porém, a dor que aquele lugar havia lhe causado não poderia ser remediada com camadas de tinta e um bom pedreiro.

Um baú cheio de memórias ruins, pensou.

— Deixe assim por enquanto — disse Susana à corretora. — Vou conversar com meu marido e ver o que faremos.

— De todo modo — a mulher colocou-se ao lado de Susana e ambas caminharam para fora —, será necessária uma pequena reforma caso a senhora deseje alugar de novo.

Susana assentiu. Pensaria naquilo depois. No momento, o que mais desejava era sair dali e respirar ar puro.

Na calçada, olhou para o terreno ao lado, onde ficava a casa de Mariazinha. Era naquele local que, realmente, haviam ficado suas melhores lembranças, porém, o imóvel não existia mais.

A vizinha amiga morrera em 1980 de um ataque cardíaco fulminante; segundo a mãe lhe contara, a polícia a tinha encontrado dois dias depois o óbito. Morreu sozinha, como fora a vida toda.

Depois disso, por não ter herdeiros, a casa passou por um processo judicial até que, finalmente, foi adquirida e demolida pela prefeitura.

Desde então, o que havia ali era um terreno baldio repleto de recordações, no qual dormia uma caçamba de lixo entre o mato alto.

Para Susana, a morte de Mariazinha doeu tanto quanto a perda de Elias, senão mais. Quando a mãe fechou pela última vez os olhos, o choro de Susana foi contido; mas, quando recebeu na notícia da morte da amiga, imediatamente explodiu em prantos, precisando ser consolada por Artur todo o tempo.

— Terminamos aqui — disse, olhando para a casa mais uma vez. E, virando-se para a corretora, completou: — Eu ligo para vocês quando tiver uma posição sobre o que faremos.

Naquela noite, não comentou com Artur sobre o estado da casa; tampouco no dia seguinte. O marido insistia em agradá-la, preocupado de que a morte da mãe a tivesse afetado profundamente, e ela decidira não estragar tudo falando sobre as condições terríveis da casa ou sobre a quantia que teriam que gastar para tornar o imóvel novamente habitável.

De madrugada, o telefone interrompeu o sono de Susana. Artur se levantou para atender o aparelho, que gritava sobre a mesinha da sala.

Após alguns minutos, ele retornou ao quarto, com olhar aturdido.

— O que houve? — perguntou Susana, pensando imediatamente em um dos filhos, que já não moravam mais com eles. — Fale logo!

— Era da polícia. Troque de roupa que precisamos sair. Aconteceu uma merda muito grande!

꙳

Depois de algumas voltas a esmo pelo bairro de ruas apertadas em aclive, finalmente Mia estacionou o Volkswagen em frente a três casas de madeira exatamente iguais.

— Nossa, fazia tempo que não vinha aqui —- suspirou. — Está tudo diferente, me perdi.

Susana havia notado.

— Mas era aqui que morávamos quando nos mudamos para Marburg — ela disse, soltando o cinto de segurança. — Na casa do meio.

Susana desceu e ficou algum tempo olhando para a casa de número doze. A floreira da janela permanecia ali, tal e qual na foto, como se o tempo tivesse congelado.

— Lembro que, nas vezes em que nevava, tínhamos que limpar a frente — disse Mia, olhando para a rua pavimentada com pedras. — Está igualzinha. Pelo menos, por fora. Deve ter gente morando, porque a cerca e as flores estão bem cuidadas.

Sem dizer nada, Susana aproximou-se da cerca. Fechou os olhos e visualizou a foto do avô ao lado do pai, capturada tantos anos antes. Também imaginou Jonas saindo pela porta, passando pela cerca, com o cigarro nos lábios. Será que Patrizia se despedia dele, acenando da porta, enquanto o observava sumir rua afora? Sobre o que conversavam? Como ela era quando lhe fazia carinho?

Olhou para o Mercedes antigo parado na garagem pequena; naquele momento, a casa abrigava outra família, outros sonhos, outras vidas. Era incrível, até doloroso, como o tempo passa e leva as pessoas embora, e, ao mesmo tempo, a vida segue seu curso, queiramos ou não.

Nisso, escutou Mia dar bom dia a alguém.

Notou uma mulher loira subir a rua empurrando um carrinho de bebê. Usava uma jaqueta rosa-choque, jeans e botas marrons de cano alto.

— Vocês estão procurando alguém? — a mulher perguntou, parando ao lado de Susana, junto à cerca.

— Não, nos desculpe! — disse Mia. — É que morei nesta casa há muitos anos e vim mostrá-la para minha amiga brasileira.

— Ah! — a mulher exclamou, mais surpresa em ouvir que Susana era brasileira do que estranhando o fato de as duas estarem paradas em frente à sua casa.

— Não mudou quase nada — prosseguiu Mia.

— Moro com meus pais e meus filhos aqui há três anos — disse a mulher loira. — Este é o meu caçula.

Susana olhou para a criança embaixo de um cobertor de lã. O bebê dormia em sono profundo e tranquilo.

— Criança linda! — disse Mia, agachando-se sobre o carrinho.

Em seguida, despediu-se da mulher e, trocando olhares com Susana, entrou no carro.

— Não tive coragem de pedir para entrar para ver o interior — falou, sorrindo.

— Fez bem — disse Susana. — Não era necessário. Já não devemos ter causado uma impressão muito boa.

Mia tinha que concordar. A mulher passou pela cerca e, empurrando o carinho, dirigiu-se para a garagem, espremendo-se entre a parede e o Mercedes.

— Você disse que, além desta casa, havia outro lugar que queria ir — disse Mia, ligando o carro.

— Ah, sim — Susana balançou afirmativamente a cabeça. — Tem mais um lugar, sim, e gostaria que estivesse comigo.

— Certo! E onde é?

Onde tudo isto começou, pensou Susana, e, em seguida, respondeu a Mia.

CAPÍTULO 48

A velha casa de madeira onde crescera havia sido totalmente consumida pelas chamas. Quando Susana e Artur chegaram a Taquara, percorrendo às pressas os vinte quilômetros que separam a cidade da vizinha Três Coroas, haviam sobrado apenas vigas carbonizadas.

Os bombeiros ainda trabalhavam no local e, assim que desceram do carro, foram recebidos pelo policial militar que, aparentemente, estava à frente da ocorrência. Fora ele que permitiu que o casal ultrapassasse o cordão de isolamento que separava o grupo de curiosos do local do incêndio.

Agitado, Artur tapou o nariz com o braço; o cheiro de fumaça era forte, intoxicante.

— O senhor é o dono do imóvel? — perguntou o policial.

— Minha esposa é — Artur respondeu. — O que aconteceu aqui?

O policial, ainda com uma postura reticente, olhou na direção dos homens do corpo de bombeiros, que apareciam e sumiam entre a fumaça e as vigas negras.

— Precisamos aguardar o trabalho da perícia para saber o que causou o incêndio. Felizmente, a casa estava vazia, não há vítimas — disse o policial. — É muito comum essas coisas acontecerem por causa da fiação velha; é provável que tenha sido algum curto ou algo assim.

Artur procurou a esposa e a encontrou em pé, olhando para o que sobrara da casa de sua infância. Absorta, olhava para a cena com os braços cruzados à altura do peito.

Ele se aproximou devagar e colocou as mãos sobre seus ombros. De imediato, Susana deu um salto e olhou para o marido com uma expressão assustada.

— O que foi? — ele perguntou.

— Nada. Só me assustei.

— O policial disse que pode ter sido um curto-circuito — comentou Artur. E, observando os escombros, concluiu: — Não sobrou nada.

Susana voltou a olhar fixamente para a casa totalmente queimada. Havia algo estranho, um peso no ar. Era como se alguma coisa densa e bastante forte a envolvesse. Um tipo de sombra, que a abraçava e a envolvia, como se quisesse possuí-la.

A única coisa concreta que a conectava ao seu passado acabara de ser destruída, queimada. De repente, um pensamento estranho lhe ocorreu. Teria sido mesmo coincidência que, ao ter pisado em sua antiga casa após tantos anos, ela fosse devorada pelo fogo?

A sensação ruim aumentou e ela se afastou de Artur. Caminhou alguns passos em direção à cerca de madeira que isolava a casa da calçada, mas imediatamente um dos bombeiros pediu que se afastasse.

— É perigoso, senhora. Fique longe, atrás do cordão de isolamento — o homem gritou.

Artur a pegou pelo braço, tentando puxá-la para junto de si, mas Susana se desvencilhou.

Seus ombros estavam pesados; havia uma presença, uma energia, posicionada imediatamente atrás de si, como se a seguisse.

Cruzou os braços novamente, como se sentisse frio. Pela primeira vez, sentia a presença concreta da *sombra* que a acompanharia anos a fio; uma presença forte, que parecia querer segui-la ou puxá-la novamente ao passado — um passado com o qual rompera ao casar-se e construir uma vida nova e feliz.

— A casa tinha seguro? — perguntou o policial, caminhando na direção de Susana.

— Não. Não tinha — respondeu. — Tínhamos alugado a um casal, mas eles deixaram o imóvel.

— Compreendo — o policial assentiu. — De todo modo, temos que fazer um boletim de ocorrência e cuidar dos trâmites legais. Sei que o momento é difícil, mas é necessário.

— Sem problema — disse Susana.

— Precisaremos dos documentos do imóvel — falou o policial.

Artur prontificou-se a buscar a papelada em Três Coroas, enquanto Susana optou por permanecer no local. Observou o carro do marido se afastar e, em seguida, caminhou em direção ao cordão de isolamento.

O que quer de mim?, perguntou, mentalmente, à *sombra* que parecia acompanhá-la.

Contudo, não obteve resposta.

CAPÍTULO 49

Guiada por Mia, percorreu as lápides do jardim dos mortos do cemitério *Friedhof Ockershausen*. Enquanto andava, observou os nomes e as datas — tantas histórias, cada qual criada ao longo de uma trajetória única, que, muito provavelmente, tinha envolvido lutas, angústias, perdas e vitórias. Ao final, tudo ficava para trás, resumindo-se no nome grafado em uma pedra e nada mais. Se algo tinha que permanecer vivo, isso residia nas memórias daqueles que ficaram, que seguiam adiante na missão de manter viva a herança de seus antepassados.

Por fim, reconheceu a lápide que indicava o local em que seu pai estava enterrado.

Jonas Elias Schunk

Fixou a atenção no ano da morte: *1971*.

— Não quero ser indelicada, mas você pode me deixar sozinha por alguns minutos? — pediu a Mia.

— É óbvio que sim — respondeu, afastando-se.

Susana viu Mia caminhar alguns metros para longe dela, e, finalmente, sentar-se em um banco sob uma árvore de galhos nus.

Deu um longo suspiro e aproximou-se da lápide.

Agora seu pai era apenas um nome, assim como todos naquele lugar. Ainda assim, mesmo que não surtisse o efeito que esperava, tinha que ir adiante.

Então, fechando os olhos, lembrou-se da imagem do pai passando pela porta da casa de sua infância, com os papéis do escritório embaixo do braço e o semblante cansado; lembrou-se da garrafa de conhaque e dos cigarro, das discussões com a mãe sobre dinheiro, do homem sentado na sala com o paletó em que faltava um botão, de sua alegria de menina ao vê-lo e correr para seus braços sem imaginar a rejeição que se seguiria, da explosão de dor de alguém arrasado pela morte do filho primogênito enquanto se agarrava à cerca de madeira como se aquele pedaço de pau fosse sua tábua de salvação, das cartas e dos sentimentos contidos ao longo de anos, das lágrimas e da culpa que o afogaram em um casamento infeliz.

Sentindo um nó se formar na garganta, engoliu em seco e começou a falar:

— Então, era o senhor o tempo todo, não era? A *sombra* que eu sentia me perseguir, pesar sobre meus ombros, guiar meu caminho. Eu demorei a entender o real objetivo de tudo pelo que passei, porque, assim como o senhor, eu estava mergulhada em mágoas e sofrimento. Ainda assim, o senhor continuou me guiando, e, confesso, achei que seu objetivo era prolongar minha dor, que o senhor ficava feliz em me ver sofrer, de algum modo. Por isso, tenho que me desculpar, pai. Eu entendi tudo errado. Na verdade, o que o senhor queria era me resgatar, não é?

Susana fechou os olhos e mordeu os lábios. Fios de lágrimas escorriam pelo seu rosto. Prosseguiu:

— Não foi fácil sentir que eu era a filha rejeitada, privada de carinho. Também não foi fácil descobrir que o senhor tinha me abandonado e mudado para a Alemanha. Quando Patrizia entrou em contato com a mãe dizendo que o senhor tinha morrido, eu achei que finalmente tinha descoberto toda a verdade: o senhor havia deixado sua família de lado, ou seja, *nós*, a mãe, Carlos e eu, para se unir a outra mulher. Eu o odiei, pai. E, por fim, achei que todo sentimento que ainda era possível ter pelo senhor havia sido consumido. Contudo, a *sombra* continuava comigo, como se não quisesse me deixar esquecer. Sendo assim, eu tinha, em algum momento, que olhar para o passado e descobrir a verdade sobre o senhor.

Susana deu alguns passos, posicionando-se mais perto da lápide.

— Finalmente, decidi vir a Marburg. Eu não sabia o que encontraria e sentia muito medo. Tudo o que me sobrava do senhor eram as cartas que me enviava entre meu aniversário e o Natal e as cartas que a mãe havia descoberto em suas coisas, anos depois de sua morte, as correspondências enviadas a uma mulher na Alemanha que o senhor afirmava amar, um amor que eu desconhecia e achava improvável de vir de um homem frio e distante. Bem, esse foi o homem que o senhor escolheu mostrar para mim, pai. Acho que ainda demorará algum tempo para que o pai que conheci e o homem que escreveu aquelas cartas se unam em uma só pessoa, mas, acredito, isso acontecerá com o tempo. Foi lendo as cartas do senhor e de Patrizia que, enfim, eu consegui compreender. Novamente, não foi fácil; aliás, foi muito difícil.

Susana falava entre soluços.

— Foi somente quando Mia me perguntou sobre o real objetivo de eu ter enveredado por esse caminho é que aceitei a verdade. Sempre pensei que o desejo de descobrir a verdade sobre sua vinda à Alemanha tinha como objetivo colocar uma pedra na existência de um pai que, na realidade, nunca tive. A *sombra* me conduzia a isso. Contudo, eu estava enganada. Meu objetivo, meu desejo mais íntimo, era outro. Era perdoá-lo, pai. Era isso que o senhor quis esses anos todos, não é? Que eu descobrisse a verdade e, de algum modo, o entendesse e perdoasse?

Após uma breve pausa, seguiu falando, com os olhos fixos no nome de seu pai na lápide:

— O senhor achava que eu era a mais forte entre seus filhos, disse isso na carta a Patrizia. Ah, acho que o senhor não imagina o quanto essa força me custou. Se não fossem Artur e meus filhos, não sei o que teria sido de mim. E, no final, o destino quis que eu fosse a única que sobrou. Elias e Carlos estão mortos; a mãe também morreu. Com ela, eu tive tempo de encerrar um ciclo, pude cuidar dela na doença, me reaproximar. De algum modo, ver aquela mulher que me fez tanto mal definhar e se tornar uma criança dependente de meus cuidados e carinho me trouxe redenção. Nos anos em que cuidei da mãe, percebi que, ao contrário do que eu imaginava, eu a amava. Mas eu não pude encerrar esse ciclo com o senhor. Então, foi por isso que a *sombra*, digo, o senhor... me trouxe até Marburg: porque eu era a única pessoa da família capaz de saber a verdade e também de perdoá-lo.

Susana se ajoelhou diante da lápide.

— Eu preciso encerrar esta história no lugar em que a vida terminou para o senhor... e, ao mesmo tempo, onde esta trajetória teve início para mim. Quero seguir adiante como o peito leve, pai, reaprendendo a te amar assim como aconteceu com a mãe. O senhor pode descansar, porque eu compreendi.

Apoiando-se na lápide, Susana finalmente deixou o choro sair. Seus ombros se mexiam a cada soluço enquanto as lágrimas caíam.

— Em meio a toda dor, prefiro pensar que houve felicidade — disse. — E que, ao final, pelo menos um de nós foi feliz, pai.

Com dificuldade, Susana levantou-se. Olhou na direção de Mia e meneou a cabeça, afirmativamente.

Enxugou as lágrimas e, a passos lentos, caminhou na direção de Mia. No horizonte, o sol se punha rapidamente.

— Então, encontrou o que veio procurar? — perguntou Mia, dando-lhe um abraço afetuoso.

Susana não respondeu de imediato. Seguiu aproveitando aquele abraço fraterno por alguns minutos até que, recompondo-se, enfiou as mãos no bolso do casaco.

— Sim. Acho que sim — respondeu.

— Fico feliz por isso — Mia sorriu.

Começaram a caminhar em direção à saída, em silêncio.

Quando se aproximaram do portão do cemitério, Susana parou e olhou mais uma vez para trás.

— Tudo bem? — perguntou Mia.

— Posso fazer uma pergunta a você?

Mia ficou surpresa.

— Claro que sim.

Susana assentiu.

— Hoje, lembrando-se de meu pai e de sua mãe, você acha que ele foi feliz?

Mia ficou pensativa. Então, disse:

— Acho que sim. Eles tiveram bons anos juntos.

Susana sorriu.

— Então, realmente, um de nós foi feliz nesta história toda — disse, suspirando.

— Você está se referindo a quem exatamente? — perguntou Mia, acenando para o guarda junto ao portão, pedindo impacientemente que elas se retirassem.

— Ao meu pai e à sua mãe, claro — respondeu Susana, acenando para o guarda que, visivelmente contrariado e com pressa de encerrar o expediente, fechou o portão às suas costas. — Por que pergunta?

— Porque achei que estava falando de você mesma — respondeu Mia. — Sei que tudo pelo que passou não foi fácil, mas, ainda assim, me disse que tem uma família feliz. Um bom marido, filhos... Acredito que, mesmo com toda a dor, você conseguiu construir uma história diferente. Então, quando me disse que "um de nós foi feliz", achei que a frase servia para você também. Talvez, mais do que para seu pai.

Susana não havia pensado naquilo. Sim, ela era feliz. Aprendera sobre a felicidade junto de Artur e dos filhos. Mia tinha razão.

— E agora? — perguntou Mia, abrindo a porta do carro. — Para onde vamos?

— Preciso ligar para o Brasil — disse Susana. — Toda essa história me deixou morrendo de saudade da minha família.

— Faz bem! — Mia abriu um largo sorriso.

À medida que o carro ia se afastando, Susana notou a cerca viva do cemitério ficar para trás até desaparecer por completo.

Recostando-se no banco, fechou os olhos. *Descanse em paz, pai.*

Pela primeira vez em muitos anos, não sentia mais a *sombra* a acompanhando.

Sim, pensou, sentindo-se grata. *De fato, um de nós conseguiu ser feliz.*

CAPÍTULO 50

MARBURG, 1962

Jonas acendeu um cigarro e, enquanto fumava, observou as pessoas caminhando na plataforma da estação. Procurava por um rosto conhecido e sentia uma grande frustração por não poder localizá-lo entre aqueles que iam e vinham — alguns chegando, outros preparados para pegar o trem e partir.

A Alemanha que o recebeu de volta no final do ano anterior era bem diferente do país que havia deixado. Aos poucos, a modernidade e o desenvolvimento varriam os destroços da guerra, e as cidades, antes totalmente destruídas pelos bombardeios, tinham renascido para um novo futuro.

No final de 1961, deixou Frankfurt, onde havia se instalado, e viajou para Dortmund, onde a família se instalara após retornar da França.

Abraçou demoradamente o pai — um abraço que demorara quase vinte anos para se concretizar. Emocionado, o pai falou sobre Dieter — a memória do filho mais velho levado pela guerra nunca o abandonou, mesmo depois de tantos anos — e Jonas reconheceu-se ao pensar em Elias e na dor que havia deixado um buraco em seu peito. Jonas e Otto, pai e filho, estavam unidos, naquele momento, pelo mesmo destino cruel.

Em seguida, laçou Ana com os braços. A madrasta havia mudado bastante; sua jovialidade tinha desaparecido, dando lugar a marcas de expressão que pareciam ter sido talhadas por anos de sofrimento.

Teve muita dificuldade em reconhecer os irmãos, que já haviam se tornado adultos.

Michael era arquiteto e estava casado; tinha duas filhas pequenas e parecia feliz. O pequeno Otto já não era pequeno, mas um homem formado. Jonas notou que o irmão não havia recebido do pai apenas o nome, mas também as feições (incluindo a deficiência visual, que fazia com que, prematuramente, tivesse que usar óculos de lentes grossas). Franz também havia se casado e esperava seu primeiro filho.

Por fim, conheceu Egon, o caçula, que apenas havia escutado sobre o irmão que morava no Brasil. Aos dezesseis anos, Egon achegou-se facilmente a ele, perguntando-lhe sobre a vida na América do Sul e sobre os sobrinhos — para o rapaz, era bastante curioso que tivesse sobrinhos mais velhos do que ele próprio.

Jonas notou a energia que fluía livremente do caçula e foi inevitável enxergar-se no jovem.

Reunidos em torno de uma grande mesa para o almoço, Jonas dividia-se entre a felicidade de reencontrar a família e a dor de ter deixado seus filhos no Brasil. Diante dessa ambivalência, foi acometido novamente pela familiar sensação de que, desde que deixara a Alemanha em 1935, tornara-se alguém sem raízes, que não pertencia de verdade a lugar algum.

No dia em que partiu rumo ao Brasil, sentiu que estava deixando sua vida real para trás, mas, naquele momento, ao lado de sua família alemã, a sensação se repetia — havia voltado a abandonar parte de si em outro lugar, de modo que era impossível se sentir completo.

Imerso em lembranças, ali estava ele, em pé na plataforma de trem em Marburg, prestes a virar a página mais importante de sua vida — prestes a dar fim a um ciclo que persistia há décadas.

Apagou o cigarro no cinzeiro de pedestal instalado ao lado de um banco. A plataforma ia esvaziando pouco a pouco, conforme as pessoas seguiam seus rumos. Observou uma mulher já idosa, sentada ao lado de quatro sacolas plásticas, olhando para o relógio da estação. Naquele momento, eram apenas os dois ali, ambos compartilhando a angústia da espera.

Foi então que notou uma garota de uniforme escolar caminhar em sua direção. Num primeiro momento, não a reconheceu. Somente ao aguçar a visão é que a achou familiar.

A menina magra, de olhos grandes e esverdeados, cabelo liso e franja que lhe cobria a testa sorriu ao vê-lo.

Lentamente, Jonas caminhou em sua direção. A cada passo, uma enorme sensação de reconhecimento e familiaridade tomava conta de si. Era como se retornasse à Neumarkt de sua infância, quando tudo era mais simples e era possível sonhar livremente. Não havia guerra, nem Hitler, nem perseguições. Tampouco culpa ou medo.

A menina de uniforme transformou-se em uma mulher de traços belos, vestindo um sobretudo azul-escuro. O cabelo, outrora comprido e preso em um rabo de cavalo, estava curto. Contudo, os olhos não haviam mudado. Seguiam grandes e espertos, e Jonas sentiu-se imediatamente impelido a mergulhar naquela imensidão esverdeada, que parecia convidá-lo a um recomeço verdadeiro.

Assim como havia acontecido com Ana, o rosto da menina (então mulher) estava marcado pelo sofrimento, mas os sulcos traçados por dias ruins não haviam sido capazes de apagar sua beleza — só deram aos traços uma moldura mais madura, ele analisou.

O sorriso de Patrizia ampliou-se ao notar sua aproximação. Após tantos anos se correspondendo, finalmente estavam se reencontrando — um encontro que, por muito tempo, pareceu improvável de acontecer.

— Jonas? — ela perguntou.

Ele assentiu.

— Meu Deus, você não mudou nada! — ela disse, sorrindo.

Jonas percebeu como era bom ser acolhido novamente por aquela voz.

— Você também — ele disse, com os olhos marejados.

Encurtando a distância que anos de separação impuseram, Jonas e Patrizia se entregaram a um longo abraço. Depois de tanta espera, ambos não conseguiam encontrar palavra para preencher o tempo que os separara.

Ao afastar-se, mas ainda olhando fixamente para os olhos esverdeados de Patrizia, Jonas sentiu familiaridade; algo que lhe remetia ao passado, a boas lembranças.

Sim, era aquilo. Lembrou-se do primeiro beijo dado em Patrizia à porta da casa dela, do gosto de seus lábios. Eles ainda tinham o sabor de torta de morango.

NOTA DO AUTOR

Escrever *Um de nós foi feliz* foi desafiador por vários motivos, tanto em âmbito profissional quanto pessoal. Quando fui convidado para romancear uma história real pela editora Renata Sturm, eu não estava de fato preparado para o que iria encontrar.

Retornar ao sul do país para escutar as lembranças de Tania Girke Volkart acerca de seus pais foi uma viagem e um mergulho não apenas em um passado doloroso (e de muito aprendizado), como também uma trajetória de autoconhecimento.

Afinal, mais do que uma história de um amor que resistiu ao tempo e às dores, a cada informação recolhida, eu me via diante de sentimentos ambíguos que, de certo modo, são inerentes a todos. Enquanto escutava a narrativa de Tania e tomava nota, era impossível não me identificar com cada personagem de sua história — seus questionamentos, dramas e ambivalência.

Deixei Três Coroas, no Rio Grande do Sul, certo de que o romance que viria a nascer seria centrado no drama humano — e que a história familiar de Jonas e Susana Schunk seria apenas um pano de fundo para transmitir uma mensagem mais bela. Sim, foi isso que a história de Tania, que me emprestou a inspiração para criar Susana, me ensinou: apesar dos momentos angustiantes, é possível encontrar redenção, e esta passa, obrigatoriamente, pelo amor e pelo perdão.

Muitas vezes, os erros nos cobram um alto preço. Tornamo-nos reféns de nossos atos, de nossas decisões, e cada movimento que fazemos no presente tem, inevitavelmente, impacto em nosso futuro.

Por isso, se posso deixar uma reflexão ao leitor após concluir *Um de nós foi feliz* é que cuide do amor como o item mais precioso que a vida pode nos presentear. Somente quem perdeu (pela morte ou pelo destino) uma pessoa amada sabe quão doloroso e difícil é. Não espere para amar; ame hoje, de modo intenso. Não esconda no peito as palavras que você pode julgar como vãs. Se elas contêm amor, então, são inestimáveis em sua essência.

Guarde o amor em um baú de tesouro e o coloque no lugar mais alto da prateleira de emoções, de modo que, não importando as intempéries, ele ainda permaneça ali, intocado.

Ao me revelar sua história, Tania Girke Volkart também me ensinou muito.

Neste momento em que você terminou de ler *Um de nós foi feliz*, espero ter transmitido, por meio da história de Jonas e Susana, um pouco desse ensinamento. O amor é capaz de tudo quando é verdadeiro. Até mesmo de curar as feridas mais profundas.

Esta obra foi composta por Maquinaria Editorial na família tipográfica Playfair Display, Garamond Premier Pro e Avenir LT STD.
Capa em cartão triplex 250 g/m² – Miolo em Pólen 80 g/m². Impresso pela gráfica Promove Artes Gráficas e Editora em abril de 2022.